# vingança

CATHERINE DOYLE

# Vingança

Tradução de
Alice Mello

AGIR NOW

Publicado originalmente em língua inglesa como *Vendetta*



Editora Nova Fronteira S.A.
Rua Nova Jerusalém, 345 – Bonsucesso – 21042-235
Rio de Janeiro – RJ – Brasil
Tel.: (21) 3882-8200 – Fax: (21)3882-8212/8313
www.novafronteira.com.br
sac@novafronteira.com.br

Texto revisto pelo novo Acordo Ortográfico.

CIP-Brasil. Catalogação na fonte
Sindicato Nacional dos Editores de Livros, RJ

D784v

Doyle, Catherine.
Vingança / Catherine Doyle ; tradução Alice Mello. - 1. ed. - Rio de Janeiro : Agir Now, 2015.
288 p. ; 23 cm.

Tradução de: Vendetta
ISBN 978.85.220.3170-2

1. Máfia - Ficção irlandesa. 2. Ficção irlandesa. I. Mello, Alice. II. Título.

CDD 828.99153
CDU 821.111(41)-3

*Para o meu pai*

# PARTE I

"De todas as formas de cautela, a cautela no amor talvez seja a mais fatal para a felicidade verdadeira."

Bertrand Russell, *A conquista da felicidade*

## CAPÍTULO UM

# O POTE DE MEL

Não reparei logo de cara, mas havia algo entre o caixa e a pilha de comandas. Talvez estivesse ali havia horas ou mais, apenas esperando, enquanto eu passava mais um dia de verão morrendo de tédio na lanchonete Gracewell.

Estávamos só nós duas fechando o restaurante. Eu, plantada ao lado do caixa, tamborilava as unhas no balcão, enquanto Millie, minha melhor amiga e parceira de bandejas, deslizava pela lanchonete cantando para um cabo de vassoura como se fosse um microfone. Todo mundo já tinha ido embora, e meu tio Jack — o gerente nada extraordinário — tinha ficado em casa de ressaca.

As mesas estavam enfileiradas, rodeadas por cadeiras de encosto reto cor de vinho e algumas plantas artificiais. A porta já tinha sido trancada, as luzes estavam baixas e as cabines perto da janela, limpas.

Eu me esforçava para não ouvir Millie destruindo uma música da Adele quando reparei: um pote de mel. Eu o peguei e o analisei.

— Acho que estou melhorando — gritou Millie enquanto assassinava a música do outro lado da lanchonete. O único acerto dela foi o leve sotaque britânico, mas apenas porque ela realmente era britânica. — Já consigo alcançar aquele agudo!

— Uma melhora e *tanto*, Mil — menti, sem levantar os olhos.

O pote era pequeno e cilíndrico. Quando eu o balancei de um lado para o outro, o mel salpicado de cristais dourados se movimentou preguiçosamente. Um pedaço de tecido desgastado cobria a tampa do pote, e no lugar do rótulo, amarrada em um laço elaborado, havia uma fita de veludo preta.

Artesanal? Estranho. Não conhecia ninguém que fizesse o próprio mel em Cedar Hill, e eu conhecia quase *todo mundo* da cidade. Cedar Hill é esse tipo de lugar — uma pequena comunidade nos arredores de Chicago, onde todo mundo conhece da vida do outro; onde ninguém perdoa nem esquece. Eu sabia bem disso. Depois do que aconteceu com o meu pai, virei a filha da desonra, e a desonra tem o poder de grudar na pessoa como uma grande placa de neon na testa.

Millie atingiu a última nota da música com um vigor de rachar os ouvidos e então pulou para trás do balcão e guardou a vassoura.

— Está pronta?

— De onde veio isso? — Equilibrei o pote de mel na palma da mão e estendi o braço.

Ela deu de ombros.

— Não sei. Estava aqui quando comecei o turno.

Eu observei, através do prisma dourado, seu rosto se distorcer.

— É estranho, não acha?

Millie ajustou sua expressão para a clássica "eu realmente não dou a mínima para o que você está falando".

— O mel? Não achei.

— É artesanal — falei.

— É, percebi. — Ela franziu as sobrancelhas e estendeu a mão para tocar no vidro. — O laço é meio estranho. Talvez um cliente tenha deixado como gorjeta.

— Que tipo de cliente deixa um pote de mel como gorjeta?

Millie ficou boquiaberta, o rosto se iluminando.

— Você... — Ela inspirou de forma dramática. — Por acaso... — Ela suspirou. — Atendeu...

Inclinei o corpo, em expectativa.

— ... um ursinho amarelo...

Não acredito que caí nessa.

— ... chamado Pooh?

A risada dela me fez rir, como sempre. Aquele som — parecendo um pato sendo estrangulado — foi o que me chamou atenção quando ela se mudou para Cedar Hill cinco anos atrás. Na escola, a gente percebeu que sempre ríamos das mesmas coisas. Foram coisas bobas — caretas, risadas impróprias quando alguém tropeçava e caía, o prazer de longas conversas sem sentido e discussões ridículas sobre situações hipotéticas — que nos aproximaram. Naquela época eu não sabia que seria a única amizade a sobreviver ao que aconteceu à minha família um ano e meio atrás, mas não fazia mais diferença, porque Millie era a melhor amiga que eu poderia ter, e a única de que eu realmente precisava.

Rimos o tempo inteiro enquanto fechávamos a lanchonete, até estarmos do lado de fora, no clima agradável da noite. Localizada na esquina da Foster com a Oak, a lanchonete ficava em um prédio baixo e modesto com paredes de tijolos desgastadas. Era perfeitamente simétrico, o formato quadrado evidenciado pelas grandes janelas que dominavam a fachada e pelo estacionamento modesto que cercava o restaurante. Na marquise ficava o letreiro tosco com a palavra "Gracewell", semi-iluminado pelos postes da rua ao redor. Do outro lado, o prédio da antiga biblioteca se misturava ao céu escuro, parcialmente encoberto por uma fileira de árvores bem podadas que passava pela sede do correio e seguia calçada abaixo.

Eu ainda segurava o pote de mel cuidadosamente embalado quando passamos pelo estacionamento vazio. Não era como se alguém fosse se importar, disse a mim mesma — meu tio Jack estava em casa esperando a ressaca passar, então não havia ninguém com autoridade oficial para reclamar a posse do mel.

Fiz apenas o que qualquer funcionário cansado e mal pago faria na mesma situação — tomei para mim um brinde que não teria qualquer utilidade prática e saí da lanchonete me sentindo vitoriosa.

— Sabe, eu estava pensando. — Millie diminuiu o passo para me esperar.

— Cuidado com isso — provoquei-a.

— Talvez *eu* devesse ficar com o mel.

— Achado não é roubado — cantarolei.

— Sophie, Sophie, Sophie. — Ela passou o braço em volta dos meus ombros e me puxou em direção a ela. Éramos quase da mesma altura, mas Millie era voluptuosa, enquanto eu era magrela, feito um menino, e bochechuda igual ao meu pai, embora pelo lado positivo também tivesse herdado suas covinhas. Millie esmagou a bochecha na minha, como se quisesse me lembrar disso. Senti seu sorriso. — Minha *melhor* amiga no mundo *inteiro*. Quão chata seria a minha vida sem você? As estrelas não brilhariam com tanta força, a lua não seria nada além de uma sombra de si mesma. As flores murchariam e...

— De jeito nenhum! — Me desvencilhei do seu abraço. — Não vai conseguir o mel me elogiando. Sou imune ao seu charme.

Millie coçou os olhos e soltou um gemido de cortar a alma.

— Você já tem a lanchonete inteira. Não posso ficar com o mel?

Embora ela estivesse certa, herdar a lanchonete quando fizesse 18 anos estava longe de ser a maior ambição da minha vida. Essas haviam sido as instruções do meu pai antes de partir, e não havia dúvida de que meu glorioso e mal-humorado tio Jack, com sua forte aura autoritária, iria obedecer. De qualquer forma, não importava. Millie e eu sabíamos que a lanchonete não era nada empolgante e sim apenas uma dor de cabeça sem fim à espreita na minha vida. Mas o pote de mel com o laço preto? Era algo bonito — uma surpresa para quebrar a monotonia do dia.

Millie parou atrás de mim.

— Sophie, quem fala é a sua consciência — sussurrou por cima do meu ombro. — Sei que faz uma semana desde que nos falamos pela última vez, mas está na hora de fazer a coisa certa. Millie é tão legal e bonita. Não quer dar o mel para ela? Pense em como ela ficaria feliz.

— Eu não sabia que a minha consciência tinha um sotaque britânico.

— É, bem, não pense muito nisso. Só passe o mel para ela.

Parei na saída do estacionamento, onde cada uma prosseguiria sozinha pela noite. Antes de a renda dos meus pais ser reduzida pela metade, Millie e eu caminhávamos na mesma direção, para a avenida Shrewsbury, onde tínhamos empregados e jardineiros, piscinas gigantes e lustres de cristal pendurados em halls de verdade. Agora minha caminhada para casa era bem mais longa do que antes.

— Millie nem gosta de mel — retruquei. — *E* ela não respeita as abelhas. Eu a vi pisar numa abelha três vezes na semana passada para garantir que estava morta.

— Não é culpa minha que esse país esteja sendo tomado por insetos desagradáveis.

— O que você queria? Estamos em pleno verão!

— É uma maldição.

— *E* você estava usando um perfume floral.

— Ela estava sendo inconveniente.

— Então você simplesmente a matou?

Millie estendeu a mão dramaticamente.

— Apenas me dê o maldito mel, Gracewell. Eu preciso dele para negociar o fim do meu castigo.

Levantei as sobrancelhas. Havíamos acabado de completar um turno de oito horas juntas e ela não havia mencionado nada disso.

— Castigo?

— Uma completa injustiça. Um *completo* mal-entendido.

— Pode continuar...

— Alex me chamou de *sorriso metálico*. — Millie fez uma pausa dramática. — Dá pra acreditar nisso?

Bem, ela realmente usava aparelho. E ele estava tecnicamente nos seus dentes. Mas não falei isso. Fiz uma cara de revolta e fingi concordar que seu irmão "não muito maduro, porém gostoso" era um tirano grosseiro.

— Ele é *tão* idiota — afirmei.

— Ele é literalmente o pior ser humano do planeta. Enfim, uma coisa levou à outra e o iPhone dele caiu da janela... Bem, meio que caiu das minhas mãos... que estavam coincidentemente pra fora da janela do quarto dele na hora... Ele surtou *completamente* comigo.

— Irmãos...

— Bem, você tem sorte de não precisar dividir sua casa com nenhum rei da babaquice — vociferou ela. — Que cara de 19 anos *grita* com a irmã mais nova? Quer dizer, *onde* está a honra dessa pessoa? Ele é uma vergonha para a família Parker. E como eu podia saber que o telefone ia quebrar?

— Que estranho. — Ainda com o mel na mão, eu me apoiei em um poste próximo e observei minha sombra se curvar dentro da poça de luz. — Eu poderia jurar que os iPhones mais recentes vinham com um microparaquedas.

Millie começou a golpear o ar, como se o problema pairasse à sua volta.

— Se eu der esse simpático pote de mel para minha mãe usar em uma das suas receitas, ela vai olhar para mim como a filha carinhosa e doce que sou e acabará com esse castigo injusto, que foi imposto a mim injustamente por causa do porco ignorante do meu irmão.

Eu me ajeitei.

— Isso nunca vai funcionar. Vou ficar com o mel.

— Tanto faz — disse ela, jogando o cabelo castanho liso para trás dramaticamente. — Deve estar envenenado mesmo.

Ela botou a língua para fora e saiu pisando duro em direção à escuridão, deixando-me sozinha com minha recompensa conquistada com tanta luta. Botei o pote na bolsa, observando os cachos da fita preta sumirem lá dentro.

Atravessei a rua e parei, tentando decidir para que lado seguir. Depois de seis turnos seguidos, as solas dos meus pés latejavam e, como Millie e eu havíamos enrolado por tanto tempo, já estava mais tarde que o normal. O caminho mais longo para casa era geralmente a minha opção favorita — era bem-iluminado e bem-frequentado — mas o atalho era bem mais curto, sem passar pelo centro da cidade, subindo a ladeira e dando a volta por trás da mansão assombrada no final da avenida Lockwood.

## CAPÍTULO DOIS

# O GAROTO DE OLHOS ASSOMBROSOS

A lua estava cheia e alta, mas a noite parecia mais escura do que o normal. Depois de 15 minutos com apenas o som dos meus passos como companhia, os torreões da velha mansão Priestly se erguiam em direção ao céu à minha frente, vigiando as casas vizinhas como torres de observação.

Por mais bonita que fosse, a mansão sempre me lembrava de uma casa de bonecas em ruínas. As paredes de madeira caiada se inclinavam em ângulos estranhos, enquanto alguns cantos sobressaíam, afiados como facas, atravessando a imensa quantidade de hera. Um muro de pedras coberto de folhas contornava o terreno; era a única casa de Cedar Hill que proporcionava o luxo de tamanha privacidade, mas sua aura gótica era mais eficaz em repelir invasores do que os muros da mansão.

As pessoas que conheciam a casa falavam dela com iguais medidas de apreensão e fascinação, e com frequência criavam suas próprias histórias a respeito do lugar. Quando eu tinha sete anos, minha mãe me contou sobre uma linda princesa que passava os dias no alto dos torreões da antiga casa, fugida de um casamento arranjado com um príncipe amargurado e chato. Quando fiz dez anos, as crianças da vizinhança haviam decidido que a casa era o lar amaldiçoado de uma bruxa velha e ardilosa. Ela enchia os cômodos com gatos e sapos, caldeirões e vassouras e, no meio da noite, saía voando pelo céu à procura de crianças desobedientes que já deveriam estar na cama. Quando conheci Millie, ela me falou dos vampiros que observavam por trás das vidraças rachadas, espiando com olhos vermelhos e brilhantes.

Mais tarde, aos 14, eu estava terminando um trabalho de história sobre Cedar Hill e me deparei com a verdadeira e apavorante história da mansão. Não havia bruxas, princesas ou vampiros — apenas a história de uma jovem chamada Violet Priestly, uma enfermeira do fronte na Segunda Guerra Mundial que havia retornado como uma versão totalmente diferente de si mesma. As lembranças traumáticas a assombravam, até que as alucinações se tornaram fortes demais para ignorá-las. Pouco tempo depois de envenenar o marido e o filho, ela se enforcou no hall da antiga mansão.

É claro que ninguém quis comprar a casa depois disso.

Nada seria capaz de afastar a escuridão que rondava a vizinhança dos Priestly. Mesmo nos dias mais quentes de verão, quando as calçadas ardiam com miragens, havia uma frieza inquestionável partindo da mansão. E ela permaneceu assim por décadas, como um lembrete de outro espaço e tempo, vazia e totalmente irrecuperável.

Quer dizer, até aquela noite.

Ao me aproximar da mansão, esfregando meus braços para esquentar a pele subitamente gelada e questionando minha decisão de seguir por aquele caminho, me assustei ao perceber que a casa havia mudado completamente desde a última vez que eu passei por ali. Alguém finalmente tomou coragem — *de verdade*. A abandonada mansão Priestly foi arrastada para o século XXI, e estava viva novamente.

Parei de andar.

Os portões de ferro coloniais enferrujados tinham sido arrancados e apoiados nas cercas-vivas que já não se estendiam pelo muro do jardim. Os salgueiros-chorões estavam podados com uma perfeição quase artificial, revelando as janelas do segundo andar, cuja existência eu nunca percebi. As heras foram retiradas das paredes, exibindo placas de madeira robustas e uma porta vermelha recém-pintada, iluminada por um lampião de cada lado. E, ao alcance da luz dos lampiões, era possível ver dois SUVs pretos estacionados lado a lado no novo chão de cascalho.

Meu telefone vibrou no bolso — uma mensagem de texto de Millie avisando que havia chegado bem em casa, e um lembrete não intencional de que o mesmo não era verdade para mim. Relutante, tentei retomar a caminhada, mas algo dentro de mim me impediu. A mansão Priestly, o coração congelado de Cedar Hill, batia novamente e dane-se o atraso — eu precisava saber mais sobre isso.

Foi então que senti algo. Levantei o olhar para as árvores e vi uma sombra bruxuleante em uma das janelas de cima. Era um garoto. Não tinha certeza da sua idade, mas mesmo de longe os olhos brilhavam. Eram grandes demais para seu rosto delicado e enquanto me observavam pelo que pareceu uma eternidade, eles se arregalaram. O garoto se inclinou para frente e apoiou as palmas das mãos na janela, como se fosse empurrar o vidro para fora. Ele estava acenando? Ou me mandando embora?

Levantei a mão para cumprimentá-lo, mas ela parou no meio do caminho, suada e instável. E então, com a mesma rapidez que apareceu, o garoto desconhecido sumiu pela escuridão atrás dele, até que a casa, reformada, ficou silenciosa mais uma vez.

Confusa, desviei o olhar da janela vazia para a entrada de carros à minha frente enquanto a escuridão adiante tomava forma. Um leve farfalhar soprou pelo ar e apertei os olhos até enxergar outra figura atrás de um dos carros. Ele estava agachado, procurando algo no veículo.

Tentei lutar contra o desejo de investigar, mas, com as mãos tremendo, a curiosidade tomou conta de mim e me impulsionou em direção à casa. Segui da calçada para dentro, tentando espiar pelas frestas dos portões abertos, e o farfalhar parou. A porta do carro se fechou e ouvi o som de cascalho sendo pisado na escuridão. A pessoa se ergueu, a cabeça aparecendo de trás do carro, e se moveu acompanhado do cascalho barulhento até parar no caminho entre a casa e o portão, onde me viu observando-o.

Mesmo à luz dos lampiões, ele era apenas um contorno: uma sombra alta de ombros largos e movimentos decididos. Ele parou e abaixou o braço, descendo uma bolsa de lona ao chão até estar a seus pés, com uma lentidão calculada. Deu um passo para o lado e empurrou a bolsa com a bota para trás do carro mais próximo e para longe dos meus olhos curiosos. Mas eu já tinha visto, seja lá o que fosse *aquilo*, e nós dois sabíamos disso.

Ele inclinou a cabeça para o lado e chegou mais perto, um passo decidido e depois outro, encurtando a distância entre nós. A cada passo meu coração batia mais forte. Minha curiosidade se evaporou e foi substituída pela realidade: eu fui pega invadindo propriedade alheia e agora aquela figura sombria vinha atrás de mim.

Dei meia-volta e cambaleei pela rua deserta. Quando o silêncio foi interrompido pelo som de passos pesados, comecei a correr, completamente despreparada para o gato que surgiu no meu caminho soltando um miado estridente. Escorreguei tentando parar e balancei os braços procurando equilíbrio, mas o homem desconhecido atropelou as minhas costas, me calando antes que eu soltasse um grito ao tirar o ar dos meus pulmões e me mandar voando pelos ares. Larguei a bolsa e caí na calçada com um baque surdo, ralando as mãos e os joelhos no asfalto. Fui tomada por uma tontura, meu jantar se revirando no estômago.

Antes que eu pudesse entender o que havia acontecido, ou imaginar como seria morta, fui erguida da minha bolha de dor e posta de pé novamente na mesma posição de segundos atrás, como se alguém tivesse apertado o botão *rewind*.

Só que daquela vez havia algo diferente. Eu sentia mãos fortes ao redor da minha cintura. Elas me mantinham de pé enquanto eu me oscilava para frente e para trás, tentando encontrar equilíbrio.

— *Stai tranquillo, sei al sicuro*. — As palavras soaram tão estranhas e inesperadas que pensei tê-las imaginado.

Olhei para baixo e notei as mãos dele em volta de mim. De repente me vi, como se do alto, relaxada nos braços de um estranho em uma rua deserta no meio da noite, em frente à casa mais famosa de Cedar Hill.

O mesmo estranho que tinha acabado de me flagrar invadindo sua propriedade e depois me jogado no chão.

Eu havia assistido a muitos filmes românticos para apreciar uma boa cena de tirar o fôlego — mas também havia visto muito *CSI*. Num impulso, empurrei as mãos desconhecidas para longe de mim e saltei para frente. Agachei e peguei minha bolsa do chão, vendo de relance a fivela grossa prateada da bota de couro dele antes de me levantar correndo e jogar apressada a bolsa no ombro. Ergui os olhos para o cara, desejando ter algum tipo de arma na minha bolsa só por garantia. Mas ele ficou parado, o rosto um conjunto de sombras na escuridão. Ele não fez nova menção de me atacar, e não me demorei ali para que tivesse outra chance.

— Não me siga. — Minha voz soou mais forte do que eu me sentia.

Dei a volta e comecei a correr.

Ainda o escutei chamando, mas eu já estava longe.

Não me virei, mas tinha certeza de que sentia os olhos sombrios — *os olhos dele* — nas minhas costas enquanto corria. Um som distante de risos me seguiu pela escuridão.

Cheguei em casa em tempo recorde. Depois de deixar o pote de mel no parapeito da janela da cozinha e me arrastar para o andar de cima, limpei meus joelhos ardidos e me deitei. Após o que pareceram horas encarando o teto de olhos arregalados, escutando as batidas aceleradas no meu peito, caí num sono inquieto. Sonhos com garotos em janelas se transformavam em pesadelos com corpos nas sombras e potes de mel com fitas pretas.

## CAPÍTULO TRÊS

# A MERCADORA DE FOFOCA

Não existe muita coisa capaz de me irritar. No entanto, a fonte de tão rara irritação havia se infiltrado na minha casa e estragado a manhã ensolarada praticamente antes que ela começasse.

— Não é um bom presságio, Celine. Eu tenho um sexto sentido para essas coisas...

A voz de Rita Bailey, mais estridente que uma sirene de polícia, não encontrava qualquer desafio para invadir meu quarto, apesar de estar um andar abaixo. Olhei com raiva para o teto. Eu não queria ouvir sobre o caso de Lana Green, a psoríase alarmante de Jenny Orin ou o escândalo dos piolhos das crianças Tyler. Mas o volume da voz daquela senhora me deixou sem alternativa. Eu teria que sofrer de qualquer forma e, considerando a bagunça deprimente do meu quarto, aliada ao meu desejo de tomar café da manhã em algum momento, decidi encará-la de frente e acabar logo com a parte mais desagradável do dia.

Saí da cama, engatinhando entre as pilhas de calças jeans e camisetas do avesso para pescar um sutiã parcialmente escondido. Fiquei de pé e rodeei o cômodo sem tocar em nada — porque às vezes gosto de brincar disso —, retirei um par de shorts jeans do chão e os vesti antes de decidir usar uma regata branca e meus All Star favoritos. Depois de passar um hidratante e prender o cabelo em uma trança bagunçada, desci na ponta dos pés, tentando criar forças para o que estava prestes a enfrentar, sem café e exausta.

Rita Bailey, uma senhora robusta de cabelo grisalho curto e feição tensa e enrugada, estava debruçada na mesa da cozinha, bebendo seu café usando um terninho rosa pavoroso. Ao lado dela, minha mãe aturava sua presença de forma educada, com um sorriso contido e balançando a cabeça quando necessário. Ela havia até aberto um espaço na mesa, que ficava tomada por projetos de costura e amostras de tecido. Agora, limitados a apenas alguns centímetros, seus materiais de trabalho se equilibravam precariamente perto da parede, correndo o risco de desmoronar a qualquer momento.

Quando morávamos em uma casa espaçosa de quatro quartos na avenida Shrewsbury, minha mãe tinha dois quartos inteiros dedicados à explosão de materiais necessários para criar seus vestidos, mas aqui seus projetos pareciam caminhar de cômodo em cômodo, nos seguindo pela casa apertada em todos os tons e estampas possíveis. Metros de renda marfim e creme esticados nos braços das cadeiras lutavam por espaço debaixo de manequins com vestidos de verão e trajes de festa sofisticados. Desde que nos mudamos para cá, um ano e meio atrás, passei por muitas situações traumatizantes ao acordar gritando com a visão de um molde de noiva pela metade pendurado no canto do meu quarto, ou um vestido jeans que jamais deveria ser visto.

Não era como se minha mãe não tivesse um sistema, é só que ninguém além dela conseguia entendê-lo. Ela provavelmente era a costureira de vestidos mais desorganizadamente organizada de Chicago, e acho que ela gostava que fosse assim. A sra. Bailey, que encarava de olhos apertados a pilha cambaleante de tecidos do outro lado da mesa, certamente não concordava.

Deslizei para a cozinha, chamando a atenção dela antes que sua carranca ficasse tão intensa que abrisse uma rachadura no rosto.

— Bom dia, sra. Bailey.

*Não foi tão ruim assim.*

Ela reajustou seu olhar para mim.

— Bom dia, Persephone.

Eu me contorci. Fazia um tempo desde que havia ouvido meu nome na sua completa feiura e, para variar, nada havia mudado — ele continuava terrível. Mas a maneira como aquela velha o pronunciava sempre parecia piorá-lo, prolongando os sons das sílabas como se falasse com uma criança de cinco anos — Perrr-se-fo-neeee.

— Prefiro Sophie — retruquei com o tom de irritação que acompanhava o assunto.

— Mas Persephone é tão melhor.

— Bem, ninguém me chama assim. — Não era meu nome e ela sabia disso. Era apenas o símbolo da obsessão passageira da minha mãe por mitologia grega, que infelizmente coincidiu com a época do meu nascimento. Ainda bem que meu pai desistiu da complicação já no primeiro ano de idade. Não demorou muito para que ele chegasse a "Sophie" como uma alternativa aceitável. Suspeito que fosse o nome que ele sempre tinha desejado, e isso me tornou eternamente grata a ele por dois motivos: um, eu não precisaria passar a vida inteira com um "nome relíquia pesadelo para soletrar", e dois, ele não ter me apelidado de "Persy". Quando minha mãe admitiu a derrota, virei "Sophie". Simples, prático e pronunciável.

— Como você sabe o meu nome, aliás? — acrescentei tardiamente. Em todas as vezes que a sra. Bailey me chamou pelo nome errado de propósito, nunca me ocorreu perguntar como ela sabia de um dos meus segredos mais bem-guardados. Mas, também, ela foi a primeira pessoa a descobrir a localização da nossa casa nova quando nos mudamos, apesar de termos tentado com afinco esconder essa informação dela, *e* do fato de que ficava a quase uma hora a pé da avenida Shrewsbury. Vai ver ela *era* mesmo vidente.

— Eu vi em uma carta certa vez.

— Onde?

— Não consigo lembrar. — Ela parecia ofendida com a pergunta. — Talvez tenha caído da sua caixa de correio.

— Hummmm. — *Enxerida*, reclamei mentalmente.

Ao meu lado, minha mãe estava contornando a borda da sua caneca com o dedo.

— Sophie — interrompeu ela, gentilmente —, por que não mudamos de assunto?

— Por quê? Continua tentando se esquivar da culpa de ter me batizado com o nome mais vergonhoso e horrendo que imaginou? — Embora minha voz estivesse calma, aquilo era uma brincadeira só em parte. Não que isso importasse para minha mãe; ela achava a indignação em relação ao meu nome inexplicavelmente divertida. Acho que faz sentido. Para ela aquilo era só uma piada mesmo, que agora me seguia por meio de pessoas como a sra. Bailey ou o tio Jack, que o usava contra mim como uma arma quando se irritava com meus cochilos na lanchonete.

— Acho o nome Sophie igualmente adorável. Combina com você. — Minha mãe tentou apaziguar, escondendo um risinho na caneca até que ficassem à mostra apenas suas sobrancelhas arqueadas e delicadas. Senti uma pitada de inveja pela simetria delas. Tudo nela era delicado e refinado como uma fada. Por meio da mágica da genética, ela me transmitiu apenas seu cabelo louro e o rosto com formato de coração. Mas, pela mágica da imitação, eu herdei também sua tendência à bagunça extrema e sua inabilidade para cozinhar. Eu estava guardando o julgamento sobre de onde veio minha altura limitada, porque ainda esperava crescer sete milagrosos centímetros até meu aniversário de 17 anos, que se aproximava rapidamente.

Ao pronunciar "Sophie", a sra. Bailey soltou um longo e descontente som de rejeição. Parecia que ela estava se engasgando — e, por um breve segundo de crise moral, parte de mim torceu para que fosse verdade.

Atravessei a cozinha até o balcão para encher minha caneca e vi o pote de mel no parapeito da janela. Raios de sol me cumprimentaram através do vidro. *Seria uma pena não prová-lo*, decidi. Peguei uma colher e tirei a tampa do pote, deixando de lado o pedaço de pano que o cobria e tomando cuidado para não estragar o laço de veludo preto.

Atrás de mim, a sra. Bailey praticava seu hobby favorito — a arte da lamentação.

— Persephone é *tão* mais elegante. Ela talvez não goste agora, mas sempre pode tentar *passar* a gostar.

— Obrigada, mas acho que vou ficar com Sophie mesmo e continuar a viver no mundo moderno. — Eu meti a colher no pote, correndo-a pelo conteúdo.

— Você parece tão cansada hoje, Sophie — informou a sra. Bailey para a parte de trás da minha cabeça, pronunciando meu nome com dificuldade, como se fosse muito difícil.

Ignorando a provocação, assim como a opção civilizada de passar o mel no cereal ou em uma torrada, enfiei a colher transbordando direto na boca.

— Ela vai ficar feliz e contente assim que tomar sua dose matinal de cafeína — explicou minha mãe por trás de mim. O tom da voz dela, geralmente calma, dava a entender que a paciência estava chegando ao fim. Mesmo depois da bagunça criada pelo meu pai, minha mãe havia mantido seu nível inacreditável de bondade. Isso significava que ela ainda era educada demais para dispensar a sexagenária solitária e irritante, mesmo quando o papo parecia ser nada além de reprovações e comentários maldosos.

— Tem certeza, Celine? Ela parece tão exausta. É a sombra da aparência que uma garota de 16 anos deveria ter. Ela deveria estar no sol, ficando bronzeada. Ela era tão bonitinha.

*Sério?* Eu teria respondido à altura, mas o mel mantinha minha boca fechada.

Minha mãe soltou um pequeno suspiro — sua especialidade. Era ambíguo o suficiente para significar qualquer coisa para qualquer um — "Estou cansada/feliz/decepcionada" —, mas eu tinha a impressão de que nesse caso era uma forma de concluir o assunto de forma delicada.

Lutando contra minha vontade de pegar o café e sair correndo, dei meia-volta e me sentei à mesa da cozinha, arrastando as pernas da cadeira no chão com o máximo de barulho possível e comemorando a expressão incomodada da sra. Bailey.

*Ok, mocinha. Vamos lá.*

— Espero não ter interrompido nada importante. — As palavras adoçadas pelo mel mascaravam o sarcasmo na minha voz. Tomei o primeiro glorioso gole de café e senti o vapor me aquecer por dentro.

— Bem, na verdade, *interrompeu.*

*Quelle surprise.* Eu sempre parecia interromper os boletins informativos do plantão da sra. Bailey.

— Estava contando à sua mãe que uma nova família se mudou para a mansão Priestly, na avenida Lockwood.

Fiquei completamente chocada com meu interesse inesperado por algo que a sra. Bailey tinha a dizer. Mas de repente ali estava eu, colada à maior fofoqueira de Cedar Hill como se ela estivesse prestes a anunciar o vencedor do meu reality show favorito. Uma enxurrada de perguntas se formou no meu cérebro. *De onde eles vieram? São parentes dos Priestly? Por que você está usando esse terno rosa horroroso?*

— Bem, aposto que será bom ter rostos novos na vizinhança — interrompeu minha mãe antes que eu pudesse começar.

A velhinha balançou a cabeça como se estivesse sofrendo um derrame. Ela se inclinou na mesa e olhou diretamente para nós duas, uma de cada vez, como se pedisse atenção exclusiva, algo que sabia já ter. A sra. Bailey baixou a voz.

— Você sabe que eu tenho o dom da clarividência, Celine. Vejo coisas desde criança...

Precisei enfiar a cara no café para esconder o riso.

— Eu estava passando pela velha casa dos Priestly algumas semanas atrás e tive a sensação mais estranha. Quando vi a obra e os caminhões de mudança, tudo começou a fazer sentido. A casa está cheia novamente e eu simplesmente *sei* que isso não é bom.

— Talvez não devêssemos nos precipitar — sugeriu minha mãe. Dava para perceber que estava começando a perder a atenção. Ela puxou uma linha solta da calça capri, franzindo a testa.

Também pensei em dizer para a sra. Bailey relaxar, mas ela já havia desviado o olhar para nosso quintal como se vislumbrasse uma dimensão oculta. Porém, na verdade, estava apenas encarando as plantas no parapeito. Ela apertou os olhos e suspirou, provavelmente reparando que estavam mortas.

— Nada de bom virá da presença de cinco jovens causando problemas na vizinhança, porque é *exatamente* isso que acontecerá, Celine. Pode anotar.

Ela balançou a cabeça novamente, mas cada fio branco arrumado de forma meticulosa permaneceu imóvel, como se estivessem congelados ali.

— Espere, você quer dizer *cinco* caras? — Eu já tinha visto dois deles. Bem, um deles, mais ou menos. O segundo havia me derrubado. Fiz uma careta ao me lembrar. Mesmo depois de uma noite analisando o assunto, ainda não tinha certeza do que pensar sobre o acontecido.

A sra. Bailey estava escandalizada com meu interesse, é claro. Sua boca abria e fechava como se tentasse achar as palavras exatas para explicar o tamanho da decepção que eu era.

— Cinco jovens *encrenqueiros* — concluiu ela enfim, agarrando-se a seu peito para efeito dramático. — Eu os vi fazendo a mudança e posso dizer, não parecem respeitáveis.

*Não foi isso que você disse sobre meu pai?*, quis perguntar, mas me controlei. A discussão não valia a pena. Nunca valia. E, além do mais, eu já tinha toda a informação necessária: havia uma nova família de garotos na vizinhança. Millie ia ter um chilique de felicidade quando eu contasse para ela.

Distraída, levantei para levar minha caneca pela metade até a pia.

— Acho muito legal que a gente tenha novos vizinhos.

— O que há de *legal* nisso? — A sra. Bailey lançou a pergunta para mim como uma adaga.

Eu me virei.

— O que *não tem* de legal? Ninguém nunca vem a Cedar Hill por vontade própria. Este lugar é tão entediante. Parece que a qualquer momento vamos todos virar fósseis.

*Quem sabe alguns de nós já tenham virado...* Me controlei novamente.

— Não precisa ser tão dramática — respondeu ela.

Pisquei com força para evitar um revirar involuntário de olhos.

— Tenho certeza de que esses rapazes são perfeitamente aceitáveis — ponderou minha mãe, que mexia no kit de costura. Eu podia ver que ela estava mais interessada em achar uma agulha para consertar a linha da calça que havia se soltado.

A sra. Bailey ainda mantinha uma expressão carrancuda no rosto e ele começava a tremer com o esforço.

— Não, Celine, tem algo errado nessa história. Aquela casa está vazia há tempo demais. E todos nós sabemos o motivo.

— Fantasmas — sussurrei dramaticamente. Eu queria acrescentar um "uuuuuu", mas achei que seria exagero.

A sra. Bailey se levantou abruptamente, segurando o xale para demonstrar uma desajeitada indignação. Quando falou novamente, sua voz era um sussurro.

— Pode fazer quantas piadas quiser, Persephone, mas é melhor ter cuidado.

Olhei para minha mãe e fiquei surpresa ao perceber que ela havia voltado novamente a atenção para nossa conversa.

— Fama atrai fama — murmurava a sra. Bailey sem olhar para nenhuma de nós. — E considerando o que seu pai fez, é melhor ficar atenta...

— Acho que já basta, Rita. — Minha mãe se levantou da cadeira, encarando a velha com um olhar sombrio. — Sophie sabe cuidar de si mesma. Ela é inteligente.

— É — reforcei, sentindo-me a um milhão de quilômetros dali. Pensava em como eu havia me metido em perigo na noite anterior. A dor no meu joelho trouxe a memória de volta.

## CAPÍTULO QUATRO

# A CARTA

As palavras da sra. Bailey despertaram algo que no último ano se tornou comum para mim: culpa paterna.

De volta à agradável privacidade do meu quarto, sentei de pernas cruzadas na cama sempre bagunçada. Com o envelope mais recente da prisão em uma das mãos, retirei com cuidado a carta e mergulhei de volta na vida do meu pai, que era, pelo menos momentaneamente, limitada às cartas que ele me enviava mais ou menos a cada duas semanas.

*Querida Sophie,*

*Desculpe não ter escrito recentemente. Gosto de esperar para ter algo a dizer, mesmo que não seja tão interessante quanto a vida em Cedar Hill. Detestaria que você pensasse que me tornei ainda mais entediante do que antes de partir. Na verdade, estou tentando tirar o melhor que posso da minha experiência aqui. Quero dar a você algo de que possa ter orgulho de novo.*

*Acho que ficará feliz em saber que li Ardil 22 em apenas dois dias, ou seja, estou ficando mais rápido na leitura. Terei o conhecimento de um professor de literatura quando sair, e quem sabe até posso escrever um livro.*

*Espero que seu verão esteja indo bem. Tente não ligar muito se não puder pegar sol — você vai rir por último quando todos os seus amigos ficarem com rugas prematuras e você ainda tiver a pele de uma adolescente.*

*Como estão as coisas na lanchonete? Espero que seu tio Jack esteja cuidando bem de você. Sei que ele está se esforçando bastante,* então pegue leve com ele. Se você pedir, tenho certeza, ele vai lhe dar uma folga para você fazer algo com a Millie — viva uma aventura!

Sobre seu tio, estava pensando que poderia sugerir algumas coisas para ele ler também. Seria uma boa maneira de relaxar. Talvez algo com imagens coloridas e letras bem grandes? Estou brincando. Não diga a ele que falei isso! Eu me preocupo com ele, o que pode parecer irônico dadas as circunstâncias, mas conto com você para ficar de olho nele e na pressão arterial dele. Não somos mais jovenzinhos, infelizmente.

E como está sua mãe? Ela se lembrou de consertar a lava-louça ou você precisou botar em ação o plano Pia Cheia? Espero que ela tenha parado de trabalhar demais, mas sei que isso é improvável. Diga a ela, por favor, que estou pensando nela, se ela perguntar, e espero que pergunte. Não tenho notícias dela faz um tempo, mas sei que ela ainda está processando tudo. É difícil para ela, assim como imagino que seja para você.

Faz tanto tempo que não a vejo. Eu ficaria muito feliz se você me visitasse quando tiver um tempo livre. Que tal depois do seu aniversário, quando as coisas voltarem a ficar mais calmas? Jack não terá problema em lhe dar carona, se você pedir. Eu sinto muito a falta do seu sarcasmo adolescente, embora você não acredite muito nisso.

Isso é tudo por enquanto. Estou ansioso por sua próxima carta e, como sempre, estou pensando em você e contando os dias.

Beijos,

Papai

Botei a carta de volta no envelope e a apoiei na mesa de cabeceira. Tentei afastar a melancolia da minha mente. Mesmo depois de tantas cartas dele eu ainda me sentia triste quando as lia, mas também sabia que não ter as cartas seria mil vezes pior.

Com peso no coração, apoiei um caderno nos joelhos e comecei a escrever uma resposta, censurando as partes negativas da minha vida e acentuando as partes positivas enquanto escrevia. Mesmo que o mundo estivesse desabando à minha volta, eu não contaria ao meu pai, porque ele, mais do que qualquer um, precisava de boas notícias de todas as formas possíveis. E não importava o quanto me encontrava irritada e nervosa, eu daria a ele o necessário para sobreviver.

*Oi, pai!*

*Escrevo esta carta com o caderno equilibrado em joelhos ralados e com a mão dolorida. Se estiver se perguntando o que houve, explico: ontem, voltando do trabalho, caí de cara no chão.*

Uma sombra assustadora correu atrás de mim e me jogou no chão. Mas tudo bem: não deixei que ela me matasse (de nada), e tenho certeza de que não era a intenção do cara. Ele provavelmente correu atrás de mim como um louco apenas para me perguntar por que eu estava bisbilhotando a casa dele sozinha, no meio da noite. Adolescentes, né?

*Felizmente, sobrevivi para contar a história, embora não possa dizer que meu orgulho esteja tão bem. Ainda assim, acho que é uma boa maneira de começar esta carta e aposto que fez você sorrir.*

Espero que algo de bom tenha saído desse incidente, porque corri para casa com medo e me sentindo paranoica.

*Fico feliz de saber que você está lendo bastante. Acho que escrever um livro é uma ótima ideia. Dizem que é muito terapêutico.*

Não sei quem diz isso ou mesmo se é verdade. E realmente espero que quando você fala em *livro*, que não seja um autobiográfico, porque não gosto nem um pouco da ideia de reviver a história do seu julgamento por assassinato numa versão de bolso, por mais que isso seja bom para sua saúde mental. E também não me encanta a ideia de ver a mamãe passar por outro ataque de ansiedade tão cedo.

*Não tive muita chance de fazer grandes coisas nessas férias além de trabalhar, e estou me acostumando com a rotina.*

Eu me conformei com o atual estado monótono da minha vida.

*O tio Jack está ótimo. Ele ainda está se esforçando para se adaptar à sua função, embora seja um pouco mais mal-humorado do que você. Será que é coisa da meia-idade? ;) Ele vai e volta da cidade toda hora. Millie e eu desenvolvemos uma teoria: ele conheceu uma mulher por lá. Quer dizer, que tipo de negócio exigiria essa quantidade de visitas? O que você acha: nosso Jack, o Casanova?*

Humm... É só uma ideia. Se for esse o caso, então não precisamos nos preocupar com a saúde dele, contanto que o coração vá bem.

Embora, conhecendo o tio Jack, é mais provável ele estar envolvido em algum caso sórdido do que em um romance épico. Até agora nada chegou perto de preencher o vazio que você deixou na vida dele.

*Obrigada por dizer que vou rir por último quando todos meus amigos estiverem que nem uvas-passas no futuro depois de pegarem tanto sol.*

Fico honrada pela insinuação de que eu ainda tenho mais de um amigo, espero que você realmente pense assim. Se soubesse quantas pessoas me deram as costas, acho que ficaria arrasado.

*E, para falar a verdade, fico feliz de estar longe do sol, porque sei que o tempo na lanchonete vai me ajudar a alcançar o meu objetivo final: comprar um carro. Não sei o que vou fazer para comemorar meu aniversário de 17 anos, mas provavelmente vai ser algo simples.*

Os pais da Millie vão viajar, então ela e Alex vão dar uma festa gigante, com todos os amigos dele da faculdade. Se você estivesse aqui, com certeza não aprovaria. Mas você não está.

*Acho que a mamãe quer me dar um vestido de presente de aniversário. Vejo o brilho dos olhos dela diminuírem um pouco toda vez que ela me vê de moletom. Ela talvez morra por dentro se eu não usar um vestido em breve. Na manhã do sábado passado, eu a flagrei tirando minhas medidas enquanto eu dormia.*

Se eu enxergar qualquer sinal de babados ou brilhos, a briga vai ser feia.

*Ela está trabalhando mais do que nunca, e parece gostar disso.*

A maioria dos amigos dela também desapareceu depois de tudo que houve, e os que não sumiram também não aparecem muito. Acho que a mamãe perdeu seu círculo social.

*Sei que o ano passado foi muito difícil para todos nós, mas agora ela parece mais feliz, e tenho certeza de que sente tanto a sua falta quanto eu.*

Às vezes parece que ela odeia você e tudo o que você fez a gente passar. Às vezes eu também me sinto assim.

*A sra. Bailey voltou a aparecer aqui aos domingos. Decidi hoje mais cedo que ela deve ser a pessoa mais irritante que já existiu neste planeta. Você acha que ela pode ser descendente de Lúcifer? Só uma ideia.*

Irritante é pouco. Você não tem ideia das besteiras que ela anda dizendo sobre você. E a Millie só deve ter me contado metade.

*Ela esteve aqui hoje de manhã, falando sobre uma família que se mudou para a antiga mansão Priestly. Acho que devem ser parentes distantes. Estranho, não? Achei que aquele lugar fosse ficar vazio para sempre.*

E agora está cheia de garotos, garotos, garotos!

*Vou te visitar daqui a duas semanas, depois do meu aniversário, quando tiver uma folga na lanchonete. Mal posso esperar.*

Detesto a ideia de ver você tão abatido e triste. Fico sempre com vontade de cair em prantos.

*Por enquanto é só. Estou com muita saudade.*

Às vezes tanta que até dói.

*Estou sempre pensando em você.*

Queria poder desligar esse pensamento, como um botão.

*E estou contando os dias.*

Contando os anos.

*Muitos beijos e abraços,*
*Sophie*

CAPÍTULO CINCO

# OS IRMÃOS PRIESTLY

Eu estava de pé, de cara no balcão, torcendo para o tempo acelerar. Até mesmo nos horários de pico, a lanchonete nunca ficava lotada de clientes, mas naquele dia havia uma estranha calma. Com apenas uma hora para eu poder ir embora, os minutos se arrastavam. Para piorar, o ar-condicionado tinha quebrado, a umidade estava deixando o meu cabelo todo arrepiado, e o fornecedor não tinha aparecido pelo terceiro dia seguido, o que significava que sobravam poucos ingredientes para os pratos.

Millie apareceu atrás de mim, apertando meu ombro. Ela era, afinal, metade mulher, metade curiosidade.

— Então, se esses parentes aleatórios da família Priestly *acabaram* de se mudar, o cara da sombra provavelmente *era* um dos cinco caras?

— É — respondi em meio a um bocejo. — Provavelmente.

Ela riu como se fosse a coisa mais engraçada que já tinha ouvido.

— Que constrangedor.

Levantei a cabeça.

— Antes constrangida do que morta.

Ela sorriu.

— Ah, peraí, Soph, *onde* está seu senso de aventura?

Fingi considerar a pergunta dela.

— Acho que enterrado debaixo do meu instinto básico de sobrevivência.

— Você podia ter ficado com uma sombra! — O rosto dela brilhava.

— *Ou* ter sido brutalmente assassinada — refutei.

— Argh, você é *muito* estraga-prazeres.

— Que tal assim — falei. — Da próxima vez que eu me encontrar em uma situação perigosa com um estranho, prometo que vou tentar beijá-lo.

— Ah! Não faça promessas que não vai cumprir. Não quero criar esperanças.

O sino acima da porta soou e três garotas entraram na lanchonete. Reconheci duas delas do colégio. Erin Reyes e Jane Leder eram só perversidade e pernas de modelo, e poderiam ganhar dinheiro julgando as pessoas se isso fosse uma profissão. Eu estava surpresa de vê-las na Gracewell — era o oposto dos lugares de que elas pareciam gostar. Pensando bem, a lanchonete tinha a atração favorita delas — eu. Fazia quase um ano e meio desde a prisão do meu pai, mas eu *continuava* sendo o assunto favorito de Erin.

Ela me viu e deu um risinho. Eu tentei não me mexer enquanto ela sussurrava de maneira ensaiada para a terceira garota, que já me analisava com atenção absoluta.

— É ela. Ela *realmente* trabalha aqui, no lugar onde tudo *aconteceu*. Acredita?

As outras duas soltaram risinhos e senti meu rosto ficar vermelho.

— Aff — disse Millie, que tinha tanta paciência para aquele circo quanto eu. — Eu atendo a mesa. E se elas não tiverem cuidado, levarei os cardápios acompanhados dos meus sapatos enfiados no... — Ela se calou e deu a volta no balcão para atendê-las.

Agradeci com um sorriso. A lanchonete Gracewell alimentava basicamente os trabalhadores e as famílias locais havia anos. Mas, de vez em quando, algumas víboras enxeridas do colégio faziam uma visita ao infame restaurante de Michael Gracewell, e Millie sempre se oferecia para atendê-los para mim.

Com a mente dispersa, comecei a puxar uma linha solta do avental, formando um laço assimétrico.

— Pretende trabalhar em algum momento hoje, Sophie?

Ursula, a subgerente, havia aparecido de dentro da cozinha. Ela tinha basicamente a mesma idade da sra. Bailey, mas era *infinitamente* mais legal, porque pintava o cabelo de roxo e sabia ter conversas que não acabavam com a minha vontade de viver. Ela gesticulou na direção de Millie, que entregava os cardápios para as três garotas.

— Ah, peraí. Não tem mais ninguém aqui e não posso servir mesas-fantasmas — protestei.

A risada de Ursula era rouca e entregava seu antigo hábito de fumar.

— Só estou dizendo que você parece distraída hoje. — Ela subiu os óculos para o alto do nariz até se acomodarem, duplicando o tamanho dos seus olhos. — Ou devo dizer, mais distraída do que o normal.

— É porque ela *está* distraída, Ursula. — Millie estava de volta, limpando o avental. Ela ia sair uma hora antes de mim e, por um segundo, senti uma leve pontada de inveja. — A gente devia contar para a Ursula.

— Devia mesmo — repetiu Ursula, virando-se para se apoiar na parede ao meu lado. Éramos exatamente da mesma altura, então ela me olhava direto nos olhos sem esforço.

— Mas eu não *tenho* nada para contar — jurei.

— Mentira! — Millie deslizou para frente do balcão com o casaco nas mãos. Ela o vestiu, com um sorriso tão largo que quase dava para ver cada detalhe do aparelho. Ela fechou o zíper e o crachá com seu nome, MILLIE, A MAGNÍFICA (não sei como ela convenceu o tio Jack a aceitar isso), desapareceu. Depois se inclinou para frente, fazendo as pontas do cabelo tocarem o balcão, e baixou a voz. Ursula correspondeu de pronto, chegando mais perto e focando os olhos em Millie.

— Bem, você provavelmente não vai acreditar nisso — começou Millie, apontando para mim com o polegar. — Mas a Sophie está com uma quedinha por uma sombra. Uma verdadeira paixonite. Nossa Sophie é a tarada da sombra.

Ursula franziu a testa ao ponto de as sobrancelhas quase se tocarem.

— O quê?

— Ela está brincando — expliquei, lançando um olhar mortal para Millie.

— Será mesmo, Sophie? Será? — Ela deu um sorrisinho irônico, de uma maneira que apenas Millie sabia fazer. — Ursula, vou precisar que você tome conta daquela mesa repleta de *criaturas incríveis* porque estou indo embora — disse ela, gesticulando para o canto em direção a Erin e suas amigas, antes de cruzar o restaurante e gritar: — Vejo vocês amanhã!

Assim que Millie saiu, Ursula direcionou seu olhar penetrante para mim.

— Então, o que é esse negócio de sombra?

— Não é nada, juro. Tem uma família nova morando na mansão Priestly, e acho que dei de cara com um deles outro dia. Mas saí correndo, e agora Millie acha que é a coisa mais tragicômica que ela já ouviu. — Peguei um pano e comecei a limpar o balcão, que já estava brilhando.

Ursula semicerrou os olhos como se tentasse descobrir se existia algo a mais na história, mas antes que ela pudesse pensar em algo o sininho acima da porta soou.

Embaladas por nosso silêncio abrupto, duas pessoas entraram pela porta.

Tentei não ficar boquiaberta. É difícil ignorar um garoto alto, moreno e bonito, mas dois é quase impossível.

Os dois pararam ao entrar, os ombros largos se tocando parados ali, lado a lado. Eles começaram a mapear a lanchonete com os olhos, como se procurassem por algo que pudesse estar debaixo das mesas ou pendurado nos ventiladores.

Sem querer, Ursula e eu demos um passo à frente ao mesmo tempo.

Eles tinham um jeito estiloso natural — as calças pretas retas eram feitas sob medida, a barra na altura perfeita acima das botas de couro, que deviam ter custado mais do que todas as minhas roupas, e as camisetas de marca eram complementadas apenas por uma simples corrente de prata no pescoço.

Analisei o garoto da direita, sentindo algo dentro de mim se agitar. Eu conhecia sua silhueta, sua altura. Baixei os olhos e reconheci a fivela prateada das botas.

Ursula e eu não éramos as únicas ridiculamente abaladas: de relance notei que as três garotas no canto haviam parado de conversar e agora estavam bem mais agitadas do que um minuto atrás. Eu não as culpava. Os garotos pareciam saídos de um filme de Hollywood.

Sem olhar para nós, eles deslizaram — sim, deslizaram — até uma cabine perto da janela e sentaram, concentrados na própria conversa sussurrada.

— Pode ficar com essa mesa, querida? — suspirou Ursula. — Acho que não consigo ficar perto deles. É deprimente demais. — Ela seguiu para o outro lado da lanchonete para atender as garotas no canto.

Meu encontro noturno havia parecido apenas um pesadelo, mas agora que o Garoto Sombra estava ali, percebi que precisaria enfrentar a realidade — ele era Monte Olimpo, eu era Lanchonete Gracewell, e eu não fazia ideia de por que ele tinha me derrubado. Com sorte, eu tinha grandes chances de não ser reconhecida por ele.

Embora a aparência elegante e as semelhanças óbvias tivessem me levado a crer que eles fossem irmãos, foi o fato de eu tê-los escutado falando italiano quando me aproximei da mesa que confirmou a teoria — era o mesmo tom cadenciado com o qual o Garoto Sombra havia falado comigo.

— Olá, meu nome é Sophie e vou atendê-los hoje — falei rapidamente, entregando um cardápio a cada.

O Garoto Sombra interrompeu a conversa e se virou. De perto, era mais novo do que eu esperava — ainda mais velho que eu, talvez —, tinha cabelo castanho ondulado abaixo das orelhas e olhos redondos escuros com pontinhos dourados. Fiquei abalada, não por sua beleza, mas pela familiaridade. Não conseguia afastar a sensação de já ter visto seu rosto antes — muito tempo atrás — e, embora ele fosse inquestionavelmente bonito, tive o impulso desagradável de desviar o olhar. Tentei piscar para voltar ao normal. Ele tinha apenas me desconcertado. Se eu o tivesse visto antes, não teria esquecido.

— Sophie — disse ele calmamente, encontrando meu olhar. — Acho que nos conhecemos na outra noite.

Fiquei de queixo caído. Mantive as mãos à frente do corpo enquanto seus olhos buscavam os meus com uma intensidade totalmente desconhecida. O irmão dele, que parecia ter um desinteresse completo na nossa conversa, lia o cardápio em silêncio.

O Garoto Sombra sorriu.

— Eu estava apenas tentando ajudar você a levantar, sabia?

— Ah — disse eu, demonstrando o que esperava ser uma expressão de indiferença. — Quer dizer, de onde você mesmo tinha me colocado? Quanta gentileza.

Se ele ficou ofendido, não demonstrou.

— Você parou de correr tão de repente que não tive tempo de desacelerar... E eu *tentei* me desculpar, mas, se me lembro bem, você saiu correndo.

Sorri constrangida.

— Talvez eu tenha exagerado...

— Deixa isso pra lá — pediu ele, levantando as mãos em rendição. — Você sempre fica assim, tão na defensiva?

— Depende... Você é sempre tão... agressivo?

— *Non lo so* — disse ele calmamente, e do outro lado da mesa, seu irmão, concentrado no cardápio, soltou uma risadinha baixa. Eu estava impressionada com a facilidade com que ele transitava entre as duas línguas e ligeiramente curiosa a respeito do que eles estavam achando tão divertido.

— Essa é uma pergunta capciosa — continuou rapidamente o Garoto Sombra, como se sentisse minha irritação. Ele franziu a testa e se inclinou por cima da mesa. — Sinto muito por toda essa história, Sophie. Eu só queria perguntar uma coisa. Mas aí você parou de correr tão de repente e... — Ele parou no meio da frase, fazendo o melhor possível para parecer envergonhado.

— Apareceu um gato e eu não queria atropelá-lo.

— Ah, entendi.

— Mas aí você decidiu me atropelar, então não tenho certeza se valeu pena.

— Eu já disse — disse ele em tom conspiratório. — Eu queria fazer uma pergunta a você.

— Você sempre faz perguntas de forma tão agressiva? Acho que não seria um interrogador muito eficiente.

— Talvez você tenha razão — concordou ele com um leve sorriso. — Mas, de qualquer forma, sou impaciente demais para esse tipo de trabalho.

Mirei os pontinhos dourados dos olhos escuros dele, tentando não perder a linha de raciocínio. Havia alguma coisa naqueles olhos.

— Então, qual era a pergunta?

— Bem — disse ele. — Na hora eu quis saber por que você estava espionando nossa casa. Mas depois fiquei me perguntando por que decidiu ir embora quando vi você.

Ele não estava mais sorrindo; me analisava, e entendi o que queria dizer — ele sabia que eu havia fugido e que eu estava com medo dele. Mas agora, olhando para ele, não lembrava por quê.

— Estava fugindo de mim?

Balancei a cabeça exageradamente, fazendo minhas bochechas tremerem.

— Não, de jeito nenhum.

— Ah, é mesmo? — insistiu ele, dessa vez com um sorriso largo. O movimento rearrumava seu rosto de uma forma linda, levantando as sobrancelhas e suavizando a linha do queixo.

— Prefiro definir como um mancar casual.

Ele chegou para trás e, aos poucos, pude prestar atenção no mundo ao redor de novo.

— Eu definiria como uma corrida desesperada.

— É tudo semântica.

— Peço desculpas se machuquei você — disse ele. — Meu nome é Nic, aliás, e esse é meu irmão, Luca.

Embora estivesse parada entre os irmãos, eu mal havia reparado em Luca, que já não estava mais lendo o cardápio e agora repousava as mãos entrelaçadas em cima dele. Abri um sorriso para o garoto.

— Bem-vindo à Gracewell.

— Morri de tédio com essa conversa — respondeu Luca. A voz dele estava impaciente e rouca, como se Luca estivesse com a garganta inflamada. — Mas é bom saber que planeja ser minimamente profissional esta noite, Sophie.

Fiquei branca. *Que cara grosso*.

Ele apontou o dedo indicador primeiro para Nic, depois para mim, como se nossa conversa tivesse a ver com *ele* também.

— Está pronto para se concentrar, Nicoli?

*Nicoli*. O nome lhe caía bem. Era lindo.

Nic se ajeitou no banco para ficar mais perto de mim e assim ficamos lado a lado, de frente para o irmão dele.

— Relaxa, Luca.

Luca levantou a sobrancelha.

— Meu irmão, *l'ipocrita*.

Nic lançou a mão na direção de Luca.

— *Stai zitto!*

— Você trabalha aqui há muito tempo, Sophie? — Luca jogou a conversa outra vez para mim. Ele passou a mão pelo cabelo, empurrando as mechas pretas rebeldes do rosto para trás das orelhas. Fiquei hipnotizada por seus olhos azuis, agora que podia realmente vê-los. Eram intensos e pareciam brilhar de forma anormal no rosto bronzeado. Será que era ele o garoto na janela? Não, ele era muito bruto, implacável. Não era ele. Eu tinha quase certeza.

— Então? — insistiu ele.

— Luca — resmungou Nic. — Será que pode parar de fazer isso...

— Deixe que ela responda.

— Não, não trabalho aqui há muito tempo — respondi rapidamente, esperando que isso acalmasse a tensão surgida entre eles. Talvez eles tivessem discutido logo antes de eu aparecer na mesa. Ou quem sabe Luca não saísse muito e essa fosse a ideia dele de socialização. — É só um emprego bobo de verão.

Eu me senti culpada por mentir sobre o papel da lanchonete na minha vida e no meu futuro, mas de repente não conseguia lidar com a ideia de eles pensarem que eu era tão comum; que minha vida estava fadada a ser passada em um lugar que não era redecorado havia pelo menos vinte anos, um lugar que pertencia a um homem preso, um lugar onde nada empolgante acontecia a ninguém.

Nic levantou os braços da mesa e os cruzou. Ele manteve o olhar fixo em Luca, como se o instigasse a fazer algo.

Luca parecia inabalado pelo olhar fatal.

— Você gosta daqui?

Dei de ombros.

— Mais ou menos, acho.

— E os seus colegas? Você gosta deles?

— *Smettila!* — sibilou Nic, mudando mais uma vez de idioma sem qualquer esforço.

— Faz diferença se eu gosto deles?

— Me diga você — retrucou Luca.

— Sim, eles são legais, a maioria deles — respondi no mesmo tom. — Por quê? Está fazendo uma pesquisa para a polícia, por acaso?

Pela primeira vez na nossa conversa instável, Luca sorriu para mim, revelando dentes afiados e maçãs do rosto pronunciadas.

— Sophie — murmurou Nic. — Não fique aborrecida com o meu irmão. Como pode ver, ele não tem o *menor* trato social.

A suavidade na voz dele me acalmou, e me permiti admirá-lo, mesmo que por um segundo, antes de deixá-los a sós com os cardápios.

— Olhe para aquelas duas belezuras! — festejou Ursula quando voltei ao balcão. — Então *esses* rapazes são os novos Priestly?

Assenti com discrição. Do outro lado da lanchonete, Nic e Luca estavam entretidos em mais uma conversa. De volta ao lindo mundo particular deles. Ursula e eu estávamos no planeta ao lado, assediando-os sem a menor vergonha.

— A sua paquera-sombra é o de cabelo preto? — provocou ela.

— Não, o outro.

De repente, Nic virou a cabeça de leve, como se pudesse nos ouvir. Prendi a respiração — sem saber por quê — e apertei o braço de Ursula, mas ela nem reparou, ocupada demais tentando não babar. De novo, ele mergulhou na conversa, como se tivesse precisado de um momento longe da intensidade daquela discussão, assim como Luca. As bocas se aceleraram e seus gestos ficaram mais expressivos.

— É tão difícil desviar o olhar — provocou Ursula, alheia à raiva elevando-se da conversa deles. — E *veja* aqueles olhos. De onde eles são?

— Do paraíso? — chutei, e nós duas rimos. Eles eram tão exóticos, tão diferentes de qualquer pessoa já vista em Cedar Hill.

— Anjos comem?

Foi então que me lembrei de que havia esquecido completamente de anotar os pedidos. Contornei o balcão e corri de volta.

— O que vão querer? — Peguei o bloquinho no bolso do avental e o abri, rasgando a parte de baixo da folha.

Luca pareceu assustado com a interrupção, como se tivesse esquecido onde estavam. Ele abriu o cardápio novamente, passou os olhos por cinco segundos e o afastou com uma cara feia.

— Um café. Puro. Forte.

Ele gesticulou para Nic.

— Vou querer o sanduíche de filé, malpassado, com fritas. E um copo de leite — disse Nic finalmente, antes de fechar o cardápio e desviar o olhar para mim. — Por favor.

— Algo mais? — Mantive o contato visual, sentindo meus lábios se contorcerem para formar um sorriso tímido.

— *Cazzo, é* só isso! — sibilou Luca para mim.

A essa altura, eu já estava acostumada a lidar com clientes difíceis, mas a atitude de Luca era algo inédito, e eu estava perdendo a paciência mais rápido do que de costume.

— Desculpe, mas você está se sentindo ofendido pela minha presença *no meu local de trabalho*? Porque não precisa ficar aqui se não quiser.

Ele me lançou um olhar presunçoso e eu o encarei.

— Só não cuspa no meu café.

Respirei fundo e os deixei a sós novamente.

Depois que passei o pedido para Kenny, na cozinha, me juntei a Ursula, que estava limpando a mesa de Erin e sua trupe. Nos ocupamos limpando as outras mesas e varrendo o chão enquanto os minutos se arrastavam. Quando servi o sanduíche de Nic, meus olhos notaram o começo de uma tatuagem nas costas dele, acima da gola da camiseta. Passei os dez minutos seguintes atrás do balcão imaginando que devia ser a ponta de uma grande cruz ornamentada.

Cinco minutos antes da hora de fecharmos a lanchonete, quando eu estava encerrando as contas do dia, o telefone de Luca tocou e ele se levantou, saindo rapidamente.

Nic se aproximou com timidez do balcão, como se caminhasse em direção ao fogo cruzado. A mesma sensação de familiaridade começou a se acender dentro de mim, mas eu a afastei. *Controle-se.*

— Desculpe pelo meu irmão. — Ele agitou o braço em direção a algo atrás de si. — Ele deve ter caído de cabeça quando era bebê... milhares de vezes.

— Acho que nunca conheci alguém tão diferente — observei. Foi a única coisa não negativa em que pensei para dizer sobre Luca.

Nic entortou a cabeça, como se houvesse um zumbido no seu ouvido. Talvez fosse isso que ele pensava sobre o irmão.

— Acho que já estou acostumado. Não deixe que ele a tire do sério.

— Pode deixar.

— Você não o achou assustador?

Balancei a cabeça.

De súbito olhar de Nic ganhou intensidade, e no mesmo instante percebi como meu coração batia forte.

— Que bom — murmurou ele.

— Mas ele com certeza é estranho — acrescentei como conclusão. — E incrivelmente grosseiro.

— Deveríamos trazê-lo aqui mais vezes pra que você o mantenha na linha. — Nic retirou da carteira um cartão de crédito preto que reluzia um nível de riqueza que eu conhecia apenas em sonho e o entregou para mim. De repente, cada pedaço do meu corpo estava tenso, e me perguntei se ele teria percebido. Ele devia estar acostumado a causar esse tipo de reação nas garotas.

— Então, quando vocês se mudaram? — perguntei, tentando me manter concentrada.

— Semana passada. — Então eu não podia conhecê-lo de outro lugar. Minha mente estava me enganando. Nic apontou para a velha casa atrás dele com um ar casual, dando a entender que aquela era somente uma das muitas mansões frequentadas pela família. Não que isso me surpreendesse; havia algo nele, a aparência de um garoto rico que podia pagar por viagens à Europa e resorts de ski em Aspen. Ele parecia ser de uma linhagem que se estendia muito além de um lugar medíocre como Cedar Hill. — Mas você já deve saber disso, se estava espionando a nossa casa.

Senti meu rosto esquentar.

— Eu *não* estava espionando a sua casa!

O sorriso dele ficou mais largo.

— Certamente parecia que estava.

Empurrei a máquina de cartão de crédito na direção de Nic e esperei ele digitar a senha. Meu olhar pousou nos nós dos dedos da mão direita dele, que estavam cobertos de ferimentos e cortes profundos.

— O que aconteceu com a sua mão? — perguntei, sobressaltada com o horror na minha voz. Era uma imagem difícil de digerir e não entendia como ele não estava se contorcendo de dor.

Nic afastou a mão da máquina e a encarou surpreso.

— Ah — disse ele lentamente, girando o pulso e observando o machucado.

O barulho da impressão do recibo preencheu o silêncio.

— Você está bem?

— Estou.

Fiquei com a impressão de tê-lo chateado. Destaquei o recibo e o entreguei. Dessa vez ele usou a outra mão para pegá-lo.

— Eu não quis ser intrometida...

— Não, claro que não. — Nic pigarreou. — Eu só tinha esquecido, só isso. Fiquei trancado do lado de fora outro dia e, para entrar, precisei socar uma janela com um tapume de madeira na parte de trás da casa. As maravilhas de uma mudança e tal...

— Parece doloroso — eu disse, fazendo um excelente papel em dizer o óbvio.

Nic balançou a cabeça de leve.

— Já tive machucados piores.

Eu não identificava se ele estava brincando ou não, e antes que pudesse pensar em alguma resposta, ele já estava se virando para ir embora.

— Acho melhor eu ir, Sophie.

— Tchau — falei.

— Quem sabe eu vejo você depois? — sugeriu ele olhando para trás.

— Desde que você não tente me matar de novo.

— Vou me esforçar, mas você é mais do quem bem-vinda a espionar minha casa. — Ele piscou, a voz leve mais uma vez.

— Eu não estava espionando!

— *Buona notte,* Sophie.

## CAPÍTULO SEIS

# O HOMEM AFOGADO

Cheguei em casa e encontrei uma Mercedes prateada estacionada na rua. Analisei o carro, que, apenas com sua presença, fazia parecer ainda pior o estado lamentável do Ford acabado da minha mãe. A Mercedes podia ser chique, mas estava vazia e não me era familiar. O mais estranho era que àquela hora minha mãe geralmente já estava dormindo, e *não* recebendo visitantes ricos. Eu podia ser a filha da desonra, mas ela era a esposa da desonra, e isso significava que seu calendário social agora era bem mais livre do que costumava ser. Agora, em vez de amigos, minha mãe tinha projetos.

Comecei a ficar em pânico com a ideia de ela *estar* mesmo recebendo uma visita — o tipo de visita que ia tentar substituir meu pai. Talvez estivesse cansada de esperar. Talvez não quisesse enfrentar os próximos quatro anos sozinha, rebatendo perguntas de vizinhos fofoqueiros e falsos amigos, e passar todos os dias dos namorados chorando pela noite em que meu pai foi levado para longe dela. Talvez esse fosse o carro do homem que tentaria consertar tudo.

Eu me recompus. Havia apenas uma escolha a fazer, e não era ficar do lado de fora em pânico. Não. Eu ia entrar por aquela porta com todo meu sarcasmo e mau humor adolescente e usá-los para assustar o tal pretendente misterioso.

Entrei pela porta da frente e a fechei com cuidado. Vibrações esquisitas emanavam da cozinha — uma voz masculina! Caminhei na ponta dos pés pelo corredor e parei logo atrás da porta da cozinha, entreaberta.

— Não sei por que você está tão nervoso. Vai deixá-la apavorada — dizia minha mãe.

— Alguma hora você vai ouvir meus conselhos, Celine?

Fiquei mais surpresa em ouvir a voz tensa do meu tio Jack do que teria ficado ao ouvir a voz de um completo estranho. Segundo o histórico, minha mãe e meu tio nunca se deram bem. Na cabeça dela, o tio Jack estava sempre atrapalhando. E, mesmo quando estava atrapalhando com ingressos para shows ou pizzas, ainda era um incômodo. Ele era a única pessoa no mundo que minha mãe se recusava a tolerar. Estava abaixo da sra. Bailey na escala de "eu não quero você na minha casa", e *isso* não era pouca coisa.

Quando eram mais novos, meu pai e meu tio tinham apenas um ao outro — o resultado de pais ausentes e alcoólatras. Como era o mais novo e se recusava a ter uma vida estável, Jack dependia muito do meu pai. Ele o mantinha por várias noites no bar da cidade ou se intrometia em momentos da vida do meu pai que minha mãe gostaria de ter mantido apenas entre nós três. Resumindo, Jack estava sempre presente, e era, na opinião da minha mãe, uma má influência.

Mas eu conhecia o outro lado do meu tio — o tio que tinha me levado até Chicago para ver *Wicked* no Oriental Theatre só porque me ouviu dizer uma vez que eu gostava de musicais; o tio que ouvia às escondidas minhas conversas com Millie no trabalho para poder dar o que julgava ser conselhos sábios sobre nossos problemas com meninos; o tio que bagunçava meu cabelo quando eu estava tentando reclamar de algo sério, que me dava o iPhone mais recente por impulso, "porque sim", e que insistia em me levar de carro à escola quando nevava para eu não precisar passar frio no caminho até o ponto de ônibus. Eu via um homem que fazia o seu melhor para ser responsável e me proteger depois da prisão do meu pai, e embora nem sempre ele tenha conseguido me proteger das piadas cruéis e dos convites negados para festas, pelo menos tentava.

Cheguei mais perto da porta.

— Não quero que envolva Sophie nas suas teorias da conspiração — rosnou minha mãe. — Você não aprendeu nada?

— Eu tenho direito de cuidar dela, Celine. Eu prometi ao Mickey.

— Acho que já fez o suficiente — retrucou ela com uma voz perigosamente calma, usada apenas nos piores momentos. Me encolhi em solidariedade ao meu tio.

— Quando vai deixar essa merda pra lá? — vociferou Jack.

— Quando você assumir a sua parte nela!

Espiei pela porta. Minha mãe estava de pé de um lado da cozinha vestida com um roupão e pantufas. O cabelo louro curto estava despenteado e o rosto, tomado de repulsa. Ela havia cruzado os braços e estava apoiada na bancada, o quadril inclinado em uma atitude desafiadora. Mesmo sendo pequena, ninguém queria ser inimigo de Celine Gracewell. Eu, mais que qualquer outra pessoa, podia afirmar isso com certeza.

— Estou apenas tentando manter a Sophie segura — disse meu tio, encolhendo os ombros, resignado. — Por que não me deixa fazer isso?

— Porque não confio em você. Não depois de tudo.

Com um suspiro frustrado, ele deu um passo para trás e balançou a cabeça.

— Você nunca confiou em mim.

— Ah, cala a boca, Jack.

Ao sentir que já tinha ouvido o suficiente para ficar desconfortável pelo resto do ano, empurrei a porta com força.

— O que está acontecendo aqui?

O rosto do tio Jack se inundou de alívio, e corou.

— Aí está você!

— É. — Apontei para mim mesma para dar um efeito dramático. — Aqui estou eu. Por que essa gritaria toda?

— Nada, nada. — Ele passou a mão pelo cabelo grisalho cortado à máquina, interrompendo o movimento para coçar a nuca. — Só estou estressado.

Jack sempre estava estressado com alguma coisa.

— O que está fazendo aqui?

— Sendo dramático — provocou minha mãe antes que ele pudesse responder.

*Ui.*

— Aquele na entrada é o seu carro novo? — perguntei, parando entre minha mãe e meu tio para tentar mudar o clima. — Se está ganhando tanto dinheiro assim com a lanchonete, provavelmente deveria me dar um aumento.

Ele não achou a piada engraçada.

— Peguei emprestado de um amigo. Não estou dirigindo meu carro nos últimos dias.

— Estava se sentindo chamativo demais esses dias? — brinquei, numa tentativa de melhorar o clima de novo.

Não havia nada mais desconfortável do que constrangimento. E, além do mais, o tio Jack dirigia um conversível vermelho antigo — símbolo máximo da crise de meia-idade. Era justo que eu tirasse uma com a cara dele.

Ele suspirou.

— Algo do tipo.

Minha mãe passou por mim para encher um copo de água.

— Só fala logo o que quer dizer para podermos voltar ao trabalho.

— O que está fazendo aqui a essa hora? — perguntei novamente. — E por que não tem aparecido na lanchonete? O fornecedor ainda não apareceu.

Meu tio moveu os pés como uma criança perdida, incerto de onde ficar.

— Eu sei — disse ele, com a voz grossa de cansaço. — Luis morreu sexta à noite.

— Ah — falei, sentindo um súbito golpe de culpa. O fornecedor tinha um nome: Luis, sim, é verdade. E agora Luis, que mal tinha chegado aos quarenta anos, estava morto. — O que aconteceu com ele?

— Ele se afogou.

— Se afogou — repeti. — À noite. Onde?

— Na banheira de casa — respondeu ele simplesmente, como se não houvesse nada bizarro a respeito do que acabou de dizer.

— Minha nossa — soltou minha mãe, cobrindo a boca.

Eu, no entanto, estava boquiaberta. Tudo parecia tão incoerente.

— Foi suicídio? — Na última vez que assinei uma entrega, Luis estava tagarelando sobre como o tempo andava ótimo.

— Luis tinha muitos motivos para viver — respondeu Jack friamente. — Ele não faria isso. — O que *aquilo* queria dizer? Um frio repentino arrepiou meus braços. Meu tio continuou, inabalado pela insinuação, me deixando em silêncio com meus questionamentos: — Eric Cain e eu vamos visitar os familiares dele amanhã. Quero me certificar de que tenham tudo de que precisam enquanto lidam com essa situação. A esposa está inconsolável.

Eu estava começando a me sentir uma completa idiota. Luis e eu nos encontramos pelo menos vinte vezes e eu mal sabia seu nome; meu tio sabia sua história, conhecia a família e agora ia fazer de tudo para se certificar de que eles ficariam bem.

— É muito legal da sua parte — falei, esperando que minha mãe concordasse. Ela com certeza daria créditos ao tio Jack por isso, mas não estava prestando atenção em mim.

— Pobrezinha — disse ela calmamente, sem acrescentar mais nada.

— É a coisa certa a fazer — disse Jack para mim.

— Você está bem? — Meu tio não era muito bom em demonstrar sentimentos, mas dava pra ver que estava abalado.

— Sim — respondeu ele, tentando amenizar minha preocupação. — Eu só queria vir aqui falar com você antes de viajar.

— Você podia ter me ligado. — Eu não queria ser grosseira, mas havia algo em visitas inesperadas que me deixavam nervosa. — Estou sempre com meu telefone.

— Perdi meu celular. Preciso comprar um novo.

Minha mãe contornou a mesa e se sentou o mais longe possível de Jack. Ela começou a tamborilar os dedos na mesa — uma dica nada sutil da sua irritação — enquanto observava de perto a nossa conversa. Se eu tinha pensado que a morte de Luis iria suavizar seu óbvio desdém por meu tio, estava errada.

Jack ignorou a irritação dela, e senti como se fosse a única ali que ainda se dava conta de todo o constrangimento da situação.

— Então... O que quer me dizer? — perguntei.

Ele puxou uma cadeira e se sentou, apoiando os cotovelos nos joelhos com uma cara derrotada.

— Depois de visitar a família do Luis amanhã, vou ficar em Chicago. Não vou voltar para Cedar Hill por um tempo. Mas quero conversar com você sobre uma coisa antes de partir.

Ele olhou para mim com seus sinceros olhos azul-acinzentados — iguais aos meus e aos do meu pai. Com uma pontada súbita, me lembrei de como os irmãos eram parecidos. Antes disso tudo, dava quase para pensar que eles eram gêmeos, mas não mais. A vida na prisão foi cruel com o meu pai, enquanto o rosto do meu tio permaneceu basicamente sem nenhuma ruga, o cabelo intacto e a pele com um leve bronzeado de sol.

— Sobre o que você quer falar? — Apoiei as costas no balcão e o agarrei com mais força do que tinha pensado em fazer, pressentindo algo errado. Era por isso que eles estavam brigando. Minha mãe continuava a tamborilar na mesa.

— Uma família nova se mudou para o bairro e preciso que você tenha cuidado com ela.

Senti o pânico se espalhar pelo meu corpo.

— Como assim?

— Sabe do que estou falando? — questionou ele com cuidado.

Assenti devagar, tentando entender de onde essa conversa tinha surgido e por que estava me deixando em pânico de novo.

— O que há de errado com os Priestly?

Olhei para minha mãe em busca de alguma pista.

— Teatro — murmurou ela, fazendo um gesto desdenhoso com a mão. Ainda assim, permaneceu onde estava, acompanhando a conversa.

— Persephone. — Rangi os dentes por instinto. Eu odiava quando Jack me chamava pelo meu nome completo — Não vou entrar nesse mérito agora — disse ele. Quando meu tio falava sério, ficava igual ao meu pai, e me dava arrepios. Por um segundo, quis fechar os olhos e fingir que ele não estava ali, que tudo estava como deveria ser; que não tínhamos acabado de comentar que alguém havia morrido afogado na sua própria banheira, e que não estávamos prestes a determinar um alerta de perigo contra o garoto mais bonito da cidade. — Apenas faça o que eu peço.

Eu não conseguia evitar a desconfiança. Mesmo com a mão machucada, havia algo de tranquilizante na presença de Nic.

— Quando você volta?

— Ainda não sei.

Misterioso como sempre. Desejei que Millie, a Interrogadora, estivesse ali. Ela arrancava respostas até mesmo de um mudo. E ainda se divertiria.

— Então é só isso que vai me dizer?

— É tudo que tenho para contar. — Jack desviou o olhar para a janela em direção à escuridão do quintal. — Entendeu?

Eu estava prestes a responder que na verdade não estava entendendo *nada* quando a coisa mais estranha aconteceu. Jack saltou como se tivesse levado um choque. A cadeira caiu para trás e ele saiu correndo.

— O que foi? — A cadeira da minha mãe arranhou o chão.

Jack se debruçou na pia da cozinha e esticou a mão. Achei que ele fosse socar a janela, mas em vez disso agarrou o pote de mel que ainda estava no parapeito. Quando ele olhou para mim novamente, seus olhos estavam vermelhos e saltados.

— De onde veio isso?

— O-o-o mel? — gaguejei. Eu nunca tinha visto alguém tão assustado com algo tão inofensivo. — Eu achei.

Ele apertou o laço preto entre os dedos, esfregando-o.

— Onde?

Dei de ombros.

— Alguém deixou na lanchonete. Encontrei quando estava fechando a loja.

A cor desapareceu do rosto dele, transformando suas bochechas normalmente rosadas em um tom de branco que o deixava da cor de papel.

— Se encontrar outro, quero que deixe onde estiver e me ligue imediatamente.

— Jack, é só mel — afirmei.

Por que todos andavam agindo de forma tão estranha ultimamente? Eu já tinha provado o mel e sobrevivido, então não era como se estivesse envenenado.

— Apenas me obedeça — repetiu ele calmamente. — Certo?

— Pensei que você tivesse falado que estava sem celular — lembrei.

— Vou avisar quando comprar um novo.

— Jack? — Com tudo de estranho que estava acontecendo, eu havia esquecido que minha mãe continuava ali. — Acho que está na hora de você ir embora. Está agindo de forma estranha e está me deixando desconfortável. A Sophie provavelmente quer dormir.

Abri a boca para protestar — eu não estava cansada —, mas me controlei. Ela tinha razão.

— Certo. — Jack olhou para o chão, balançando a cabeça. — Desculpe, Sophie. Tive um dia muito longo.

— Não tem problema. — Dei um sorriso reconfortante. Entre administrar a lanchonete e cuidar dos investimentos em Chicago, Jack sempre trabalhou demais, mas nos últimos dias ele andava irreconhecível; estava exausto e agitado e, agora, com a morte de Luis, seu comportamento estava ainda mais estranho.

— Boa noite, Sophie.

— Boa noite — respondi.

Com o mel ainda nas mãos, Jack caminhou a passos lentos para a porta dos fundos.

Meio segundo depois, o censor de movimento se acendeu, iluminando a sombra do meu tio enquanto ele ficava de costas para nós, encarando o chão quebrado do quintal e a grama malcuidada.

— O que ele está...

O fim da pergunta foi abafado por um estrondo de machucar o ouvido. Encostei meu nariz na janela, mas Jack já havia desaparecido de vista. Olhei para o chão, onde a luz refletia centenas de cacos de vidro e o dourado do mel.

— Esse homem! — guinchou minha mãe, vindo se juntar a mim na janela. — É exatamente por isso que não o quero por perto. O comportamento do seu tio é completamente irracional. Ele anda bebendo de novo e, se não parar, vai acabar fazendo algo de que vai se arrepender... — Ela parou de falar e apertou meu braço. — Você está bem?

— Estou — menti, apoiando a mão na janela para que não tremesse mais.

— Queria que seu pai estivesse aqui para mantê-lo na linha.

— Acho que, se o papai estivesse aqui, o tio Jack não precisaria disso — falei com calma.

Minha mãe soltou um suspiro.

— Vou ter que esperar até de manhã para limpar aquela bagunça.

— Pode deixar que eu ajudo.

Ficamos na janela assistindo ao mel se espalhar pelas rachaduras no concreto como se fosse sangue dourado escuro.

## CAPÍTULO SETE

# OS FALCÕES RUBROS

Millie tinha uma roupa para cada ocasião. Por isso, quando ela apareceu nas quadras de esporte na orla do rio, no sábado, não fiquei surpresa de encontrá-la com um microshort jeans e a camiseta de basquete mais apertada que já vi. Ela abriu caminho entre os adolescentes, desfilando na minha direção em uma explosão de preto e vermelho.

— Não sabia que você era fã do Bulls.

— Ah, não? — Ela deu um sorrisinho e se acomodou ao meu lado no primeiro banco da arquibancada.

— Ou melhor — falei, enquanto ela prendia o cabelo em um rabo de cavalo. — Eu nem sabia que você gostava de basquete.

— Acho que é mais justo dizer que sou fã de *garotos*. — Ela terminou a última volta no elástico. — A camisa é do Alex. Encolheu na máquina. — Ela sorriu sem a menor vergonha.

Olhei para as roupas que eu usava: uma legging da minha mãe, uma regata cinza e um par de Asics velho com listras verdes berrantes. Meu cabelo estava preso no alto da cabeça, caído entre meus ombros num rabo de cavalo reto. Eu já sentia o sol queimar os fios novos, ralos demais para ficarem presos com o resto.

Millie passou os olhos por minha roupa, torcendo o nariz.

— Você está... — começou ela, hesitante.

— Básica? — concluí.

Eu não tinha lá muita aptidão para esportes, mas estava feliz de ter algo para me distrair do comportamento recente do meu tio. Fazia dias desde a partida dele depois do surto com o pote de mel, e ainda não tinha me ligado. Ursula foi encarregada da lanchonete na ausência dele. Foi ela quem mais se abalou com a morte de Luis e estava decidida a nunca mais tomar banho de banheira, para não se afogar. Millie e eu reagimos com um pouco menos de drama, mas ainda assim estávamos felizes por nos livrar dos sermões mórbidos dela, nem que fosse só por um dia.

Nós nunca jogávamos no torneio de basquete de verão de Cedar Hill. Não que fosse exatamente um "torneio". Era mais um evento relacionado a basquete organizado todo mês de julho pela Associação de Moradores de Cedar Hill. Como parte da sempre crescente agenda de compromissos, que incluía a manutenção de parques, vigilância da vizinhança e noites de cinema ao ar livre, a AMCH sempre tentava criar novas maneiras de manter os adolescentes longe das ruas e das más companhias de uma forma "positiva e socialmente aceitável" durante o verão. O torneio de basquete era um dos poucos eventos que dava certo e, ao longo dos anos, se tornou uma tradição de que todos zombavam, mas que ninguém perdia. Era realmente uma das únicas coisas que unia todos os jovens da vizinhança; pelo resto do verão éramos como bolas de feno suburbanas e preguiçosas, zanzando pela cidade em duplas e trios.

Para Millie e eu, o evento sempre havia sido um espetáculo que a gente aproveitava das arquibancadas tomando sorvete e olhando para garotos bonitos. Mas, pelo bem de uma "retomada social", como Millie chamou, decidimos que naquele ano iríamos participar. Fiquei em dúvida; se ninguém queria ser visto com a filha de um assassino, quem gostaria de jogar basquete com ela? Ainda bem que Alex, o irmão da Millie, convidou a gente para fazer parte do time dele. Suspeitei de que aquela fosse uma forma de tornar o evento mais desafiador para ele — a essa altura, os troféus dos últimos três anos já deviam estar empoeirados na prateleira do quarto.

— Talvez a gente ganhe esse negócio, sabe. — Millie estava reclinada no banco apoiada nos cotovelos, avaliando o ambiente.

Como sempre, havia muitos espectadores se apertando nas arquibancadas e espalhados pelo gramado que cercava as quadras. Erin

Reyes e o resto da sua gangue já haviam se estabelecido em um local privilegiado, no alto da arquibancada. Em vez de jogarem no torneio, elas ficariam praticando a arte de jogar charme tomando picolés. Elas já estavam fazendo um trabalho tão bom que chegava a ser constrangedor. Logo atrás das quadras, o rio corria preguiçoso, refletindo o céu azul, e fileiras de arvorezinhas à margem se curvavam sobre a água como se estivessem procurando algo no fundo do rio.

— Lembro da última vez que joguei basquete — disse Millie com nostalgia. Ela encarava o céu e eu podia ver que o sol já começava a pintar sardas no seu rosto pálido. — Eu estava tentando passar a bola pro Alex, mas ele não pegou e ela acabou quebrando a janela da cozinha.

— Bons tempos — lembrei saudosa.

— E você? — Ela baixou a cabeça.

— Acho que nunca?

Pequenas rugas se formaram na testa de Millie.

— Tenho certeza de que vai jogar bem.

— É bom que jogue mesmo — interrompeu alguém.

Alex caminhava na nossa direção com um sorriso de propaganda de pasta de dente, acompanhado de dois amigos. O primeiro, reconheci como Robbie Stenson, uma versão baixinha e *bem* menos atraente de um boneco Ken, que já vinha de fábrica com cabelo castanho jogado no rosto e sobrancelhas exageradamente modeladas. Ele não andava: trotava pelos lugares, como uma espécie de troll cheio de estilo. O outro garoto eu vi uma vez ou duas na casa da Millie jogando videogame, mas ele nunca falava muito. Ele tinha um cabelo louro-arruivado, braços e pernas desengonçados e uma testa que brilhava mais do que o sol.

Millie saltou do banco.

— Já estava na hora de aparecerem. Temos um torneio para vencer.

— Soph, conhece Stenny e Foxy, né? — Alex apontou para trás.

*Ah, garotos e seus apelidos idiotas.*

— Aham, oi — cumprimentei.

Robbie Stenson respondeu com um aceno de cabeça sutil que dizia que ele era legal demais para esse tipo de apresentação — tão sutil que mal notei —, e "Foxy" jogou um colete amarelo para mim. Eu me atrapalhei, deixei o colete cair e precisei abaixar para pegá-lo. Eles obviamente não estavam nada felizes por eu fazer parte do time.

Millie pegou o colete por um reflexo, mas o largou no chão como se estivesse em chamas.

— De jeito nenhum. Não vou vestir isso. Está fedendo a suor.

— Você está falando sério? — A voz de Alex já demonstrava sinais de cansaço para assuntos fraternais.

Millie franziu os lábios em sinal de nojo.

— Eu literalmente prefiro morrer.

Segurei meu sorriso. O sotaque britânico dos dois transformava as conversas mais banais em obras-primas do teatro.

Robbie, Foxy e eu botamos nossos coletes sem protestos; o meu ia até os joelhos e cobria metade dos braços, encobrindo tudo menos meus tênis luminosos. Eventualmente, e depois de uma pressão não muito sutil da minha parte, Millie se resignou e vestiu o colete dela.

— Você é uma tirana — murmurou ela.

— Pelo menos suas pernas ainda estão bonitas — tentei animá-la. Mas não dava para ignorar a verdade. Estávamos afogadas em fosforescência.

— Vamos jogar primeiro na quadra um — disse Alex, batendo e esfregando as mãos. — O nome do nosso time é Cestas Certas.

Millie e eu fizemos caretas.

— Esse é o pior nome do mundo — falamos em coro.

— Por que não pensam em algo melhor, então? — desafiou Alex.

— Ah, ah, ah — Millie começou a pular sem parar. — Que tal o Segredo da Vitória?

Alex baixou o rosto e Foxy soltou um grunhido.

— Isso nem faz sentido — interrompeu Robbie.

— Que tal Faróis Humanos? — sugeri, gesticulando para nossos coletes luminosos horrorosos.

— Ok. — Alex jogou as mãos para o alto em rendição e Robbie e Foxy assentiram relutantemente. — Vamos mudar o nome.

Millie curvou as mãos em volta da boca e soltou uma voz quebradiça:

— É um pequeno passo para Sophie e um salto gigantesco para o senso de humor de Alex.

Robbie saiu correndo para modificar nosso nome, deixando Foxy e Alex, que já estava levando a situação um milhão de vezes mais a sério do que nós.

— Fiz um reconhecimento de território — começou Alex, compartilhando a informação como se fosse um fuzileiro naval. — Muitos dos outros jogadores este ano são mais novos do que nós, o que nos dá a vantagem...

Millie me deu um soco no braço e minha atenção se desviou de seu irmão.

— O quê?

— Agora *você* vai morrer, literalmente. — Os olhos dela estavam arregalados, e eu me virei para seguir seu olhar. — São eles, certo? Os irmãos Priestly?

Ela não estava totalmente errada sobre minha morte. Meu coração com certeza parou por alguns instantes. Cruzando a quadra oposta, os irmãos Priestly vinham na nossa direção; eram quatro dessa vez, e o parentesco era evidente por sua pele bronzeada e cabelo escuro.

— Nunca pensei que pudesse achar uma bermuda de basquete atraente em um cara. — Foi tudo o que consegui dizer.

— Estava pensando nisso — disse Millie.

*O que eles estão fazendo aqui?*, pensei. A maioria do público participava em nome da tradição — era uma maneira agradável o bastante de passar o tempo, a única opção em um dia ensolarado para um monte de jovens que não tinham nada para fazer. Mas esses garotos não eram como as outras pessoas de Cedar Hill. Eu imaginava que fossem superiores demais para frequentarem um torneio municipal tosco de basquete.

Luca caminhava ao lado de Nic com o rosto sério, e ao lado de cada um estava um novo irmão. Eles provavelmente venceriam uma corrida de revezamento, se quisessem.

Pelo jeito como os irmãos pareciam prestar atenção em Luca enquanto ele falava, deduzi que era o mais velho, embora os outros dois que eu ainda não conhecia, extremamente parecidos, não pudessem ser muito mais novos — 18 ou 19 anos, talvez. Eram mais baixos e fortes, mas tinham o mesmo queixo retangular e os traços bem-definidos do rosto. Deduzi que Nic era o mais novo dos quatro, embora a diferença não fosse muito grande.

— Bendita beleza! — Millie praticamente salivava. — Quatro garanhões italianos tirados diretamente dos meus sonhos. Qual deles é o Nic?

Meus olhos ainda não haviam se desviado dele.

— O de cabelo escuro.

— Rá, rá, muito engraçado.

— O segundo da direita para a esquerda.

— Uau. E o Luca?

— O segundo da esquerda para a direita.

Millie assobiou para si mesma.

— *Olá*, olhos azuis.

Alex cutucou o ombro de Millie.

— Já acabou? Estamos tentando falar sobre a nossa estratégia.

— Cala a boca — protestou ela, dispensando-o. — Estamos ocupadas. — Ela apertou os olhos, apurando a situação. — Ok, quem é o da extrema direita? O de cabelo lambido para trás? Aquilo é uma *cicatriz*?

— Não sei. Talvez devêssemos chamá-lo de Brilhantina.

Quanto mais eles se aproximavam, mais claro ficava que chamavam a atenção de todas as garotas do lugar, e eles pareciam estar cientes disso. Queria saber onde estava o quinto irmão — o garoto de olhos claros da janela que havia levantado a mão sem um sorriso — mas esse pensamento desapareceu quando os olhos de Nic encontraram os meus e quase explodi de ansiedade.

— Oi — articulou ele com os lábios, sem pronunciar.

Sorri de volta, resistindo à vontade de segurar meu estômago idiota, que não parava de dar cambalhotas.

— Minha nossa, ele sabe seduzir. — Millie pulava de um pé para o outro. — Eles estão vindo para cá. Fica calma.

Fomos levadas em direção aos irmãos, como se por ímãs, deixando Alex e seus comparsas para trás enquanto falavam sobre estratégias entediantes, determinados, como todos os garotos na quadra, a ignorar os recém-chegados. O aviso dado pelo meu tio, tão importante e crucial naquela hora, desapareceu pelo ar. Se esses garotos eram realmente sinal de problema, como Jack pensava, eu de repente estava disposta a me arriscar.

— Ei — chamei. — Não sabia que iriam jogar hoje.

Nic parou a um metro de distância e os outros irmãos fecharam um círculo em volta de nós.

— Foi uma coisa de última hora. Agora estou feliz de ter vindo.

Millie me beliscou. Era sua versão silenciosa de um gritinho de alegria.

— Colete bonito, Sophie — disse Luca, logo de cara. — Mal consigo vê-la.

— Luca. — Desviei minha atenção de Nic apenas pelo tempo necessário para dispensar um olhar de desprezo ao irmão dele. — É um prazer, como sempre.

O irmão ao lado dele riu. Ele tinha um cabelo ridículo: a parte de cima estava presa num rabo de cavalo preto curto, e as laterais da cabeça eram raspadas, deixando à mostra uma pequena argola dourada na orelha esquerda. Apesar do corte horroroso, ele era bonito, mas quando ria seus olhos se arregalavam de forma anormal e a boca aberta revelava dois dentes da frente lascados, que lhe davam um aspecto ligeiramente assustador. Ele me lembrava daquela hiena louca de *O rei leão*.

— Ignore o Luca. Isso é apenas uma tentativa malsucedida de humor. — interrompeu Nic, lançando um olhar reprovador para o irmão em meu nome.

— E meu jeito de apontar que ela é pequena — acrescentou Luca.

— Obrigada, Sherlock. Eu sei que sou pequena.

— Só estava me certificando.

— Você por acaso tem algum filtro entre o cérebro e a boca? — perguntei.

— Tento não usá-lo demais — respondeu ele, despreocupado.

— Dá pra perceber.

— Não precisa chorar, Lumicolor.

— Cala a boca, Luca. — Nic passou seu colete vermelho pela cabeça e o ajeitou. — Acho que o colete fica ótimo em você, Sophie.

— *Cazzo*, vai começar de novo — reclamou Luca. Ele revirou os olhos e depois se curvou para Rabo de Cavalo, acrescentando em um sussurro calculado: — Foi *assim* que ele ficou na lanchonete. Foi tão irritante.

— Sabe, Luca, você tem um talento para sussurrar as coisas no volume certo para ofender as pessoas.

— Obrigado, Sophie. — Ele subiu o tom da voz, deixando sua falsa sinceridade quase crível. — Agradeço pela observação.

— Eu deveria lhe dar uma medalha.

— Nem se dê ao trabalho — disse ele, rindo ironicamente. — Depois de hoje, terei um troféu.

Abri um sorrisinho.

— Sei o que você pode fazer com esse troféu...

A risada de Millie abafou o final da minha resposta. Ela me abraçou de lado, beliscando-me pelo colete. *Gritinhos, gritinhos, gritinhos.*

— Então, qual é o nome do time de vocês? — cortou Nic, tentando resgatar o rumo da conversa.

Inflei o peito e afastei os fios soltos — agora quase brancos — do rosto.

— Faróis Humanos.

Luca bufou.

— E o de vocês? — perguntou Millie, mas sua pergunta não era direcionada a Nic; ela olhava para Brilhantina, mordiscando levemente o lábio inferior.

Estudei o rosto dele — Millie tinha razão, ele tinha uma cicatriz. Era claramente um ferimento antigo, que cortava a sobrancelha esquerda e brilhava contra a pele bronzeada. Instintivamente, olhei de relance para a mão machucada de Nic, e senti uma inquietação borbulhar no meu estômago. Mas a afastei.

— Falcões Rubros — respondeu Brilhantina para Millie, caindo diretamente na armadilha dela.

— Intenso — disse Millie, com uma expressão de flerte.

— Era isso ou Os Faz-Fantasmas — acrescentou Luca. O humor dele era tão cara de pau que às vezes eu não sabia se ele era engraçado ou doido.

— Chega. — Nic deu um soco forte no braço de Luca, mas o irmão nem se mexeu. Se eu tivesse recebido aquele soco, estaria no chão chamando a mamãe.

— *Calmati!* Acho melhor eu interromper isso. — Brilhantina se intrometeu, alternando as línguas com a mesma facilidade de Nic e Luca.

Era difícil dizer qual sotaque era o real. Brilhatina se aproximou para nos cumprimentar, segurando a mão de Millie por mais tempo que a minha e, notei, acariciando-a com o polegar. Talvez Millie finalmente tivesse encontrado sua alma gêmea. — Meu nome é Dominico. Mas podem me chamar de Dom.

Millie soltou a risadinha mais assustadora que já ouvi.

— Eu sou Millie. Essa é a Sophie. Bem-vindos à vizinhança.

*Bem-vindos à vizinhança?* Eu precisava jogar isso na cara dela mais tarde. Quem sabe ela podia dar uma passada na casa deles com uma cesta de muffins?

— Obrigado. Você também trabalha na lanchonete, Millie? — Dom esticou a pronúncia do nome dela como se estivesse falando de uma delicada flor. Seu charme era quase tão poderoso quanto o de Nic, mas seus olhos eram escuros e suas expressões mais intensas. Observei a cicatriz enquanto ele se afastava de mim para ter uma conversa mais particular com Millie.

Senti o olhar de Nic em mim novamente.

— Boa sorte hoje — disse ele com sinceridade.

— Obrigada, para você também. — Havia outras coisas que eu queria dizer a ele, mas com Rabo de Cavalo e Luca nos olhando eu mal conseguia pronunciar uma palavra sem ficar com vergonha.

— Não precisamos de sorte — interrompeu Luca, provocando outro soco raivoso de Nic.

— Luca — choramingou Rabo de Cavalo. O tom da voz dele era estranhamente agudo, não muito diferente da voz de Marge Simpson, e por um terrível segundo pensei que fosse rir na cara dele. Ele franziu o cenho e suas sobrancelhas se fundiram formando uma lagarta peluda acima dos olhos cor de café. — Podemos ir nos inscrever?

— É, vamos, Gino. Nem deveríamos estar conversando com nossos oponentes. — Luca deu uma cotovelada em Nic antes de ir embora. — *Andiamo*, garanhão.

— É melhor eu ir me preparar — disse Nic em tom de desculpas. — Não quero entrar na lista negra do nosso querido ditador.

— Digo o mesmo — falei, mas ficamos ali. — De qualquer forma, onde está o resto do seu time? Vocês não têm um quinto jogador?

Ele balançou a cabeça mais casualmente do que eu esperava. Estava torcendo para que ele mencionasse o quinto irmão, que ao menos desse alguma dica do motivo para sua ausência ou alguma indicação de que ele de fato existia e eu não havia imaginado um garoto assustador na janela naquela primeira noite.

— Somos um quarteto.

— Então estão em desvantagem — observei. — É uma atitude arriscada.

Nic fez com que os pontinhos dourados dentro dos olhos brilhassem. Eu não tinha certeza se era algum superpoder ou o efeito do sol, mas era incrivelmente eficiente. E um pouco desconcertante, embora eu não soubesse o motivo.

— Você é mais do que bem-vinda para ser nosso quinto elemento — disse ele num sussuro conspirador. — Prometo manter o Luca longe de você.

Mordi o lábio para impedir que meu sorriso ficasse assustadoramente largo.

— Acho que a Millie nunca me perdoaria se eu abandonasse o barco.

— Ah, entendi. — Ele fingiu um olhar de filhote abandonado. — Você é nobre demais para isso.

— E, certamente, você é honrado demais para me roubar dela.

— Não, não sou.

Senti um calor subir pelo meu rosto.

— Bem, terei que ser honrada por nós dois, então. Além do mais — acrescentei, tentando justificar a recusa para mim mesma —, nosso jogo começa em um minuto e já perdi a reunião de estratégia. Não quero irritar ainda mais o meu time.

— Onde eles estão?

Apontei atrás de mim para Alex e o restante dos coletes amarelos, que estavam no meio de uma sessão intensa de polichinelos.

O sorriso de Nic desapareceu.

— Aquele cara louro?

— Aquele é o irmão da Millie e dois amigos dele. Acho que ela os subornou para deixarem a gente jogar no time.

Nic estudou Alex e os outros garotos enquanto eles faziam alongamentos elaborados.

— Tenho certeza de que o suborno não foi necessário.

— Soph. — Millie estava de volta e me puxava pelo braço. — Temos que ir. Nosso jogo vai começar.

Dom havia se afastado dela e tive outra chance de olhar a cicatriz. Embora ele não pudesse ser muito mais velho do que nós, algo nele o envelhecia e lhe dava a impressão de ser diferente do que aparentava. Não identifiquei o que era. Ele me viu olhando na sua direção e deu um sorrisinho, com uma expressão lupina no rosto.

Desviei o olhar, envergonhada.

— Vejo vocês na quadra! — Millie me levou com ela, rebolando bem mais do que o normal.

Quando acenei para Nic, ele continuava encarando Alex. Ele não acenou de volta.

Ganhamos nosso primeiro jogo a tempo de ver os Falcões Rubros jogarem contra os Barrados na Bola na quadra em frente. Era fascinante assistir aos irmãos Priestly; até mesmo Alex, que não havia mostrado qualquer interesse neles quando chegaram, estava grudado no jogo. Nic e Dom eram os mais obviamente atléticos, movimentando-se pela quadra como pontos vermelhos. Eles faziam a maior parte das cestas, recorrendo ocasionalmente a Gino, que parecia ser mais hábil em assustar os outros jogadores do que de fato jogar contra eles. Talvez fosse o rabo de cavalo.

Luca deslizava pelas laterais, e quando o momento oportuno aparecia, ele surgia das sombras como uma víbora e roubava a bola do adversário antes mesmo de ele poder notar sua presença. Mas isso era tudo que ele fazia: interceptar. Não o vi fazer sequer uma cesta. Ele nem suou.

Nosso jogo contra os Deixe o Hasselhoff em Paz começou antes do jogo dos Priestly terminar, embora estivesse claro que, assim como nós, eles avançariam para a próxima rodada. Vencemos com uma vantagem confortável de 62 a 39. Alex fez quase tudo sozinho, seguido por Foxy e Robbie. Millie ficou claramente em último lugar, mas ela deixou bem claro que não se importava. Estava ali apenas para fazer uma aparição social e se acontecesse de a bola tocar seus dedos por acidente ela não se importaria.

Assistimos aos irmãos Priestly vencerem o segundo jogo com mais facilidade do que nós. No nosso terceiro jogo enfrentamos os Esquilos Elétricos. Notei a crescente presença de Nic nas laterais e decidi me esforçar ativamente. Millie pareceu ter fabricado um plano similar, porque pela primeira vez não estava fugindo da bola e dando gritinhos. Realmente corria em direção à bola.

No fim do terceiro quarto, os irmãos já estavam em outra quadra, ganhando o jogo como nós, o que significava que nossos times iriam para a final.

## CAPÍTULO OITO

# O CANIVETE

— Droga — disse Millie. A parte mais curta da sua franja havia enrolado e ela ficava ajeitando o cabelo em desespero enquanto nos arrastávamos pela quadra. — Não quero jogar contra Dom. Ele vai ver como eu sou ruim e não vai querer ir à festa lá em casa semana que vem.

— Você já convidou o cara para a festa?

Millie piscou lentamente para mim.

— Você não convidou Nic?

— Hum...

— Meu Deus, Sophie. — Ela apertou os olhos e massageou as têmporas com as mãos. — Às vezes eu me pergunto o que se passa nessa sua cabeça.

— Eu nem tinha pensado nisso — admiti.

— *Eu nem tinha pensado nisso* — imitou ela, na tentativa mais fracassada do mundo de imitar meu sotaque.

— Não sou do sul — expliquei.

— É no dia do seu aniversário — rebateu ela, ignorando minha alfinetada. — Você tem que convidá-lo.

— Eu vou convidar. — Tentei não ficar nervosa com a perspectiva de chamar Nic para uma festa que aconteceria no meu aniversário, mas em que apenas umas cinco pessoas falariam comigo.

— Enquanto isso, vamos torcer para Dom não perder completamente o respeito por mim durante o jogo.

— Não tem problema — acalmei-a, refazendo meu rabo de cavalo. — Ele já viu como você é ruim.

Ela me lançou um olhar fulminante.

— Como se não bastasse ele ter me visto suar! Deve estar fazendo mais de quarenta graus hoje.

Alex, Robbie e Foxy se juntaram a nós e começaram a se alongar novamente. Eles agiam com tanta seriedade que era quase cômico.

— Só mais um jogo, pessoal. Estamos próximos da vitória — disse Alex.

— Não estamos perto da vitória *mesmo* — cochichou Millie.

Acenei com a cabeça em absoluta concordância.

— Estamos ferrados.

Alex voltou a atenção para nós, o rosto tomado de preocupação. Nós duas éramos um caso perdido, e não podia estar mais claro que ele sabia disso.

— Certo, os Falcões Rubros têm um homem a menos, o que quer dizer que Foxy, Stenny e eu podemos marcar os três melhores. Millie e Sophie, vocês marcam o cara alto.

— Eu não quero marcar o Luca! — esperneei.

— Posso marcar o Dom? — perguntou Millie, esperançosa.

Alex passou as mãos no cabelo, e mechas suadas caíram de volta ao redor dos olhos.

— Não. Se Luca conseguir se movimentar, vai acabar com nosso jogo.

Por cima do ombro de Alex eu via os irmãos Priestly se posicionando na quadra. Concentrado, Nic quicava a bola de uma mão para a outra. Ao seu lado, Luca sorria como um maníaco. Eu me perguntei se ele teria outra expressão facial além de "babaca completo".

— Terra chamando Sophie.

— Hã?

Alex estava me encarando, seus olhos azuis tão grandes quanto os de Millie. Às vezes era assustador como eles tinham expressões parecidas.

— Você ouviu o que eu disse?

Balancei a cabeça de forma abobalhada.

— Você estava falando?

Ele soltou um suspiro profundo e botou as mãos nos meus ombros, me olhando nos olhos. Normalmente, eu ficaria boba se o irmão gato mais velho de Millie chegasse tão perto de mim, mas minha obsessão por Nic estava me distraindo.

— Preciso que mantenha Millie concentrada. Eu cuido do resto. Os Falcões Rubros vão se dar mal.

— Precisa parar de chamá-los assim. Desse jeito não consigo levar você a sério.

Ele apertou meus ombros com mais força, como se pudesse aumentar minha determinação. Observei uma gota de suor escorrer da lateral do seu rosto para o pescoço.

— Sophie, *você* pode se concentrar, por favor?

— Ei, cara, acho que ela entendeu.

Alex tirou as mãos de mim e me afastei, foi quando vi Nic parado bem ao lado dele. Nic estava olhando para Alex do mesmo jeito de antes, um olhar que dizia "não confio em você e talvez queira matá-lo", mas era bem mais de perto dessa vez e muito hostil.

— Está tão preocupado em perder que precisa escutar nossa conversa? — retrucou Alex.

Nic levantou uma sobrancelha.

— Está tão obcecado pelo jogo que você precisa assustá-la? Deixe a garota em paz.

Alex avançou em Nic; eles eram quase da mesma altura, mas Nic levava vantagem.

— Gosto de ganhar e ela também.

— Aposto que Sophie também gosta de se divertir. Conhece essa palavra? — Nic cerrou o queixo. — Deixe ela em paz.

— Quem é *você*, afinal? — irritou-se Alex. — Não conhece a gente, então por que não para de cuidar da nossa vida e vai cuidar da sua?

Nic não se moveu. Estavam quase encostados um no outro, e eu podia ver pela maneira como Alex desviava o olhar para Robbie e Foxy que ele estava pedindo reforço. Não era a primeira vez que reparava na postura defensiva de Nic, e entendi que sua desconfiança em relação a Alex era por minha causa. Pela maneira como Nic olhava para Alex, parecia que ele estava tentando cavar um buraco na testa de Alex.

— Meninos, relaxem! — Me enfiei no espaço entre os dois, separando-os com as mãos. Alex se afastou, mas Nic não recuou tão facilmente. Eu quase podia sentir a testosterona saindo dos poros dele. — Vamos começar esse jogo de uma vez, tá?

— Tá. — Os dentes de Alex estavam cerrados.

— Tá. — Nic deu meia-volta e sinalizou para os irmãos. Eles se reuniram na lateral da quadra.

Millie se aproximou de mim e baixou o tom de voz.

— Acho que Dom vai me chamar para sair.

Alex e Nic estavam se posicionando para o início do jogo.

— Como você sabe?

Um grito foi dado atrás de nós; a bola entrou em jogo e Nic conseguiu a posse.

— Ele deu muito em cima de mim. E pensei que *eu* fosse sem vergonha! Dá para ver que ele não quer esperar até o dia da festa para sair comigo.

Nic fez a primeira cesta antes de eu ter tempo para responder.

O jogo estava indo tão rápido que eu mal acompanhava. Eu quase não tocava na bola e Millie só quicava a bola uma vez antes que Luca aparecesse e a roubasse. Sempre que Nic passava por mim, eu sentia como se ele desacelerasse de propósito para que eu pudesse senti-lo encostando em mim, e esquecia que deveria estar marcando Luca. Na metade do jogo, estávamos perdendo por seis pontos.

No começo do terceiro quarto, Robbie passou a bola para mim — eu estava parada perto da cesta, sem nenhuma marcação. Pulei para marcar, mas a bola foi tirada das minhas mãos antes que eu pudesse arremessar. Ela saiu rolando depois que Gino se atirou em mim. Eu teria voado para fora da quadra se Nic não tivesse aparecido do nada e me segurado pelas costas. Caí em cima dele com um baque.

— Cuidado — disse ele, ofegante, próximo do meu pescoço.

— Nic! — gritou Luca. — Atenção!

Olhei para cima a tempo de ver um borrão laranja voando diretamente para minha cara. Minha cabeça caiu para trás bem no peito de Nic e ele me segurou enquanto eu desmoronava em cima dele.

— *Tu sei pazzo!* — berrou Nic sobre minha cabeça.

Lágrimas começaram a escorrer por minhas bochechas, misturadas ao sangue que jorrava do meu nariz.

Uma pequena multidão se juntou à minha volta.

— Desculpe. — Era a voz de Luca, mas eu não conseguia focalizar o olhar nele. — Mas eu gritei "atenção".

— Por que você passou a bola para mim quando o rosto dela estava na frente? — vociferou Nic sobre mim.

— Por que você a estava apalpando no meio do jogo de basquete?

— *Vaffanculo!*

Eu não precisava entender italiano para adivinhar o que aquilo queria dizer.

Millie arrancou o colete que vestia e me passou. Apertei meu nariz com a mão livre para controlar o sangramento, tentando não sentir o cheiro de anos de suor masculino entranhado no tecido.

— Será que *todos vocês* poderiam dar um espaço para ela? — ordenou Millie.

Nic retirou as mãos da minha cintura e se juntou aos outros, que me encaravam com variados níveis de preocupação — com exceção de Gino, que acompanhava os movimentos de uma borboleta e ria sozinho.

— Acha que consegue continuar jogando, Sophie? — perguntou Alex.

Nic se enfureceu.

— Está falando sério, cara? Essa foi a única coisa que pensou pra dizer?

— Qual é a *merda* do seu problema? — reagiu Alex.

Antes que Nic pudesse replicar, Millie estava batendo os pés no chão como a criança de dois anos mais irritada do mundo.

— Qual é a droga do problema de vocês *dois*? Garotos imbecis com essa competitição *imbecil*. Fiquem quietos, todos vocês! Sophie e eu não vamos continuar participando de jeito nenhum desse jogo *infantil* com um bando de *neandertais* esquentadinhos para que possam ganhar um troféu vagabundo *idiota*. Não temos mais nenhum interesse em participar dessa palhaçada.

— Eu... — começou Luca.

— Não! — Millie levantou o dedo indicador e apontou diretamente para o olho dele como se estivesse prestes a furá-lo. — Não quero ouvir mais uma palavra da *sua* boca. Se tiver algo a dizer, pode escrever em um cartão e enviá-lo à casa de Sophie com as *flores mais bonitas* que o dinheiro puder comprar. E pode dizer como se *sente muito* por ter sido um idiota completo e quase ter *matado* ela. Sophie podia ter *morrido*. Entende isso? *Morrido!* E tudo que você fez até agora foi dar esse sorrisinho arrogante. Eu não acho nada disso nem um pouco engraçado, e fique sabendo que eu entendo muito de humor. Então por que não tira esse sorriso da sua cara ridiculamente perfeita e aprende um pouco de humanidade, seu master príncipe da babaquice.

Eu não compreendia ao certo como as pessoas não estavam rindo do nível ridículo de dramaticidade de Millie. Se eu estivesse com um pouco menos de dor, estaria rolando no chão.

— Mil... — tentou Alex.

— Não, Alex! — gritou ela. — Também não quero ouvir as suas desculpas. De que lugar mesmo você *veio*? É difícil acreditar que viemos do mesmo útero. Se não é homem suficiente para viver sem um troféu de mentira enchendo seu ego, então não é homem suficiente para falar com Sophie ou comigo. E o mesmo vale para *todos* vocês, idiotas. — Ela me segurou pelo braço e começou a me afastar de todo mundo. — Nós vamos para a arquibancada, onde tem sorvete. E *fim* de conversa!

Eu podia ver o choque nos olhos deles; claramente haviam subestimado Millie. Nic quase fazia buracos com os olhos na cabeça do irmão. Se olhares matassem, Luca já teria partido desse mundo.

— Vamos voltar ao jogo? — ouvi Alex dizer enquanto saíamos da quadra.

— Posso ficar de fora para igualar o jogo. — Meu coração deu um salto com a sugestão de Nic.

— De jeito nenhum. Vamos terminar como está. Ainda sim, vamos vencer.

*Alex, seu burro.*

Depois do jogo, Nic veio me ver na lateral da quadra enquanto eu apertava um picolé fechado no nariz. Millie tinha ido procurar Dom para tentar salvar aquela paixonite nascente do seu surto na quadra. Alex havia partido durante um acesso de raiva, e Luca devia estar passeando por aí com seu troféu gigante debaixo do braço.

— Parabéns pela vitória.

— Valeu. — Nic se jogou ao meu lado na grama e levantou os joelhos, passando os braços em volta deles. — Mas não acho que um troféu de plástico de sessenta centímetros vá fazer muita diferença na minha vida.

— Você provavelmente teria perdido se eu tivesse continuado no jogo — provoquei. Afastei o picolé e mexi o nariz para recuperar alguma sensibilidade, aliviada por parecer não estar quebrado.

— Novo em folha — disse Nic. Ele se aproximou para examinar meu nariz mais de perto e pude reparar nas sardas no nariz dele. — Está perfeito.

— Qual é a de vocês com essa necessidade incessante de me atacar? — perguntei. — Estão atrás de mim ou algo do tipo? Podiam pelo menos ser mais sutis.

— Deve ser alguma coisa em você. — Nic me lançou um sorriso maroto. — Geralmente somos muito discretos.

— Quatro garotos discretos. São palavras que não combinam muito bem na minha cabeça.

— Bem, na verdade não são apenas qua... — Nic interrompeu a frase quando algo atrás de mim chamou sua atenção.

Olhei por sobre o ombro.

No final da margem do rio, depois da última quadra, vislumbrei com dificuldade uma figura de rabo de cavalo empurrando alguém de cabelo louro curto atrás de umas árvores. Alex e Gino. Era difícil ver o que estava acontecendo, mas parecia que estavam brigando.

Nic levantou em um salto. Tentei acompanhar, mas ele era muito mais rápido do que eu.

Em segundos ele chegou ao rio, desviou por entre as árvores e afastou Alex de seu irmão. Quando os alcancei, Gino estava deitado com o corpo dobrado, imóvel, apoiando a cabeça nas mãos. Ali perto, Nic segurava Alex no chão e os dois trocavam insultos.

Alex rolou o corpo de lado e chutou Nic, fazendo com que ele caísse sentado.

— Isso não tem nada a ver com você! — gritou Alex enquanto os dois se levantavam.

— Você acabou de nocautear meu irmão! — gritou Nic, partindo para cima de Alex e o agarrando pelos joelhos. Ele o atirou contra uma árvore pequena, que se curvou com o peso dos dois.

— Parem! — Tentei afastar Nic de Alex, mas ele não queria largar. Me afastei bem a tempo de evitar que Alex me atingisse quando se lançou para a frente, cabeceando Nic e o jogando direto na lama.

— Alex! — berrei. — Você enlouqueceu?

— O irmão dele que começou! — Ele se posicionou sobre Nic. — Vocês são uma família de ladrões imundos! Voltem para o lugar de onde vieram!

Nic cuspiu sangue no chão.

— Não fale da minha família — ameaçou ele. Nic se levantou com muito esforço, resistindo aos esforços de Alex de jogá-lo de volta no chão. Ele se recuperou e lançou um soco. Alex desviou, fazendo com que acertasse o ar. Quando Alex o empurrou novamente, Nic nem se mexeu. Em vez disso, esticou os braços e puxou Alex para um mata-leão, jogando-o mais uma vez no chão.

Enquanto Alex xingava e tentava se levantar, Nic enfiou a mão no bolso de trás da bermuda e tirou algo. Com um movimento, o objeto se desdobrou. Nic segurou aquilo com mais força e se curvou por cima de Alex até que os dois quase estivessem com o nariz no chão. Eu não conseguia ver o que ele estava fazendo, mas percebi um brilho na mão de Nic enquanto ele mexia o objeto em meio à briga dos dois, e gritei quando percebi o que era.

— *Nicoli, smettila!*

Dei um salto ao ouvir a voz de Luca. Ele apareceu atrás de mim, correndo em direção ao irmão, e agarrou Nic pelo pescoço, afastando-o de Alex.

A cor sumiu do rosto de Nic ao ouvir o que o irmão sussurrava intensamente no seu ouvido. Estudei as palmas das suas mãos — o canivete que ele estava segurando havia sumido.

Ali perto, Gino começava lentamente a voltar a si. Ele se levantou, massageando a nuca. Antes que ele propriamente analisasse a cena, quase me derrubou ao cambalear em direção à margem do rio e aos seus irmãos.

Alex também havia se levantado e tremia de raiva. Ele se lançou em direção a Gino.

— Nem pense nisso — disse Luca. — Apenas vá embora.

— Dois contra um não é justo — disse Alex, contornando os irmãos, sendo que dois deles estavam completamente fora de órbita. Nic ainda não tinha dito uma palavra depois de ter sido afastado de Alex por Luca, e Gino ainda tinha dificuldades de se manter de pé. Eu podia ver que Alex os media, analisando seus ferimentos. — Da próxima vez, lute por você mesmo, Gino.

Entrei no meio dos dois.

— Alex, vai pra casa. — falei. — Não precisa piorar a situação.

Ele apertou os olhos, observando Nic e Luca, calculando suas opções. E então, com relutância, ele cedeu.

— Certo. Você vem? — perguntou ele.

Olhei de relance para Nic. *Não sem receber uma explicação.*

— Em um minuto.

— Eles não são pessoas legais, Soph — disse ele, com a voz confusa. — Por que está do lado deles?

— Eu já vou, em um minuto — repeti, tentando ignorar o sentimento de traição no rosto dele.

— Como quiser. Estou indo embora. — Alex começou a se afastar, mas antes gritou uma última observação ao se afastar: — Você deu sorte!

Eu não tinha certeza de com qual irmão ele estava falando.

— Não — disse Luca. — *Você* deu sorte.

Assim que Alex sumiu de vista, voltei minha atenção para os irmãos Priestly. Nic tinha dificuldades em respirar e olhava para a grama à nossa volta com uma expressão indecifrável. Atrás dele, o cabelo de Gino estava torto atrás das orelhas, como um cogumelo de lado. Ele mantinha a mesma expressão maluca que eu tinha visto na quadra: agitada e sem foco. Luca me olhava calmamente.

— Estamos indo embora — declarou, como se estivesse saindo de uma festa, não de uma briga.

— Que merda foi essa? — perguntei, ignorando sua insolência.

— Ele me chamou de ladrão — disse Gino lentamente, como se estivesse apenas começando a recordar. Ele estava claramente com uma concussão, mas eu não conseguia dizer o que havia de errado com Nic, que permanecia estranhamente calado, com os olhos para baixo. — Ele disse que roubei no jogo.

— E daí? — perguntei.

— Então eu tive que calar a boca dele! — Ele levantou a voz e percebi sua língua presa pela primeira vez. Devia ser o dente lascado.

Luca revirou os olhos.

— Relaxa, Gino.

— Brigar não é a maneira certa de fazer alguém calar a boca — falei, me segurando antes que deixasse um *seu idiota!* escapar. Puxei Nic pelo braço e o soltei das mãos de Luca. Ele parou de prestar atenção na grama e olhou para cima, o âmbar dos olhos reacendendo. Pelo menos pareceu notar minha presença.

— Sinto muito que tenha visto isso, Sophie — disse ele calmamente. — Eu estava tentando defender meu irmão e as coisas saíram de controle.

— Não brinca.

— Estamos indo embora — repetiu Luca, sinalizando para Nic segui-lo. — Vamos.

Os olhos escuros de Nic estudavam o ambiente enquanto ele se afastava.

— Espere! — falei, seguindo-o.

Ele se virou.

— Acabei de ver você atacar Alex com um canivete. Não pode simplesmente ir embora!

Mesmo ao pronunciar as palavras, eu mal acreditava que aquilo era verdade. Era tão assustador.

Mas Nic balançou a cabeça.

— Não, não usei.

— Eu vi — retruquei. — Você tirou um canivete do bolso.

— Você não sabe do que está falando — disse Luca sem se dar ao trabalho de se virar para mim. — Vamos, Nicoli.

Nic franziu a testa, preocupado.

— Acho que você deve ter imaginado isso, Sophie.

— Eu não imaginei — protestei.

Nic não estava me escutando. Ele me lançou um olhar, aquele que os adultos usam quando querem ser condescendentes — o olhar da sra. Bailey.

— Você ainda está confusa por causa do que aconteceu mais cedo. Acho que precisa descansar.

Eu me afastei dele.

— Sei muito bem o que eu vi.

Agora eu estava com raiva. Uma hora ele estava sendo carinhoso e atencioso, e na outra estava apontando canivetes para o irmão da minha melhor amiga e tentando me convencer de que eu era louca quando o questionei sobre o assunto.

— Vamos conversar sobre isso depois, tá? — disse Nic.

Ele me deu um leve aceno de cabeça antes de se virar. Fiquei observando os garotos se afastarem enquanto me perguntava se estava enlouquecendo ou se ele era o mentiroso mais convincente que eu já tinha visto.

Eu estava prestes a voltar para as quadras e encontrar Millie quando algo na margem chamou minha atenção. Segui o reflexo e, em um segundo, estava revirando a grama e segurando o canivete que eu tinha visto Nic tirar do bolso — então era *isso* que ele estava procurando. E eu pensando que a expressão cabisbaixa era sinal de remorso! Senti uma mistura de triunfo e náusea quando virei o canivete na palma da mão. Tinha 15 centímetros de comprimento e era bem afiado. Dobrei o canivete, fechando a lâmina. O cabo era pesado, dourado e, no centro, perto da base, havia uma insígnia desenhada. Seu contorno era preto e no lado de dentro estava entalhada uma águia com arabescos ornamentados em vermelho-escuro. As asas semiabertas tocavam o contorno do brasão.

Abaixo do símbolo, havia uma inscrição:

Nicoli, 12 de maio

Quase deixei o canivete cair. Esse não era um canivete qualquer; era um canivete caro, *personalizado*, com o nome e o aniversário gravados, deduzi. Era importante; tinha um significado. E eu não fazia ideia do que aquilo queria dizer.

Virei o cabo para observar o pássaro dentro da insígnia. Eu sabia identificar uma águia e, ao olhar pela segunda vez, percebi que não era isso. Um gavião, talvez? Então me toquei. O pássaro do brasão era um falcão. Um falcão rubro. Eu também não sabia o que isso queria dizer, mas agora tinha certeza, bem lá no fundo, de que aquilo significava algo para os irmãos e, certamente, significava muito para Nic.

Entender tudo aquilo me deixou meio em pânico, porque eu sabia que não podia controlar minha reação. Mesmo que meu tio *estivesse* certo sobre a família Priestly, eu ainda não conseguia controlar a maneira como meu coração saltava toda vez que eu pensava nos olhos escuros de Nic — havia algo nele, algo que eu não conseguia ignorar. Eu estava começando a ter sentimentos por alguém que andava por aí com machucados suspeitos e que carregava uma arma para qualquer lugar, uma arma que claramente estava preparado para *usar*. Uma arma pela qual ele ia procurar, mas não ia encontrar. Eu sabia que não podia confiar em mim mesma, e isso significava que teria que fazer o impossível para me manter longe de Nic, ao contrário do que queria meu coração.

# CAPÍTULO NOVE

# A INVASÃO

Minha tentativa de ficar longe de Nic Priestly e seus irmãos durou pouco.

Quando cheguei em casa do meu turno da noite, alguns dias depois, o clima havia fechado, trazendo uma das piores tempestades de verão de que me lembrava.

Corri para a porta de casa na mesma hora que um trovão rugiu por trás das nuvens, levantando os pelos da minha nuca e trazendo uma nova nuvem de chuva. Após a centésima busca minuciosa na bolsa, aceitei a derrota. Eu tinha esquecido as chaves e, como minha mãe estava em Chicago para uma prova de vestido de uma cliente, eu ficaria trancada do lado de fora sabe-se lá por quanto tempo. Meu telefone estava sem bateria, então eu não tinha como saber quando ela voltaria, e não estava disposta a nadar enquanto esperava por ela.

Levantei e, tentando não prestar atenção em como a chuva colava meu jeans ao corpo, corri de volta para a rua, desviando das poças no caminho. Se eu corresse em uma velocidade um pouco abaixo à da luz, usando o caminho mais curto, eu chegaria na lanchonete, a nove quadras de distância, bem a tempo de encontrar Ursula e a nova garçonete, Alison, fechando o restaurante. Se tudo desse certo, eu entraria, pegaria as chaves e sairia a tempo de nadar de volta para casa.

Enquanto eu corria, o céu relampejava e rugia, me deixando cada vez mais aflita. Não chovia assim desde a noite em que meu pai foi preso, e relembrei, com um desagradável embrulho no estômago, de como aquela tempestade foi aterrorizante. Desde então, fico apavorada com o som de trovões — ele se tornou um sinal sinistro, indesejado. E agora, não muito tempo após nosso fornecedor ter sido encontrado afogado na própria banheira, ali estava eu, completamente sozinha e presa no meio de uma das maiores tempestades da história de Cedar Hill.

Quando enfim entrei no estacionamento, meus pés nadavam dentro dos sapatos alagados e meu nariz estava todo dormente. No lado de dentro da lanchonete, as luzes estavam apagadas. O restaurante inteiro parecia uma caixa de concreto encolhida sob o céu escuro.

Eu tinha chegado tarde demais.

Atravessei o estacionamento correndo, na esperança de me abrigar debaixo da marquise na entrada da lanchonete. Pretendia esperar a tempestade diminuir e depois iria até a casa da Millie.

Se eu conseguisse ficar com os olhos abertos e se a chuva não estivesse chicoteando meu cabelo para todas as direções, eu teria visto a pessoa em frente à porta antes de dar de cara com ela.

— Ei! Presta atenção!

Cambaleei para trás, deixando metade do corpo para fora da marquise, mas não sem antes perceber que a figura estranha estava encostada na porta e com as mãos no vidro, como se espiasse o lado de dentro. Ele se virou e abaixou o capuz.

— Nic?

— Sophie?

— O que você está fazendo aqui? — perguntamos os dois ao mesmo tempo.

— Esqueci minhas chaves e fiquei trancada para fora de casa.

Nic assentiu, pensativo. Esperei por uma resposta. Depois de uma longa pausa, ele respondeu calmamente.

— Eu queria ver você.

Outro raio iluminou o céu e pude ver o rosto dele. Sua expressão estava séria e estranhamente vulnerável. Era esquisito pensar que havia esse lado nele; eu o imaginava sempre perfeito e muito confiante.

*E perigoso*, lembrei a mim mesma com um susto. *Concentre-se, Sophie.*

Instintivamente, dei um passo para trás e fiquei imóvel sob o dilúvio.

— Você não deveria estar aqui — falei, satisfeita com a firmeza da minha voz. — Não acho uma boa ideia a gente se encontrar.

— Como assim? — perguntou ele, com a voz de repente cautelosa.

— Eu sei que você mentiu. — A memória do dia do torneio voltou e estendi o braço para abrir minha bolsa. Peguei o canivete dentro dela: estava fechado, mas ainda assim meus dedos tremeram ao tocarem o cabo de metal gelado. Eu não achava que ele o arrancaria da minha mão, mas parte de mim não estava convencida disso; como eu poderia ter certeza? Dei um passo para trás e segurei o canivete com mais força, tentando ignorar a chuva que encharcava minhas roupas.

Nic se aproximou. Vi seus olhos se desviarem para minha mão, mas ele não se mexeu para recuperar o canivete. Com cuidado, eu o levantei para que ficasse entre nós dois.

— Reconhece isso?

Ele me observava com uma imobilidade calculada. Minha mão tremia e não havia nenhum som além da sua respiração irregular e os trovões distantes.

— E então? — perguntei.

O silêncio permaneceu. A respiração de Nic voltou ao normal, mas sua expressão continuava inalterada, determinada. Quando ele enfim me respondeu, parecia estar usando toda a sua energia. Ele apertou os lábios e empurrou as palavras para fora, pronunciando-as lentamente, como se sua língua o traísse.

— É meu.

— Achei na grama depois que você foi embora. — Era um detalhe desnecessário; ele provavelmente tinha voltado ao local para procurar o canivete depois de eu ter ido embora. Mas me senti na obrigação de lembrá-lo de que estava certa e ele errado por tentar me convencer do contrário. Ele sabia que eu sabia que o canivete era dele e, quanto menos ele falava, mais eu ficava desconfiada.

Baixei minha mão e dei um passo à frente até ficar perto dele, abaixo da cobertura, para que a barreira entre nós se desfizesse.

Os ombros dele se enrijeceram.

— Por que você carrega um canivete por aí?

Ele tentou ganhar tempo passando a mão no cabelo e puxando as mechas para trás das orelhas. Quando tirou as mãos da cabeça, deu um suspiro de resignação.

— O canivete foi um presente do meu tio — começou ele, devagar, como se estivesse lendo um roteiro. — Ele é um pouco... excêntrico.

Virei o canivete em minha mão, passando o polegar na insígnia com o falcão e na inscrição embaixo.

— No mínimo — falei.

— Na minha família, quando fazemos 16 anos, meu tio dá um canivete personalizado com o nome e a data de nascimento — continuou ele, parecendo mais confiante. — É algo que era feito pelo pai dele, meu avô, então ele faz com a gente. É apenas uma tradição familiar.

— Me parece um pouco perigoso. — Não tentei encobrir o julgamento no meu tom de voz.

Nic deu de ombros e admitiu calmamente.

— É, acho que dá para dizer isso sobre Felice.

— Fe-li-tche — repeti, lutando para pronunciar o *tche*. Combinava com uma pessoa que gostava de presentear os outros com canivetes. — Eu ganhei brincos quando fiz 16 anos. Nenhuma arma, infelizmente.

Nic passou o polegar pelo lábio inferior e me vi concentrada no jeito como ele o mordiscava.

Ignorei o pensamento e me afastei dele de novo.

*Concentre-se.*

— Eu vi você pegar o canivete durante a briga com Alex. Você ia... — Minha voz vacilou. — O que você ia fazer com isso?

— Nada. — respondeu ele com tamanha convicção que quase acreditei. — Eu jamais usaria o canivete contra ninguém, muito menos contra o irmão da sua amiga. Mas pensei que, se ele o visse, se afastaria e deixaria meu irmão em paz. Ele já tinha nocauteado Gino, mas continuava querendo brigar. Ele é tão competitivo e estava tão irritado por termos ganhado. Estava convencido de que tínhamos trapaceado. Eu só queria me livrar dele antes que meus outros irmãos aparecessem.

— Então você ia ameaçá-lo com um *canivete*? — perguntei, incrédula.

— Não, não desse jeito. Eu só... eu não sei. Estava tentando apartar... — Ele interrompeu a frase.

Precisei lutar contra a vontade de segurar o queixo de Nic e encará-lo até que me dissesse a verdade. Aquilo era a verdade ou uma mentira elaborada?

— E por que você carrega isso?

— É difícil de explicar — respondeu ele com a expressão repentinamente envergonhada. — Acho que carrego o canivete comigo para me sentir protegido, e para defender meus irmãos se for preciso. Desde que meu pai morreu tem sido difícil para nós. Ficamos diferentes. Eu fiquei diferente. Não conheço esse lugar nem as pessoas daqui, e estou tão acostumado a levar o canivete comigo que deixá-lo no bolso é quase natural. Não me sinto seguro sem ele. — Ele engoliu em seco, escondendo o sentimento que estava fazendo sua voz falhar. — Sei que é uma maneira estranha de lidar com algo desse tipo, mas tem me ajudado.

De repente, o canivete parecia pesado na minha mão.

— Eu não sabia.

Nic deu de ombros. Outro clarão iluminou o rosto dele e pude ver que estava tomado pela lembrança. Ele deixou o corpo cair contra a porta, derrotado. Fosse qual fosse o jogo da verdade que jogamos, eu ganhei, e me sentia enjoada por causa disso.

— As coisas são como são — murmurou ele.

Precisei desviar o olhar. Eu havia passado por aqueles mesmos momentos de luto e tristeza, havia me martirizado, e a troco de quê? Por um pai que merecia estar onde estava e que em algum momento voltaria para mim. Eu sabia que havia coisas a respeito de Nic que talvez o tornassem inadequado para mim, mas havia partes da sua vida que ele não podia mudar e isso não fazia dele uma má pessoa.

— Sinto muito.

— Não, eu que sinto muito. — Ele se endireitou abruptamente, como se alguém acima dele o puxasse por cordas, e a vulnerabilidade desapareceu da sua postura. — Fui um idiota de puxar o canivete, mas eu não machucaria Alex, prometo. Eu jamais faria isso. Por favor, diga isso para Millie.

— Não falei sobre o canivete com a Millie — falei e meu estômago se revirou de culpa. Era uma revelação e tanto.

— Ah — disse ele calmamente.

— Alex não viu o canivete e eu não queria piorar tudo. Além do mais, ele me mandou uma mensagem de texto depois pedindo desculpas pela situação ter ficado tão complicada, então achei melhor lidar com o que aconteceu como um incidente isolado que saiu de controle. Quem sabe vocês dois possam deixar isso para trás. — As palavras saíram rapidamente, emboladas uma na outra. De repente meu rosto parecia estar pegando fogo. Eu não havia contado tudo para Millie. Eu era uma amiga ruim? Ou apenas uma idiota? Porque apesar de saber que eu não deveria gostar de Nic, eu gostava, e embora estivesse tentando evitá-lo, eu esperava vê-lo; para que ele tivesse a chance de se explicar.

— Obrigado — disse ele com sinceridade. — Desculpa se assustei você e se eu menti. Achei que seria mais fácil, mas depois percebi que não foi a coisa certa a fazer. Quis vir aqui para falar com você.

— Então é por isso que está aqui? — perguntei, curiosa sobre o horário da visita.

Nic sorriu, revelando uma fileira de dentes brancos no escuro.

— Você me pegou.

Enfiei o canivete de volta na bolsa e fui espiar pelo vidro, como ele tinha feito. Não porque pensei que alguém pudesse estar lá dentro, mas porque, de repente, estava me sentindo envergonhada e não sabia o que fazer.

— Você consegue entrar? — perguntou ele.

Meu cabelo molhado balançava como pedaços de corda amarrados em volta da minha cabeça.

— Todo mundo já foi embora.

— Talvez eu possa fazer alguma coisa.

— Pode me teletransportar para dentro?

Ele inspirou o ar irregularmente e perguntou de forma tímida:

— Quer que eu tente?

— O teletransporte?

— Não. — Ele pigarreou. — Posso tentar abrir a porta, se quiser.

— O quê? Como?

— Você me dá permissão para tentar?

Levantei as mãos em falsa rendição.

— Por favor.

— Você se importa de chegar um pouco para trás?

— Vai mesmo fazer isso?

Ele se manteve impassível.

— Sim.

Eu teria concordado com basicamente qualquer pedido dele naquele momento, porque ali, sob a chuva, ele estava incrível. O cabelo castanho ondulado molhado e afastado do rosto revelava o efeito completo das suas maçãs do rosto bem-delineadas. Dei um passo para trás.

Nic ficou de costas para mim e retirou do bolso algo que parecia uma caneta tinteiro.

— O que é isso?

— Outro presente que você não aprovaria — disse ele com sinceridade antes de mover o objeto para perto da porta, tirando-o da minha visão.

Por mais ou menos um minuto, tudo que eu via eram movimentos sutis de braço enquanto ele mexia na porta — primeiro na fechadura superior, que cedeu com um leve clique, e depois a inferior, mais complexa, que demorou mais tempo. Finalmente, ele girou a maçaneta e a porta se abriu à nossa frente, chacoalhando o sino acima dela.

Fiquei de queixo caído.

— Você acabou de arrombar a lanchonete.

— Você me deu permissão. — Ele enfiou o que quer que estivesse usando de volta no bolso e deu um passo para trás sinalizando que eu entrasse na frente dele. — Você primeiro.

Eu o encarei e corri para desligar o alarme antes que disparasse.

— Isso é um hábito seu?

— Não. — Ele me seguia de perto. — Meus irmãos e eu procurávamos por objetos que nos ajudassem a invadir os quartos uns dos outros quando éramos mais novos. Nunca fizemos nada mais grave do que uma guerra entre quartos. Foi uma sorte conseguir abrir a porta com uma chave de fenda velha. As fechaduras não são tão resistentes quanto deveriam.

Girei um interruptor para que uma fileira de lâmpadas embutidas se acendesse, iluminando o caminho até o outro lado da lanchonete.

— E você carrega isso porque...

— Eu estava tentando entrar no velho celeiro na casa do meu tio hoje à noite para usar como depósito.

Nic me seguia com a atenção dispersa por toda a lanchonete, como se fosse o lugar mais fascinante do mundo.

— Minha mãe comprou um monte de antiguidades para a casa nova, mas ela não quer que a gente bote as coisas no lugar até ela voltar de viagem, na semana que vem. Ela quer terminar de pintar a casa antes. Então estamos tentando achar onde guardar tudo.

Entrei atrás do balcão e comecei a procurar minhas chaves.

— Então sua mãe está deixando que os filhos cuidem dos seus móveis caros enquanto ela está fora?

Nic entrou atrás do balcão ao meu lado, seu braço encostando no meu enquanto procurávamos pelas chaves lado a lado.

— Basicamente.

— Não sei se estou completamente convencida dessa história, mas faz mais sentido do que minhas outras teorias.

— Que teorias?

Botei o dedo no queixo, fingindo refletir.

— Que tal se você for um famoso ladrão de joias?

Nic inclinou a cabeça para o lado e sorriu. A tensão desapareceu dos seus ombros.

— Isso até que é maneiro.

— Ou que tal se você roubar velhinhas enquanto estão dormindo?

— Nada maneiro.

Parei de procurar as chaves por um momento e olhei para ele — os olhos castanhos pontilhados, o contorno do lábio superior, a maneira como o cabelo formava um cacho abaixo das orelhas. Havia algo nebuloso nele, algo obscuro e incerto. Isso acendia em mim uma espécie de inquietude que não sentia havia muito tempo. Eu me lembrei do aviso do meu tio e, não pela primeira vez, senti o peso sobre mim.

— O problema é que... — falei com a voz embargada — não sei o *que* você é.

Nic fixou seu olhar no meu.

— Talvez isso seja parte da graça.

Envergonhada demais para responder, voltei a procurar as chaves e Nic caiu na gargalhada. Tenho certeza de que ele não quis parecer sedutor, mas o som produzido da sua risada misturado à nossa proximidade estava me causando esse efeito.

— Então sua mãe viajou para fora do país e deixou os filhos sozinhos na casa nova? — perguntei, tentando me distrair. — Ela parece confiar bastante em vocês.

— Ela não confia — disse Nic, rindo de novo. — É só que o amor dela por móveis venezianos é maior do que a desconfiança nos cinco filhos.

*Cinco filhos!* Então eu não havia imaginado o Garoto Priestly Número Cinco e, definitivamente, não havia visto nenhum fantasma naquela noite.

— A gente tenta respeitar os pedidos dela durante as viagens — acrescentou Nic. — Embora, às vezes, fique tudo uma bagunça e, claro, a gente também brigue, como todos os irmãos.

— Eu não tenho irmãos, então acho que não sei muito sobre essa coisa de rivalidade.

Nic assentiu, pensativo.

— É uma pena. Meus irmãos são meus melhores amigos.

— Até o Luca? — Não resisti.

Nic deu um sorriso compreensivo.

— *Até o Luca.*

— Isso é... uma surpresa.

— Ele não é tão ruim.

Eu me controlei.

— Não há nada mais importante que os laços familiares — completou ele. — Quando meu avô estava vivo, ele sempre dizia *La famiglia prima di tutto*. Está escrito no seu mausoléu.

*Podre de rico?* Me controlei novamente.

— O que isso quer dizer?

— Família antes de tudo.

— Legal — falei, meio sem jeito. — Quando o pai da minha mãe morreu, escrevemos na lápide dele "Todo arrumado e sem nenhum lugar pra ir".

A expressão confusa de Nic era previsivelmente adorável.

— Ele era ateu — acrescentei tentando explicar.

— Ah. — A confusão se transformou em um sorriso irônico. — Um ateu engraçado.

— Ele morreu da mesma forma que viveu; fazendo piadas que irritavam minha avó.

Eu me agachei e comecei a mexer nos armários atrás do balcão — encontrei aventais dobrados, suéteres encardidos e uma calça de ginástica. Provavelmente minha.

Nic continuou a revirar os papéis no balcão.

— O gerente não vai se incomodar de você estar aqui?

— Minhas chaves não estão aí — falei, abrindo outro armário superior e tateando o lado de dentro. Não havia nada além de bolas de poeira e canetas quebradas. — Deve estar num daqueles compartimentos.

Levantei os olhos para Nic. Ele havia pegado um cardápio e o examinava.

— Ele não vai se incomodar? — perguntou ele mais uma vez.

— Não. — Procurei em outro compartimento e senti a ponta dos meus dedos tocarem algo pontudo e de metal. — Vou trancar tudo quando a gente sair. Ele não vai nem saber que estivemos aqui.

Eu podia ouvir as folhas de papel sendo reviradas por Nic com uma pausa ocasional antes de guardá-las novamente.

— Cadê ele, aliás?

Girei meu ombro para alcançar melhor dentro do canto apertado.

— Quem?

— Seu gerente.

— Um amigo dele morreu, então ele foi visitar a família. Não sei onde está agora. — Parei quando a expressão de reprovação do meu tio me veio à mente, vermelha e inchada. Uma pontada me fez perceber que sentia saudades dele. Torci para que me ligasse logo.

Fechei a mão em volta das chaves, sentindo-me vitoriosa ao tocar as pontas metálicas.

Nic havia parado de mexer nos papéis.

— Então, ele simplesmente não voltou?

Eu as puxei para fora — uma chave de latão da porta da lanchonete, uma prateada da fechadura menor, a chave roxa de casa e um chaveiro brilhante no formato da Torre Eiffel, presente de Millie. Dei um salto e balancei as chaves em triunfo à minha frente.

— Achei! — Guardei-as na bolsa.

O sorriso de Nic pendia mais para um lado, pressionando sua bochecha direita. Estávamos a trinta centímetros um do outro, não mais distraídos pela busca, e sem nada para olhar a não ser para nós mesmos. Sozinha e ensopada na lanchonete, fiquei ainda mais ciente da sua presença e cada respiração minha parecia mais alta do que o normal.

— Quer uma carona até em casa? — perguntou ele. — Ainda está chovendo muito. E não quero que você se derreta e vire uma poça.

— Está insinuando que sou uma bruxa?

Nic fingiu uma expressão horrorizada.

— De maneira nenhuma. Sou um cavalheiro.

— A não ser quando está derrubando garotas do lado de fora de casa e invadindo lanchonetes no meio da noite — ressaltei. Pensei em acrescentar um comentário sobre o canivete, mas me segurei ao pensar em seu pai e em tudo que ele tinha acabado de me contar.

Ele concordou, cerimonioso.

— Sim. Tirando essas coisas.

Hesitei.

— Eu adoraria uma carona para casa.

Eu o segui de volta até o outro lado da lanchonete, concentrada nas mechas mais acastanhadas do seu cabelo escuro.

Enquanto Nic se dirigia à porta com as mãos nos bolsos, ele voltou a inspecionar o restaurante.

— Este lugar é tão retrô.

— Você aprende a gostar.

— Como minha mãe — sugeriu ele com uma leve risada. — Aliás, às vezes acho que ainda estou aprendendo.

— Sinto o mesmo por algumas pessoas. — Sorri pensando em Jack e *ignorando* deliberadamente seu aviso. Ele pode ser difícil e imprevisível, mas quando entra na vida de alguém, entra de verdade, como uma pinta que faz parte de nós.

— Aposto que ninguém pensa isso de você, Sophie.

*Ah, apenas umas mil pessoas em Cedar Hill.*

— Você ficaria surpreso.

— Ficaria? — Nic se virou para mim, demorando-se sob o vão da porta.

— Temos que ir — murmurei, tentando manter o foco nas coisas que o faziam ser uma pessoa questionável e não na maneira como ele me deixava sem ar só de olhar para mim.

Se Nic ficou decepcionado, não demonstrou nada. Em vez disso, abriu o zíper do casaco.

— Toma — disse ele, estendendo o casaco para mim. — Vamos ter que correr até o carro. — Ele manteve o braço esticado, vestindo apenas uma camiseta preta e jeans escuros. Nic tensionou o maxilar e senti que me desafiava a recusar o gesto. — Por favor.

— Bem, já que você insiste.

Peguei o casaco e o enfiei nos ombros. Era pelo menos quatro vezes o meu tamanho. Quando fechei o zíper e balancei as mangas para que se ajeitassem sobre minhas mãos, a seriedade no rosto de Nic se esvaiu. Resisti ao impulso de rodopiar para que o capuz ondulasse como uma capa. *Não seja estranha.*

Nic lançava um sorriso malicioso para mim.

— Quê? — Botei minhas agora invisíveis mãos na cintura. — Nunca viu um rato afogado vestindo um moletom de capuz gigante?

— Não igual a você. — Ele riu.

— Bom, você precisa sair mais.

— É claro.

Desliguei as luzes, ativei o alarme e tranquei a porta, seguindo-o em direção à chuva torrencial.

Fazia sentido eu não ter visto a SUV de Nic mais cedo — ela estava do outro lado do estacionamento, fora do alcance até mesmo da iluminação dos postes da rua. Corremos até o carro, cambaleando contra a força do vento que jogava o que pareciam ser baldes de água em nossos rostos. Quando chegamos, me atirei para dentro do carro, brigando com a tempestade para fechar a porta. Eu me joguei no banco macio de couro, abraçando meu corpo enquanto Nic ligava o motor. Sem a proteção do casaco, ele estava batendo os dentes.

Passei o caminho ensinando Nic a chegar na minha casa e passando a mão no cabelo para que não ficasse arrepiado por conta da umidade. Mal estava começando a ter uma conversa mais relaxada com Nic e a me sentir um pouco mais aquecida, quando ele estacionou em frente à minha casa.

— Obrigada pela carona. — Tentei não parecer muito decepcionada pelo fim do nosso tempo juntos. Abri a porta do carro e ela se escancarou com a força do vento.

— Sophie. — Nic se inclinou na minha direção e me segurou pela perna, mantendo a parte inferior do meu corpo no calor de dentro do carro. — Espere.

Meu coração deu um salto e me preocupei que fosse possível ouvir o volume com que batia repentinamente. Tentei não respirar muito depressa ou encarar suas mãos em meu joelho. Olhei para ele e vi que fixava o olhar nos meus braços, na minha cintura, no meu — no *seu* casaco.

— Ah. — Sacudi o cabelo num ato de repreensão. — O seu casaco.

Comecei a abrir o zíper.

— Não, não é isso — respondeu ele com pressa, mantendo as mãos no meu joelho. — Pode devolver outra hora.

Apoiei as mãos no meu colo e, com a respiração engasgada na garganta, esperei. Dava para ver que ele se preparava para falar outra coisa. Meu cérebro começou a imaginar mil possibilidades diferentes e, de repente, meu coração estava saltando para fora do peito como se tentasse escapar.

Ele respirou fundo, com uma expressão incerta.

— O canivete... — disse ele calmamente. — Pode me devolver?

Fiquei arrasada, e algo dentro de mim — algo que parecia muito com esperança — morreu. Mexi na minha bolsa e tirei o canivete, largando-o de uma só vez na mão estendida de Nic.

— Claro. Esqueci.

Ele fechou a mão e uma centelha de alívio passou por seu rosto, relaxando-o.

— Obrigado.

— Acho que é melhor assim. Imagine eu andando por aí com um canivete. Com certeza não é a melhor ideia. Eu provavelmente cairia em cima dele ou algo do tipo. — As palavras jorravam para fora de forma involuntária, em um tom alto, tentando disfarçar o meu constrangimento. — Eu provavelmente acabaria me matando ou algo assim, e, com certeza, existem maneiras menos vergonhosas de morrer. — *Dá para ser mais constrangedor?* Eu me contraí, encabulada e então saí do carro antes que pudesse piorar a situação. — Obrigada por tudo mais uma vez.

— Sophie? — Nic se esticou pelo banco do carona, sério. — Pode fazer uma coisa pra mim?

— O quê?

— Não fique pensando em maneiras de morrer.

— Pode deixar.

Ele recuou com um sorriso controlado e fechei a porta.

Fiquei parada na chuva olhando o carro desaparecer no fim da rua. E então pensei no garoto com a mão machucada e canivete que acabou de arrombar a lanchonete do meu pai, e me perguntei por que eu estava tão triste em vê-lo partir.

# CAPÍTULO DEZ

# O ARTISTA

Havia apenas uma coisa a ser feita com o casaco de Nic.

— É perfeito! — comemorou Millie quando liguei para ela na manhã seguinte para contar tudo. — Você pode usar isso como desculpa para ir à casa dele e convidar todo mundo para a festa no sábado!

Por causa da briga com Alex, Millie não era a maior fã de Nic, mas também não era do tipo que guardava rancor. Como "garotos são assim mesmo", ela decidiu que via muito potencial nele e que Nic com certeza tinha que ser convidado para a sua festa. Eu podia imaginar muito bem como Alex reagiria ao ver Nic, mas Millie estava decidida. Alex não podia vetar os convidados dela. Ainda mais quando havia tão poucos.

Além disso, ela se interessava muito pela minha patética vida romântica. Como Nic era novo em Cedar Hill, e obviamente desconhecia o passado recente do meu pai, Millie o via como uma rara oportunidade de alguém livre de julgamentos para eu me apaixonar. Se ele era bom ou não para mim não era a questão. Isso apenas a deixava mais curiosa a respeito dele e da sua família, especialmente agora que Dom tinha convidado ela para sair depois do torneio de basquete.

— Vou encontrar Dom às seis horas, então me liga mais tarde se descobrir algo importante — guinchou ela ao telefone. — E não se esqueça de tirar fotos, se conseguir entrar na casa. Você me deve essa. Sou nova demais para morrer de curiosidade.

Decidi não dizer a Millie que não tiraria fotos clandestinas da casa de Nic sem o conhecimento dele. Imaginar eu o convidando para uma festa já era assustador o suficiente. E se ele recusasse? E se aceitasse e descobrisse na festa que sou uma pária da sociedade?

— Só se você descobrir algo sobre a cicatriz do Dom — retruquei.

— Essa é fácil. Boa sorte hoje. Você não vai se arrepender! — comentou ela alegremente antes de desligar.

Quando finalmente cheguei à mansão Priestly, eu estava uma pilha de nervos. Restaurada ao esplendor original, a casa parecia saída de um conto de fadas. Sob o sol forte, as janelas brilhavam como diamantes e, sem as heras que encobriam as paredes, todo o exterior era de um imaculado branco reluzente.

Como exatamente eu ia fazer aquilo? *Oi, obrigada por me emprestar seu casaco. Aliás, por que não vai à festa da Millie no sábado? Por coincidência é meu aniversário, mas a maioria das pessoas vai me ignorar porque meu pai é um assassino, o que tecnicamente me transforma em filha do Diabo. Então, e aí, você vai?* Sutil. E se Nic não estivesse em casa e Luca atendesse a porta? *Oi, diga para o seu irmão dar um pulinho na casa da Millie no sábado, mas, por favor, você não. Você é péssimo.* Se Gino atendesse, eu poderia distraí-lo com um objeto brilhante e torcer para que Nic aparecesse em algum momento.

Com o casaco pendurado no meu braço e meus pensamentos calculando tudo que poderia dar errado, toquei a campainha. Quando não escutei o eco do lado de dentro, usei a aldrava para bater à porta. Esperei. Bati de novo.

E agora? Eu não havia pensado em nenhuma ideia brilhante caso não houvesse ninguém em casa. Será que deveria deixar o casaco na porta e esquecer essa história toda? Que anticlímax. Distraída, fui caminhando pela lateral da mansão, onde a entrada de carros dava em um caminho estreito que contornava a casa.

Quando cheguei aos fundos, parei, surpresa. Não sei o que eu esperava encontrar ali — uma quadra de tênis ou quem sabe uma piscina —, mas certamente não era aquilo. Atulhado e malcuidado, o jardim mostrava uma diferença gritante em relação à fachada. Pelas laterais, arbustos emaranhados estavam pontilhados de rosas murchas. A grama batia nos meus joelhos e era de um verde-acinzentado ressequido. No fundo do jardim destruído estavam os destroços de uma fonte com adornos de pássaros entalhados em grandes blocos de pedra; no centro do gramado, uma grande mesa de madeira se equilibrava nas três pernas restantes.

Atrás de mim, portas duplas com vitrais davam para o jardim. Estavam entreabertas.

Empurrei as portas de leve com as pontas dos dedos, empurrando as folhas, e espiei o interior de uma cozinha. As paredes e os armários tinham um tom de branco impessoal e o chão de madeira clara parecia novo. Um fogão à lenha de ferro ia do chão ao teto cheio de luminárias.

— Quem é? — Uma voz musical surgiu do interior, interrompendo minha bisbilhotice com um susto.

Hesitei. Se eu não conhecia a voz, a voz também não me conhecia, então de que serviria dizer meu nome?

— É a Sophie — disse eu, um segundo depois.

Nenhuma resposta.

— Só queria devolver um casaco.

Abri um pouco mais as portas. Uma parte maior da cozinha surgiu à minha frente. Nas paredes brancas estavam penduradas diversas pinturas a óleo emolduradas. Identifiquei uma delas como a obra de Da Vinci, *A virgem amamentando o menino* — era a pintura favorita da minha avó —, embora não reconhecesse as outras, também religiosas. Eu nunca vira uma casa com aquela quantidade de arte — era quase como uma galeria, ou uma igreja, e me vi intimidada por todo o esplendor. Pensei em pegar meu telefone e tirar uma foto escondida para mostrar à Millie, mas meu lado racional me impediu.

Com cautela, entrei na casa.

No meio da cozinha havia uma ilha com tampo de mármore, e do lado oposto uma mesa de vidro coberta de folhas de papel e lápis espalhados. Um garoto estava sentado à mesa desenhando.

— Olá — falei novamente, embora fosse óbvio que ele tinha notado a minha presença.

Ele levantou a cabeça e seus olhos azuis penetrantes de imediato encontraram os meus. Analisei-os e franzi o cenho enquanto meu estômago revirava.

— Luca?

Ele não respondeu. Apenas pousou o lápis e permaneceu sentado em uma contemplação silenciosa, os cotovelos na mesa e o queixo repousado logo atrás dos dedos entrelaçados, como se estivesse rezando.

Fiquei sem ar.

— Ah!

Não era Luca. Era o garoto da janela. Exatamente como naquela primeira noite, seus olhos cresceram, mas dessa vez pelo reconhecimento. Em contraste com a pele cor de oliva, os olhos dele eram absurdamente azuis. Eram como os de Luca, mas algo parecia diferente — eram mais ternos, talvez.

— Estou reconhecendo você — comentou com sua voz agradável e melódica.

Fui em direção a ele, em completa surpresa. Ele tinha os olhos azuis de Luca, assim como a pele dourada e o cabelo preto. Porém, enquanto o cabelo de Luca era bagunçado, com mechas caindo nos olhos, o do garoto era curto e arrumado, penteado para trás, revelando o queixo pontudo e as maçãs do rosto marcadas. Ele também era mais magro e um pouco encurvado. Eu não conseguia dizer se era mais velho do que eu — não aparentava ser, mas a semelhança com Luca me fez pensar que talvez fosse.

— Você estava olhando para minha casa semana passada. — Ele abaixou as mãos e as repousou na mesa, mas seus olhos permaneciam cautelosos.

Parei quando cheguei à mesa, rondando incerta. Naquele momento entendi por que ele não se moveu na minha direção e por que não jogou no torneio de basquete na semana anterior. Ele estava uma cadeira de rodas.

— Sim, era eu — respondi. Tentei não encará-lo, mas ele se parecia tanto com Luca e ao mesmo tempo tão diferente que era difícil acreditar. — Eu só estava curiosa.

— Acho que você caiu de forma bem espetacular logo depois — acrescentou ele, mas não de forma dura.

— Isso é discutível. Na verdade, seu irmão trombou em mim.

Ele sorriu e, de repente, pareceu muito jovem e brincalhão.

— Espero que ele tenha pedido desculpas.

— Ele pediu... no fim das contas. — Cheguei um pouco mais perto até que minhas mãos tocassem a mesa. — Você se parece tanto com ele. — Eram os olhos, tão sobrenaturais. Era surreal para mim que pudessem existir em dois rostos diferentes. — Quer dizer, com o Luca. Não tive a intenção de ficar encarando, mas é realmente incrível.

— Bem — disse ele —, podemos até ser gêmeos, mas não somos a mesma pessoa.

Fiquei apenas parcialmente chocada com aquela revelação. Embora eles tivessem semelhanças impressionantes, todos os irmãos Priestly compartilhavam os mesmos traços, e aquele garoto tinha uma aura de inocência que Luca não tinha. Ele parecia doce e imune ao que transformou seu irmão em um idiota.

— Primeiro, ele não tem metade da minha habilidade numa cadeira de rodas. — Ele deu um tapa na roda abaixo da sua mão direita e abriu um sorriso irônico. — E, segundo, sou mais inteligente.

— Não duvido. — Ele pareceu satisfeito por eu concordar. — Meu nome é Sophie. Mas eu já disse isso.

— Olá, Sophie. — O sorriso dele era uma visão e tanto. E pensar que Luca tinha o potencial de ter a mesma beleza e os mesmos trejeitos, mas escolhia não usá-los. — Meu nome é Valentino.

Ele se virou para frente e pegou o lápis de novo, girando-o entre o indicador e o polegar. Minha atenção seguiu o movimento e fiquei sem ar quando percebi as folhas de papel abaixo. Tentei analisar todas de uma vez.

— Que incríveis.

Valentino espalhou os desenhos com uma casualidade sem lógica. Eram maravilhosos e ele com certeza sabia disso. E mais, ele *tinha* que admitir seu talento e concordar comigo. Eu achava meu pai bom por saber desenhar o Mickey Mouse, mas aqueles desenhos eram outra história.

Passei os olhos pelos desenhos e parei quando encontrei um perfil de Nic. Desenhado a lápis, sombras cuidadosas contornavam a sobrancelha franzida e eram reforçadas abaixo das maçãs do rosto. Os lábios estavam entreabertos, o cabelo em cachos abaixo da orelha e o olhar fixo, concentrado em algo fora da figura.

— Você faz tudo parecer tão real.

Olhei de relance para Valentino. Ele mordia o lábio, pensativo.

— Tento encontrar as características que nem sempre se mostram à primeira vista — explicou ele. — As características que definem quem somos e como nos sentimos de verdade. Tento olhar sob a superfície.

A voz dele começou a fervilhar de entusiasmo e as mãos criaram vida própria.

— A vida é tão complexa que mal conseguimos ser a pessoa que deveríamos. Em vez disso, usamos máscaras e criamos barreiras para lidar com o medo e a rejeição, o arrependimento, a ideia de que alguém talvez não nos ame como somos em nossa essência, que alguém talvez não entenda nossas motivações. Quero estudar a verdade da vida, não a superfície. Há beleza em toda parte; mesmo na escuridão há luz, e é a forma mais rara.

Vi como o entusiasmo iluminava o rosto dele.

— Não conheço ninguém que fale coisas assim — admiti. — É... encorajador.

— É a verdade — disse ele com simplicidade.

— Posso ver os outros?

Ele repousou o lápis e deslizou a cadeira para trás. Apoiei o casaco na cadeira ao lado e me inclinei sobre a mesa, apoiando-me sobre as mãos.

Havia um desenho de Gino e Dom jogando videogame; eles estavam sentados no chão com as pernas cruzadas, parecendo crianças. Segurando os controles, eles riam um do outro, os ombros se tocando e as cabeças inclinadas para trás com os olhos voltados para o teto. Os rostos dos dois eram a expressão da diversão. Dom bagunçava o rabo de cavalo de Gino com uma das mãos.

— É um momento perfeito — suspirei.

— Felicidade — disse Valentino calmamente, os olhos fixos na imagem.

Voltei meu olhar para o perfil de Nic. O queixo estava firme, a expressão concentrada.

— Essa aí é Determinação — acrescentou Valentino.

Ao lado do desenho de Nic havia um retrato de uma mulher de pé em uma cozinha. As mãos dela estavam apoiadas na lateral da pia enquanto olhava pela janela à frente. A mulher era elegante e parecia despreocupada, usando um roupão longo que se arrastava até os pés. Raios de sol iluminavam o rosto e uma mecha de cabelo preto caía pelas costas. As sobrancelhas eram acentuadas.

— É sua mãe?

Ele assentiu.

— Ela é bonita — falei.

— Ela estava irritada — disse Valentino desprovido de emoção.

Estendi o braço e puxei o desenho seguinte. Luca. Ele estava sentado nos degraus de uma entrada, usando um terno preto. Os joelhos estavam dobrados, servindo de apoio para os cotovelos, e os ombros curvados faziam com que ele parecesse menor, como Valentino. Ele olhava para o chão, observando o nada, e puxava mechas do cabelo com força.

Engoli em seco. Era difícil olhar para aquela imagem. Observei Valentino e reparei que ele também havia desviado os olhos.

— Dor? — perguntei com calma.

— Luto — respondeu ele.

— Deve ser difícil olhar por baixo da máscara — falei, sentindo o peito de repente apertado.

Valentino levantou o queixo.

— É tão difícil quanto usar uma.

Afastei as mãos e endireitei o corpo enquanto um sentimento desagradável tomava conta de mim. Eu não queria mais olhar para os retratos. Era desconfortável olhar para os momentos mais obscuros da alma de alguém sem que a pessoa soubesse.

— Você acha que usa máscaras?

— Estou usando uma agora mesmo. — Valentino sorriu gentilmente. — Nós dois estamos.

— É um pensamento triste.

— Sim. Mas às vezes me pergunto qual seria a alternativa. Imagine se não tivéssemos segredos, nada a esconder da verdade. E se tudo fosse dito na hora que conhecêssemos uns aos outros?

A ideia ficou na minha mente. *Olá, meu nome é Sophie. Meu tio é um maluco paranoico, meu pai está preso por assassinato e minha mãe se esconde no trabalho para não ter que pensar no seu coração partido. Tenho quase certeza de que prefiro desenhos animados à vida real e tenho apenas uma amiga de verdade. Tenho pavor de tempestades e uma profunda desconfiança de gatos. Sou obcecada pela fofura dos bichos-preguiça e às vezes choro vendo comerciais.*

— Seria terrível — concordei.

Valentino abriu um sorrisinho como se tivesse acabado de ouvir meus pensamentos.

— Caos absoluto.

Assenti, convencida. Em algum lugar dentro de mim eu estava tentando lutar contra a vontade de cair em prantos. Como se sentisse meu conflito, Valentino me concedeu um momento de privacidade. Ele desviou o olhar e começou a arrumar os papéis em uma pilha deixando apenas o desenho inacabado exposto. Era um homem de mais ou menos quarenta anos, vestindo um impecável terno escuro, que me encarava direto do papel. Por um segundo pensei conhecer o tal homem, que talvez o tivesse visto em algum lugar, mas a sensação passou e eu me dei conta de que era o filho dele que eu conhecia. Ele era tão parecido com Nic que senti como se tivesse levado um soco no estômago. Tinha os mesmos olhos escuros com pontos mais claros, o mesmo nariz reto e os mesmos lábios cheios. O cabelo era grisalho em algumas partes e as entradas revelavam uma testa marcada por rugas de expressão. O rosto era sombrio.

— Seriedade? — arrisquei.

— Não — respondeu Valentino sem levantar os olhos. — Esse desenho é a Morte. — Assisti enquanto ele sombreava os cantos do desenho. — Desenho meu pai todos os dias para nunca me esquecer dele. Mas não existe mais nada que eu possa descobrir sobre ele agora. Ele está com os anjos e não precisa mais de uma máscara. Tudo que ele era se foi.

— Sinto muito — falei com gentileza. Foi realmente a única coisa que pude pensar em dizer e, ainda assim, não parecia nem um pouco suficiente.

Valentino deu de ombros, conformado.

— Não podemos impedir a inevitabilidade da morte. Ela chega de um jeito ou de outro e, no final, nos leva para o mesmo lugar. Sentir muito pela morte é como sentir muito pelo sol brilhar ou a chuva cair. As coisas são o que são.

Eu queria dizer a ele que tinha sorte de ser pragmático, mas não tive chance. A porta se abriu atrás de mim. Primeiro, senti o perfume: era levemente doce.

— Valentino? — disse uma voz masculina, firme e gentil.

Virei e vi um homem magro de meia-idade me encarando com surpresa. Ele tinha a pele bronzeada e o cabelo mais prateado que já vi. As sobrancelhas eram tão claras que eu mal conseguia vê-las, mas pela forma como marcavam a testa, dava para perceber que estavam erguidas.

— Minha nossa — disse ele com um leve sotaque. — Olá.

Ele veio na minha direção como um cabo de vassoura bem-vestido, com a cabeça inclinada para o lado. Eu não entendia muito de roupas masculinas, mas sabia reconhecer um terno caro quando via um. Era de um tecido risca de giz e, por baixo, ele usava uma camisa cinza brilhante e um lenço de seda no pescoço. Se ele estava morrendo de calor, não demonstrava.

Ele estendeu a mão e eu o cumprimentei; o aperto era gelado e firme. O aroma adocicado estava mais forte agora que estávamos tão próximos; era quase sufocante. Havia algo familiar no cheiro, mas eu não conseguia identificá-lo.

— E você é? — perguntou ele, com um leve sorriso.

— Meu nome é Sophie e dei uma passada apenas para...

— É um prazer enorme — interrompeu ele, silenciando-me educadamente e largando minha mão de maneira automática.

Tentei não encarar as manchas vermelhas no rosto dele: não eram exatamente espinhas, mais pareciam picadas de agulha — difíceis de ver de longe, mas impossível de ignorar de perto. Parecia que ele tinha caído de cara em um jardim de rosas.

— Por favor, desculpe minha intromissão. Espero não estar interrompendo algo. Meu nome é Felice. — disse ele, pronunciando o "tche" com um forte sotaque italiano. — Tio de Valentino.

*O cara do canivete.* Tentei não demonstrar meu desprezo.

— Não está interrompendo nada — respondeu Valentino atrás de mim, com um toque de indignação na voz.

Felice deu a volta na mesa com passos largos e graciosos, deixando um rastro do perfume forte.

— Não sabia que vocês tinham tempo para fazer amigos na vizinhança.

— Não é o caso, nem de longe — respondeu Valentino, de forma ácida. — Sophie veio apenas devolver algo.

Levantei o casaco de Nic como uma forma de aliviar a estranha tensão que havia surgido.

Felice olhou para o casaco com uma expressão raivosa.

— Isso é do Luca?

— Duvido — respondeu Valentino.

Felice balançou a cabeça.

— Claro que não — murmurou ele. — *Ele* sabe suas prioridades.

Eu não tinha certeza se ele estava atacando a mim ou aos outros três irmãos.

— É de Dom? — perguntou Felice com uma careta, como se fosse o mistério mais importante do mundo.

— Não. Ele está num encontro com aquela garota da lanchonete.

— Ah, sim, claro.

Abri a boca, surpresa. Então eles já sabiam da Millie? A notícia mal tinha 24 horas! Eles deviam compartilhar tudo. No entanto, não faziam a menor ideia de quem eu era.

— É do Nic — interrompi, completamente insultada. — Esbarrei com ele na lanchonete ontem à noite e ele me emprestou o casaco porque estava chovendo.

Felice enrijeceu e trocou um olhar de preocupação maldisfarçado com Valentino.

— Nicoli não mencionou isso — comentou, recompondo-se de imediato.

A resposta me atingiu como um soco. Como eles já podiam saber sobre Millie e não saber absolutamente nada sobre mim? Nic, era óbvio, não me considerava importante o suficiente para mencionar minha existência, nem por alto. O pensamento me fez sentir uma idiota por estar ali.

— Bem, aqui está. — Joguei o casaco de volta na cadeira. Eu obviamente já tinha dado importância suficiente para ele. — Queria apenas devolvê-lo, mas começamos a falar sobre os desenhos do Valentino e me distraí.

— Ah. — Felice apertou os ombros do sobrinho e olhou de relance para a pilha de papéis. — Primorosos, não?

— Sim — falei, desejando nunca ter ido até lá.

— Sabe — começou Felice para ninguém em particular —, andei lendo as coisas mais incríveis sobre sensibilidade artística e sua conexão com grandes tragédias. — Ele se afastou de Valentino e começou a rodear a mesa. — Você sabia que muitos artistas e compositores são conhecidos por terem criado seus melhores trabalhos após grandes tragédias pessoais?

Ele não esperou uma resposta e continuou a caminhar pela cozinha, gesticulando enquanto falava.

— Veja o exemplo de Carlo Gesualdo, um famoso príncipe italiano e gênio da música. Ele assassinou a mulher e o amante na própria cama, mutilou os corpos e depois os pendurou de cabeça para baixo do lado de fora do palácio para que todos pudessem ver. E *então* compôs algumas das músicas mais poderosas e pesadas do século XVI.

Valentino se mexeu na cadeira.

Felice parou de gesticular e se concentrou na minha reação.

— O que acha disso?

Tentei não pensar em como meu plano tinha dado errado.

— Me parece que a tragédia desse compositor foi criada por ele mesmo — arrisquei, desejando silenciosamente desaparecer em um buraco no chão e atravessar o centro da Terra até chegar em casa. — Então, não tenho certeza se você deveria considerar a história como algo que *aconteceu*.

— Gosta de debater, posso ver. — A expressão de Felice se alegrou. — Mas certamente pode concordar que ele foi pressionado pelas ações da mulher a calcular uma retribuição precisa. A punição era esperada pela sociedade, mas ter que cometer o assassinato talvez tenha sido a sua tragédia pessoal.

— Mas certamente ele não precisava matá-la. — Se Millie pudesse me ver, debatendo as complexidades de um assassinato no século XVI. Tudo isso, mais o papo das lápides, em menos de 24 horas. O calendário dizia julho, mas estava começando a parecer Halloween.

— Bem, a esposa dele foi infiel e, naquela época, infidelidade merecia uma punição alta.

— Tão alta quanto assassinato?

— Acredito que sim.

Cruzei os braços ofendida por todas as mulheres do século XVI.

— Não concordo que a traição dela justifique uma punição assim.

— Ah! — Felice levantou o dedo indicador como se acabasse de resolver um enigma. — Mas ao saber que a punição criada por ele foi o que o levou a seu legado musical, talvez, em nome de algo maior, seja justificada. No fim das contas, acho que fez do mundo um lugar melhor. E isso com certeza deve servir como justificativa.

— É... — comecei de forma desajeitada. Eu estava ficando confusa e sem dúvidas havia ultrapassado meus conhecimentos. — Só acho essa história toda uma bizarrice completa.

— Sim — reforçou Valentino, pigarreando. — É bizarra. Assim como essa conversa.

Felice dispensou o comentário com um aceno da mão, prestando atenção na pintura a óleo atrás de nós.

— Mas meu ponto é que a música *ficou* gloriosa. Você deve considerar a possibilidade de haver uma relação inversa, ou seja, um ato repreensível levar a uma conexão mais profunda com a energia criativa e, em consequência, a lindas composições.

— Hitler era um artista antes de cometer todas aquelas atrocidades. — Essa era a única coisa que eu havia absorvido da aula de história; e já que estávamos batendo um papo sobre assassinato, por que não incluir Hitler na conversa? O dia já estava um horror mesmo. — Então não acho que realmente possa afirmar que o assassinato leva alguém a ser um artista melhor ou vice-versa.

Eu queria acrescentar algo como *Então não saia por aí matando sua esposa*, mas achei melhor não. Felice bateu palmas.

— Mas não é fascinante? Que duas partes da psique possam coexistir dessa maneira?

— Pode haver luz na escuridão — disse eu, repetindo as palavras de Valentino.

Valentino assentiu com gentileza, mas eu podia sentir seu incômodo. As mãos dele apertavam a cadeira com tanta força que as pontas dos dedos estavam brancas.

*Ah, parentes esquisitos.* Era adorável que Nic e eu tivéssemos tios ligeiramente malucos. Quem sabe um dia poderíamos apresentá-los.

— Certamente! — respondeu Felice, após uma pausa, ao meu lema emprestado. — E, às vezes, um caminho de escuridão pode levar à luz.

Passei o peso do corpo para o meu outro pé, desconfortável. Ele me confundiu de novo, mas eu começava a entender por que ele achava uma boa ideia comprar canivetes para os sobrinhos.

— Acho que é uma longa discussão.

O telefone de Felice tocou, preenchendo o ambiente com uma ópera. Ele fechou os olhos e curtiu a música antes de finalmente tirar o celular do bolso e atendê-lo.

— *Ciao,* Calvino! — Ele cobriu a parte inferior do telefone. — Me deem licença um minuto — sussurrou antes de sair da cozinha.

Fiquei olhando enquanto ele se afastava

— Bem, ele é bem... intenso.

Quando me virei, a expressão de Valentino era indecifrável.

— Sophie — falou com uma voz cansada. — Obrigado por devolver o casaco do Nic, mas preciso ser sincero com você. Ele não gostaria de vê-la aqui.

Parecia que eu tinha levado um tapa.

— Oi?

— Não quero magoar você — continuou ele no mesmo tom apaziguador. — Mas estamos no meio de um assunto familiar muito íntimo.

Ele estava falando sobre o pai? A morte dele devia ser mais recente do que eu tinha imaginado.

— Estou indo embora — engoli em seco.

Valentino sorriu, pesaroso.

— Por favor, não leve para o lado pessoal.

— Tudo bem — menti, virando as costas para ele e me apressando pela cozinha. Meus olhos avistaram uma moldura preta à esquerda da porta. Estava pendurada no centro da parede e era impossível ignorá-la. No quadro havia a mesma insígnia do canivete de Nic; fundo preto com um falcão rubro no centro. Abaixo do brasão, lia-se em vermelho: La famiglia prima di tutto. *Família antes de tudo*. Era a frase do avô de Nic, lembrei.

— É só que o timing... — continuou Valentino de longe.

Senti meu corpo todo formigar e não tinha certeza do motivo. De repente, tudo parecia tão intenso. Fechei a porta da cozinha atrás de mim, sentindo o sangue deixar o rosto.

Eu mal tinha chegado ao final do quarteirão quando alguém me agarrou pela camiseta. Cambaleei para trás e bati em alguém pequeno e rechonchudo com um leve baque.

Girei o corpo, tentando me desfazer daquela pegada suspeita.

— Sra. Bailey? — O pavor em minha voz me revelou uma nova nota que, até então, eu não sabia ser capaz de atingir. — O que está fazendo?

A velha fez uma careta como se tivesse acabado de chupar um limão.

— Posso perguntar a mesma coisa a você, Persephone Gracewell. O que *você* pensa que está fazendo?

— Estou indo para casa. Meu turno na lanchonete começa em uma hora. — Fechei as mãos com força para não atacá-la. Isso era a última coisa de que eu precisava depois de um dia como aquele. — E meu nome é Sophie!

— Eu vi você entrar naquela casa — revidou ela. — Falei para você ficar longe dessa família. Ficou tanto tempo lá dentro que quase chamei a polícia!

— Está falando sério?

Ela enrijeceu o corpo.

— Não tem lido os jornais?

— Do que está falando?

— Estou falando de *diversos* desaparecimentos e duas mortes estranhas nas últimas duas semanas; todos eram membros *dessa* comunidade e *você* nem reparou. Abra os olhos, Persephone!

— Estão abertos! — Ou pelo menos eu pensava que estavam. Obviamente, eu precisaria fazer bom uso do Google.

A sra. Bailey continuava tagarelando com o dedo apontado para minha cara.

— As pessoas simplesmente não se afogam na própria banheira, sabia. E também não caem de telhados sem querer!

— O que está querendo dizer? — perguntei, cruzando os braços para afastar o frio súbito.

A sra. Bailey baixou o tom de voz.

— Estou querendo dizer que há algo de errado naquela casa e você deveria ficar bem *longe* de lá.

Não fiz questão de esconder minha irritação. Mais um dia, mais um boato.

— Não pode sair por aí dizendo esse tipo de coisa, sra. Bailey!

— Há uma escuridão — sibilou ela, resoluta.

Recomecei a caminhar, apressando o passo. Assim ela precisaria correr para me acompanhar.

— É dor! Eles estão de luto pelo pai.

A sra. Bailey não parecia nem um pouco surpresa com a minha resposta. Pelo contrário, ela demonstrou desdém.

Fiquei boquiaberta.

— Você acha *engraçado*?

— Aquele homem merece estar onde está.

Parei bruscamente. Ela me alcançou, quase sem fôlego.

— O que disse?

— Escute com atenção, Persephone. — Ela me puxou pelo braço para que pudesse cochichar. — Aquele homem merece estar debaixo da terra. E se aqueles garotos forem minimamente parecidos com ele, então merecem o mesmo destino.

Eu a encarei por um bom tempo, meus punhos cerrados pendendo ao lado do corpo, respirando fundo. Eu estava tentando acreditar nela, mas como minhas emoções haviam passado o dia em uma montanha-russa, eu só queria estrangulá-la. Era esse o tipo de coisa que ela falava sobre *mim* pelas *minhas* costas? A opinião dela sobre meu pai sempre foi bem óbvia.

— Como pode dizer algo assim? — questionei.

A sra. Bailey olhou por cima do ombro, atordoada.

— Persephone — sussurrou ela entre lábios tremidos. — Tem um motivo para aquele homem ter sido chamado de Ceifador.

*Ceifador*. Um enjoo tomou conta de mim e senti as pernas ficarem fracas.

— O que isso quer dizer? — gaguejei.

— O que acha que quer dizer? — perguntou ela. — Andei pesquisando e descobri que o pai deles era um homem muito ruim. Duvido que os garotos sejam muito melhores. Você precisa confiar em mim quando digo que deve ficar longe deles. Não posso dizer nada além disso.

Mas que droga isso queria dizer? Essa velha tinha um limite diário de besteiras que podia espalhar? Eu a observei, receosa. O que ela poderia ganhar dizendo isso? Mas, então, o que ela ganhava dizendo tudo o que dizia normalmente? Ela era famosa por fazer drama e por espalhar boatos inventados, e eu me perguntava quantas pessoas ela não teria alertado a *meu* respeito. Nic não era uma pessoa ruim, eu tinha certeza. E, aliás, nem seus irmãos. Eles jogavam basquete e videogames. Implicavam um com o outro e davam em cima de garotas. Não era justo julgá-los pela reputação do pai. Eu entendia bem do assunto e não ia cometer o mesmo erro de todos os meus antigos amigos. Ainda mais quando o pai de Nic já não estava mais entre nós.

Voltei a andar.

A sra. Bailey apressou o passo.

— Eu só quero o seu bem.

— Tá bom. — Virei a curva apertando o passo, na esperança de chegar mais rápido em casa. — Agradeço a preocupação.

— De qualquer forma, o que estava fazendo naquela casa?

Por mais que eu não quisesse alimentar seu vício, achei que a verdade talvez a deixasse quieta.

— Estava devolvendo um casaco que peguei emprestado.

— Você está com um cheiro estranho.

— Valeu.

Ela começou a me farejar.

Parei novamente.

— O que está fazendo?

— Cada um dos meus seis sentidos é altamente desenvolvido. Estou tentando descobrir que cheiro é esse.

Lembrei de Felice e o cheiro enjoativo dele.

— É doce? — perguntei, levantando a mão que eu havia usado para cumprimentá-lo e cheirando-a. Meus dedos ainda tinham um leve aroma, mas não era tão forte quanto a sra. Bailey afirmava. Talvez eu tivesse me acostumado.

— Sim — disse ela, pegando minha mão e a cheirando. Seu rosto se apertou, concentrado. — É um perfume novo?

— Não estou usando perfume.

— Ah — exclamou ela após um segundo. O tom na voz era de uma presunção completa. — Eu sei o que é!

Cruzei os braços na altura do peito fingindo impaciência, mas um nó gelado já havia se formado na boca do meu estômago.

— O quê?

A sra. Bailey arqueou a sobrancelha de forma incriminadora, prolongando a resposta.

— Mel.

# CAPÍTULO ONZE

# O NOME

O resto do dia passou como um borrão monótono. Tio Jack finalmente ligou para a lanchonete para saber de mim. Ele me deu o número novo, mas antes que eu pudesse falar com ele sobre qualquer coisa, a conversa acabou. Passei o resto do turno tentando entender com exatidão o que ele estava fazendo e por que ainda não tinha voltado para casa. Também fiquei pensando no mel e se o cheiro estranho de Felice estava ligado ao vidro que encontrei ao lado do caixa.

Ursula andava trabalhando em turnos de 12 horas para preencher o vazio de competência deixado pelo meu tio e por Alison e Paul — que passavam mais tempo se pegando na cozinha do que atendendo as mesas. Millie, no entanto, havia tirado o dia de folga e o aproveitava com estilo. Liguei para ela quando acabei meu turno.

— Então o Valentino expulsou você, basicamente? — perguntou ela após um suspiro dramático.

— Basicamente, sim — respondi, ainda constrangida. — O negócio todo foi tão estranho. Você sentiu algo estranho no seu encontro com Dom?

— Não! — Digeri a empolgação na voz dela e senti uma pontada de inveja indesejada de como os acontecimentos correram diferentes entre ela e Dom. — Apenas conversamos e fizemos um piquenique — tagarelou ela, alegre. — Dá pra acreditar?

Parei ao chegar no final do estacionamento, sem saber que caminho seguir.

— Sério? Isso parece tão...

— Falso? Eu sei. Parece uma cena de um filme.

— E a cicatriz? — perguntei, atravessando a rua para tomar o caminho mais curto e amaldiçoando a mansão Priestly.

— Acidente de barco — disse Millie, bocejando.

— Sério? — perguntei, ouvindo o ceticismo na minha voz.

Dom não parecia ser o tipo de cara que andava de barco. Mas seus irmãos também não pareciam ser do tipo que jogavam basquete e eu estava enganada quanto a isso.

— É, é uma história sem graça. Alguma coisa com um anzol — respondeu Millie, desinteressada. — *Enfim*, compramos wraps e milk shakes e fomos comer no Rayfield Park. Conversamos durante horas. Ele parecia muito interessado em mim, o que deve ser um bom sinal.

— Com certeza.

Comecei a subir a pequena ladeira no trajeto para casa e minha respiração foi ficando mais difícil pelo esforço conforme tentava dizer à Millie o que estava me incomodando. Falei sobre o pai deles talvez ser um assassino famoso. Embora eu não confiasse na sra. Bailey e nenhuma pesquisa no Google com os termos "assassino Chicago Priestly" e suas variantes tivesse confirmado qualquer fato relevante sobre a família de Nic, eu ainda assim queria informar Millie.

— Você acha que deveríamos ficar longe deles, pelo menos até descobrir o que está acontecendo? — arrisquei.

Millie soltou um gemido de desaprovação.

— Soph, a sra. Bailey é, tipo, uma revista de fofoca ambulante. Ela se alimenta de boatos ridículos. Lembra aquela vez que ela falou pra minha mãe que eu estava grávida? Ela é louca. Não tem nada de errado com Dom ou com a família dele, acredite.

— Eu só acho que tem alguma coisa meio estranha ali.

— Então vamos descobrir o que é! — encorajou ela. — Encare como um mistério. Um mistério sexy.

— E se for algo que a gente não deveria descobrir? — perguntei, pensando de novo no cheiro de mel e em Dom em um acidente *de barco*. Eu simplesmente não conseguia imaginá-lo de sapato dockside.

— Eu vi como você olha para o Nic, Soph — disse Millie. — Me diz que ele não vale a investigação.

Talvez ela estivesse certa; mesmo com o mau pressentimento, era inegável minha atração por Nic. E Millie sabia disso. Além do mais, eu não queria acabar com a empolgação dela por causa de um boato.

— Então, sobre o que vocês falaram? — Mudei de assunto.

— Ele me contou que morava bem no centro de Chicago com a família e que acha o interior um tédio. Ele tem 19 anos, o que é sexy e indecente, embora ele estrague um pouco sua perfeição com aquele gel no cabelo. Quer dizer, o look *Grease* só funciona no Halloween. Não que isso tenha me impedido de ficar babando enquanto ele falava. Tive de pedir pra ele repetir várias coisas, o que foi um pouco constrangedor. Mas, enfim, depois a conversa virou sobre mim, mas eu *sou* mesmo um tópico fascinante. *E* falamos sobre você também.

Senti meu rosto ficar vermelho.

— Por quê?

Virei em uma rua estreita onde mansões de muros altos e cerejeiras ladeavam a subida ao meu lado. Na metade do caminho, a rua era cortada pela avenida Lockwood.

— Por mais que eu ame falar sobre *você*, foi Dom quem mencionou seu nome sem querer.

— Ah, é? — Eu não sabia nada sobre Dom, a não ser que ele era obviamente menos esquisito do que Gino, e que estava na ponta oposta de Luca na escala Babaca Completo. — O que ele falou de mim?

— Ele estava perguntando sobre a lanchonete e tal. Falei que provavelmente em breve seu tio vai passar o negócio para você e que éramos melhores amigas, e então você vai obviamente me dar um aumento *enorme*.

— Obviamente — concordei, sarcástica.

— E aí me empolguei um pouco e desandei a falar sobre como Jack está fazendo um péssimo trabalho como gerente.

— Millie!

Virei na avenida Lockwood.

— Ah, Sophie — criticou ela. — Isso é um fato. Ele anda super sumido. Quer dizer, a pessoa não pode desaparecer assim quando quer. Primeiro que é uma grosseria, segundo que é esquisito. É exatamente o tipo de comportamento que alimenta as fofocas idiotas da sra. Bailey.

— Verdade. — Ela tinha razão e eu não ia aborrecê-la por causa disso.

— Enfim, tenho certeza de que Dom vai repassar a informação de que você em breve estará montada na grana para o Nic e isso só vai deixar você ainda mais atraente!

Retraí o corpo ao pensar na mentira que eu tinha contado para Nic e Luca na primeira vez que os vira na lanchonete. Com sorte, Nic não se sentiria traído por minha desonestidade. Além do mais, tecnicamente era *só* um emprego de verão. Por enquanto.

Ao me aproximar da casa, senti meu estômago revirar.

— Acho difícil que sejam interesseiros. Devia ter visto a casa deles — falei, olhando para a casa.

— Quem sabe um dia eu veja. — Eu podia ver Millie mexendo as sobrancelhas de forma sugestiva do outro lado do telefone. — É melhor eu desligar. Estou exausta da minha aventura.

— Espera! Vocês se beijaram?

— Se a gente tivesse se beijado você não acha que esse teria sido o início da conversa?

— Que pena.

— Mas ele beijou a *minha mão* quando me deixou em casa. Serve? Foi *tão* romântico.

— Claro que serve! — confortei Millie enquanto passava correndo pela casa de Nic. — Certo, agora pode desligar — falei quando já estava do outro lado e a mansão ia ficando para trás. Virei à esquerda e o caminho começou a descer novamente.

— Mas manda mensagem quando chegar em casa.

— Tchau!

— Sophie! — Uma voz chamou assim que guardei o telefone na bolsa.

Eu me virei, sentindo um familiar embrulho no estômago. Eu o reconheci na hora, correndo em minha direção com o capuz levantado.

Reagi com uma calma calculada, tentando impedir que meu desagradável entusiasmo me fizesse correr de braços abertos em direção a ele.

— Nic?

Ele diminuiu o passo e abaixou o capuz. Um sorriso iluminou seu rosto.

— Oi.

— O que você está fazendo? — perguntei.

— Você não parece muito feliz em me ver — observou ele. Pequenas rugas surgiram entre suas sobrancelhas e ele parou de sorrir. — Talvez eu tenha subestimado sua reação ao me ver correndo atrás de você como um maníaco...

— Por quê? Quer dizer, funcionou tão bem da última vez — provoquei.

Sua expressão era de remorso, mas ele não conseguia esconder o sorrisinho.

— Eu devia ter aprendido a lição, não é? Não quis assustá-la.

— Tudo bem — garanti. — É só que você apareceu do nada.

Uma expressão de alívio cobriu o rosto dele.

— Eu estava indo vê-la na lanchonete e aí vi você passar em frente à minha casa e resolvi aproveitar a oportunidade.

— Pelo menos dessa vez você não me derrubou. — Agarrei meu peito em sinal de alívio. — Eu talvez tivesse que encher você de porrada.

— Que apavorante — disse ele ainda sorrindo.

— Ei! — Bati de brincadeira no braço dele, revelando a familiaridade que havia entre nós. — Fique sabendo que posso ser muito intimidante.

— Tenho certeza de que seus punhos minúsculos são muito poderosos.

Bati nele de novo, mas dessa vez ele segurou minha mão no meio do caminho.

— Ouvi dizer que você passou na minha casa hoje. — Sua expressão ficou séria e os olhos, frios. — Nunca vá à minha casa.

Afastei a mão da dele e me virei para continuar caminhando.

— Não se preocupe, não vou mais.

— Sophie! — Ele correu atrás de mim. — Me expressei mal, desculpe.

— Eu estava apenas devolvendo seu casaco — respondi, mantendo os olhos para a frente enquanto caminhava. — Estava sendo educada. Agora já sei que foi a decisão errada e, antes que comece, não se preocupe, seu irmão Valentino já deixou bem claro que não sou bem-vinda, então nem precisa perder seu tempo.

— Me deixe explicar. — Ele acelerou, depois se virou e começou a andar de costas para poder olhar para mim e caminhar ao mesmo tempo.

Assoprei uma mecha de cabelo dos olhos e o encarei, furiosa.

— Não quis dizer que a sua presença não é bem-vinda. Gosto muito de ver você... Só fico tenso, só isso.

— Comigo?

— Não, não com você — disse ele, puxando o cabelo para trás. — Com a minha família. Alguns deles são muito estranhos.

Então ele estava envergonhado. Bem, esse não era o pior motivo para não me querer na casa dele.

— Conheci o Felice — falei. — Se é dele que está falando.

Nic contraiu-se.

— Eu sei. Ele é muito intenso.

Decidi não falar nada a respeito.

— Ele cria abelhas? — perguntei, mudando de assunto. Eu havia passado o dia pensando no cheiro de mel; às vezes podia jurar que ainda podia senti-lo. Não era como se fosse um crime fazer o próprio mel, mas tinha alguma coisa na reação do meu tio ao misterioso pote de mel que não me saía da cabeça.

Nic parou de andar.

— Como você sabe disso?

— Aquelas marcas no rosto dele — disse eu, parando também. — São picadas de abelha, não são?

Nic hesitou por um instante, como se ponderasse a resposta, e então apenas disse:

— Sim.

— E ele tem cheiro de mel. — Fiz uma pausa, ponderando se minha próxima frase seria ofensiva, mas decidi dizê-la mesmo assim. — Parece que ele toma banho no mel...

Nic riu.

— É uma possibilidade. Ele gosta de comer o favo de mel puro, e cultiva e extrai por conta própria. É... o que ele gosta de fazer. — Sua expressão se tornou sombria, mas ele sorriu novamente antes que eu pudesse decifrar o motivo.

— Mas não tem nenhuma colmeia na sua casa?

— Ainda bem! — respondeu ele com um ligeiro tom de alívio. — Felice mora em Lake Forest. Mas enquanto minha mãe está na Europa ele se sente obrigado a vir conferir se ainda estamos vivos.

— Ele faz o próprio mel? — confirmei, tentando não mudar de assunto. Voltei a lembrar do pote com o laço preto que tinha aparecido uma semana depois que eles se mudaram para a cidade.

Dessa vez, Nic demorou para responder.

— Sim.

— Ele dá o mel para outras pessoas?

— Por quê? — A expressão do rosto dele mudou e não entendi a maneira como me olhava. Era como se suspeitasse de mim. Será que eu estava fazendo perguntas demais sobre a família dele? Ou será que o mel tinha virado um assunto universalmente complicado para todos? Eu com certeza não tinha sido avisada.

Dei de ombros, observando Nic tão cuidadosamente quanto ele me observava.

— Apareceu um pote de mel na lanchonete há pouco tempo. Tinha um laço preto.

— Certo...

— Estávamos querendo saber de onde veio e para quem era.

— Quem achou?

— Eu.

Nic franziu o cenho.

— O que você fez com o pote?

— Levei para casa e provei. Era bom... Aí deixei cair sem querer e o pote quebrou — acrescentei. Não tinha a menor chance de eu contar o que aconteceu de verdade. Era estranho demais até para mim, e eu conhecia Jack desde sempre. Um tio esquisito já era o suficiente para a conversa.

O rosto de Nic ficou ainda mais confuso e ele balançou a cabeça.

— Como já disse, Felice não mora por aqui.

— Então ele não faria algo assim?

— Duvido muito — disse ele, virando a atenção para as estrelas sobre nós. — De qualquer maneira, eu não me preocuparia muito com isso.

— Mas eu me preocupo — falei, lutando contra o desejo de socar o braço de Nic para que ele me olhasse novamente.

Como se entendesse meu desejo, ele voltou o olhar para mim.

— Está preocupada com o mel? — perguntou ele, abrindo um sorriso.

Senti meu rosto corar. Falando dessa forma, parecia mesmo um pouco idiota.

— Só não gosto de me sentir excluída de nenhum assunto.

— Experimente ser o mais novo de cinco irmãos.

Continuamos a caminhar. Nossas mãos quase se tocavam enquanto balançavam lado a lado, e belas casas em ruas arborizadas davam lugar a casas menores em quadras simétricas.

— Então, não se importa de ser escoltada para casa novamente? — perguntou ele, seguindo minha indicação ao atravessarmos um cruzamento deserto.

— Não. — Fiquei tímida ao olhar para Nic sob o luar. Havia algo na maneira que seus olhos brilhavam ou em como o cabelo enrolava nas pontas que deixava minha boca seca.

— Queria me certificar de que você não ficou chateada com o que aconteceu mais cedo. Sei que Valentino foi grosseiro, mas ele provavelmente estava tentando proteger você da maluquice do Felice.

Dispensei a justificativa fazendo um gesto com a mão, embora sentisse alívio com a explicação dele.

— Vou sobreviver.

— Que bom.

— Por falar em Valentino — comecei, tomada pela curiosidade —, posso perguntar o que aconteceu com ele?

— Você quer dizer por que ele está na cadeira de rodas?

— É, isso — respondi, encarando meus sapatos. — Se não se importa com a pergunta.

Nic não pareceu ofendido e soltei o ar, aliviada.

— Posso deduzir que entendeu que ele e Luca são gêmeos — começou ele. Fiz que sim com a cabeça. — Então, quando minha mãe estava grávida dos dois, a posição de Luca na barriga fez pressão na parte inferior do corpo de Valentino. Ele não se mexia direito. Suas pernas ficaram enroladas em pedaços da placenta e quando Valentino nasceu ele tinha o que é chamado de "malformação congênita". A perna direita estava completamente esmagada e virada para o quadril. Os médicos fizeram uma cirurgia quando ele era criança, mas a perna nunca se desenvolveu direito depois disso. Valentino anda distâncias curtas com uma bengala, mas ele prefere usar a cadeira.

— Ele sente alguma mágoa de Luca por causa disso? — perguntei.

Nic deu de ombros.

— Acho que ele já fica feliz de Luca não tê-lo comido dentro da barriga. — Nic riu da minha expressão de choque. — É ele que diz isso, não eu — esclareceu. — Não acho que ele tenha mágoa de Luca. Valentino sempre foi o mais inteligente de todos nós. É o mais criativo e entende muito bem as pessoas; bem mais que Luca. Eles são tão próximos que às vezes sinto que são a mesma pessoa. Concordam em tudo e, se você decidir discutir com um, vai discutir com os dois, e eles atropelam você antes que consiga pensar direito. — Nic fez uma breve pausa, caindo em uma lembrança que o fez sorrir. Observei com atenção, tentando descobrir o que se passava na cabeça dele. — Acho que Luca sente mais culpa pelas oportunidades que teve, mas Valentino não é uma vítima. Eles morreriam um pelo outro.

— Uau — disse eu, sentindo a familiar sensação de solidão pelos irmãos que eu jamais teria. — Deve ser legal ter esse tipo de ligação.

— Acredito que todo mundo pode ter esse tipo de ligação com alguém — disse Nic calmamente. — Não é esse o objetivo da vida?

— Espero que você esteja certo. — Me concentrei nas minhas unhas para não morrer de vergonha com o olhar dele.

Nic parou de andar e parei também.

— Estou — falou, resoluto.

Olhei mais uma vez para ele, timidamente, e antes que meu nervosismo tomasse conta de mim e me fizesse enlouquecer por completo, soltei:

— Então, a Millie vai dar uma festa no sábado e quase todo mundo foi convidado, aí pensei que talvez quisesse ir, se não tiver nada para fazer.

Nic levantou as sobrancelhas — eu não sabia dizer se era pela velocidade do convite ou pelo significado.

— Imagino que o irmão charmoso dela vai estar lá?

Puxei o ar entre os dentes.

— Sim, mas você com certeza será bem-vindo, se é com isso que está preocupado. Eles têm uma regra. Não podem vetar os convidados um do outro.

Nic soltou uma risada baixa e demorada.

— Salvo pelo poder de vetos proibidos.

— Exato — falei, mais relaxada. — Como poderia resistir?

— Não acho que poderia. Estou deduzindo que você também estará lá.

— Claro. Na verdade, também é meu aniversário.

— Ah — disse ele, sorrindo. — *Buon compleanno*. Vou adorar.

Fiz uma dancinha da vitória na minha cabeça enquanto me certificava de manter uma expressão neutra.

— Legal.

— Estava mesmo querendo saber o que você faz para se divertir — continuou ele. — Estava pensando nisso mais cedo.

— Então não para de pensar em mim, é? — provoquei. — Nem quando joga basquete com seus irmãos ou relaxa na sua mansão gigante enquanto estou morrendo de tédio na lanchonete?

— Claro que não.

— Que bom.

— E você também é difícil de esquecer — acrescentou, quase como uma conclusão.

— Acho que a maioria das pessoas discordaria — respondi.

— Não sou a maioria das pessoas.

— Isso sem dúvida é verdade — concordei.

— Então, me fale de você, Sophie. Quero saber mais sobre você.

— Por quê? — Ninguém nunca queria saber sobre mim. Especialmente nenhuma pessoa com aquela pele bronzeada. — Sou muito entediante, prometo.

Ele riu bem de perto, e senti sua respiração na minha orelha enquanto ele se inclinava na minha direção.

— Quem sabe deveria deixar outra pessoa que não você mesma decidir isso.

Em vez de responder, chutei uma pedrinha solta e a observei quicar na rua.

— Bem, vamos começar com o que sabemos — disse ele, esfregando o queixo. — Você é um pouco defensiva...

— Ei!

— O que é adorável — completou logo. — E o que mais? Você não gosta de tempestades. É nervosinha e fica vermelha quando alguém olha fixamente para você...

Fiz uma careta. Ele tinha notado.

— O que só torna olhar para você mais divertido — brincou Nic. — Não que já não fosse divertido olhar para você.

Senti meu rosto corar de novo e amaldiçoei que aquilo acontecesse bem naquela hora.

— Você mora com seus pais? — perguntou ele delicadamente, quase de forma natural.

— Moro só com a minha mãe — respondi. — Meu pai não mora com a gente faz tempo, então a gente tenta não queimar a casa ou não morrer envenenada com comida estragada.

Eu me senti culpada por omitir a parte sobre meu pai estar na prisão, mas não quis correr o risco.

— Vocês se dão bem?

— Sim, quando nós duas estamos em casa. Mas acho que não nos vemos tanto quanto eu gostaria.

De repente, me senti vulnerável demais, contando meus pensamentos mais profundos a um garoto bonito que provavelmente não se importava com a minha relação com a minha mãe.

Nic me observou, contemplativo.

— Deve ser difícil. Mas quem sabe a distância não aproxima vocês nos momentos importantes?

— Talvez. — De uma hora para outra me vi tomada pela emoção. Qual era a dos garotos Priestly? No mesmo dia, de manhã, quase tinha chorado com Valentino! E agora...

— Então, este vai ser seu último ano no colégio?

*Salva pelo gongo.* Nossos passos seguiram no mesmo ritmo.

— Aham, a partir de setembro. Tenho mais um ano letivo torturante pela frente. — Suspirei dramaticamente, feliz por termos mudado de assunto. — E você?

— Acabei de me formar — respondeu ele com certo orgulho.

— E o que vai fazer da vida agora?

— Adiei a faculdade por um semestre; vou ficar trabalhando com meus irmãos, basicamente.

— Em Cedar Hill?

— Não — respondeu ele. — Não exatamente. Não o tempo todo.

— Você gosta?

— Do que faço ou de onde moro?

— De Cedar Hill. — Senti uma súbita vergonha da minha ligação com a cidade. Em especial na parte onde estávamos agora. Havia uma diferença gritante em relação ao luxo ao qual Nic estava acostumado.

Ele sorriu para mim como se pudesse sentir minha vergonha.

— Não gostei muito no começo, mas agora gosto.

— O que você faz? Que tipo de trabalho?

Ele deu de ombros, mas manteve a postura defensiva.

— Nesse momento? Não muita coisa... — falou, sendo vago e interrompendo a frase no meio.

— Acha que vai sentir saudade do colégio?

Nic balançou a cabeça.

— É só por um semestre. E gosto de me manter ocupado; quero me sentir útil, sentir que estou contribuindo minimamente para o mundo. Acho que jamais terei que usar trigonometria na vida.

— Né? — concordei enfaticamente. — Ou Shakespeare. *Blerg*.

Nic reagiu como se eu tivesse lhe dado um tapa. Parou e segurou meus braços, puxando-me para perto até que eu estivesse sob seu olhar. Achei que ele fosse começar a me sacudir.

— Você realmente acabou de zoar o homem que escreveu *Romeu e Julieta*?

Franzi o cenho. Eu nunca tinha pensado direito no assunto; só sabia que não gostava de estudar e, para mim, Shakespeare era sinônimo de escola, um lugar onde eu não me sentia bem-vinda.

— Acho que não sou uma grande fã de tragédias.

— E de amor? — Ele perguntou com tanta intensidade que quase me esqueci de respirar.

Lentamente, Nic passou as mãos pelos meus braços, subindo pelos ombros até que os polegares tocassem a base do meu pescoço. Senti a pele ficar arrepiada de ansiedade.

— Amor é outra coisa — falei.

— Amor é fraqueza. — Ele observou seus dedos enquanto os movia para cima no pescoço com um toque quase imperceptível.

— A fraqueza é o que nos faz humanos — falei, com a voz rouca.

— E ser humanos nos torna falhos. — Ele estava tão perto.

— Você é falho, Nic?

Ele olhava para os meus lábios.

— Claro que sou.

— Acho difícil.

— Não deveria achar — sussurrou. Ele ajeitou uma mecha de cabelo atrás da minha orelha, mantendo o polegar sob meu queixo.

Fiquei na ponta dos pés e ele me puxou para perto até nossos narizes quase se tocarem. A respiração dele estava irregular. Então, Nic segurou minha cintura com força e encostou os lábios nos meus.

Eu não podia mais resistir. Estava entregue e de repente nada mais importava a não ser Nic e o jeito como nossos lábios se tocavam, segurando-me como se nunca mais fosse me largar. Tudo à nossa volta ficou em segundo plano e, por um segundo, senti como se o mundo inteiro prendesse a respiração.

Então, o barulho ensurdecedor de um motor acabou com o silêncio. Um carro passou acelerado pela rua, nos trazendo de volta à realidade e acabando com o beijo.

Enquanto o carro preto cantava pneu ao parar na rua ao nosso lado, senti minhas entranhas se contorcerem de decepção. Nic, desvencilhado de mim, correu em direção ao vidro escuro do carro e bateu na janela.

— Gino? Dom? — gritou ele. — *Cosa vuoi?*

Com uma casualidade elegante, o vidro se abriu e o motorista se inclinou para o banco do carona.

— Luca? — Nic parecia chocado.

Ele, com toda a sua frieza esplendorosa, vociferou:

— Entre, Nicoli.

— O que está acontecendo?

Luca esticou o braço de forma brusca e abriu a porta do carona para que batesse no irmão.

— Entre no carro agora.

Nic virou para mim, pedindo desculpas.

— Ele é meio exagerado às vezes...

— Sem ela — interrompeu Luca.

— Ficou louco? Ou apenas resolveu ser babaca por um dia? Não vou largar a Sophie no meio da rua!

Luca esfregou a mão na testa e soltou um suspiro alto.

— Não sei que droga você acha que está fazendo, irmãozinho, mas não é engraçado.

— Sobre o que você está falando?

— Você falou com Dom hoje?

— Não.

— *Vieni qui.*

Nic se inclinou para dentro da janela aberta.

Luca baixou a voz e falou rápido apenas uma frase. Embora eles estivessem falando em italiano, permaneci ali de braços cruzados, escutando. E, embora eu tenha ouvido apenas um monte de sílabas incompreensíveis, entendi uma palavra. E a palavra era "Gracewell".

No segundo que meu sobrenome saiu da boca do irmão, Nic se virou e me olhou com um pavor muito maldisfarçado. Os lábios macios que estiveram encostados aos meus alguns momentos antes estavam tensos e, de repente, Nic me olhava como se não soubesse quem eu era.

— O que está acontecendo?

— Qual é o seu nome? — perguntou ele, tenso.

— Você sabe o meu nome — respondi, assustada de repente por não o reconhecer. — É Sophie.

— Sophie de quê?

— Nic...

— *Sophie de quê?* — repetiu ele, a voz assustadoramente fria.

— G-Gracewell — gaguejei, com os lábios tremendo.

Ele parecia prestes a desmaiar.

— *Cazzo!*

— Que diferença faz qual é o meu nome? — Ouvi o desespero em minha voz, mas eu não ligava.

Ele balançou a cabeça.

— Mas não faz sentido.

— Como assim?

— Preciso ir. — As palavras pareciam forçadas, mas ele as pronunciou de forma determinada.

— Qual o problema? — insisti. — O que Luca disse sobre mim?

Atrás de Nic, Luca encarava a rua impaciente, mas as mãos seguravam o volante em um aperto de aço.

— Entre no carro, Nic. Chega.

Nic se demorou, olhando para mim como se eu tivesse acabado de lhe dar um tapa na cara.

— Luca... — implorou ele, como se tivesse levado uma rasteira e caído de cara no chão.

Luca não virou a cabeça e, quando falou novamente, sua voz estava endurecida de raiva.

— Sai. De. Perto. Dela. Agora.

Agarrei o braço de Nic. Eu não sabia aonde ele estava indo, mas sabia que não queria que fosse sem mim.

— Agora! — Luca arreganhou os dentes como um lobo.

Houve um momento de vazio, quando meu coração pareceu entrar em colapso e então Nic se afastou de mim e subiu no banco do carona, batendo a porta.

Saltei para frente e me pendurei na janela aberta bem na hora que Luca girava a chave. Foi então que vi que a blusa de Luca estava cheia de sangue.

— O que aconteceu? — falei, assustada, com o coração apertado. Se aquele sangue fosse de Luca, ele estaria no hospital. Mas não estava. Estava sentado na minha frente, raivoso e ileso. *Diversos desaparecimentos e duas mortes estranhas nas últimas duas semanas*, zuniram as palavras da sra. Bailey na minha mente. — De onde veio todo esse sangue?

Luca não respondeu e Nic falou em seu lugar:

— Afaste-se do carro, Sophie.

— Isso tem a ver com o meu pai?

Luca e Nic trocaram olhares intensos e de repente me senti de novo como uma pária.

— Quero saber o que ele disse! — gritei com Nic. — Fala!

Foi Luca quem finalmente respondeu. Girando a cabeça lentamente, ele me encarou até que seus gélidos olhos azuis dominassem minha visão.

— Gracewell — sussurrou ele —, sai de perto do meu carro ou você vai se arrepender.

Nic soltou um palavrão em voz baixa, mas continuou sem olhar para mim. Luca, no entanto, manteve o olhar hostil até que eu desistisse e tirasse as mãos do carro, cambaleando para trás.

O motor rugiu duas vezes e os irmãos Priestly aceleraram pela noite sem sequer mais um olhar na minha direção. Fui deixada sozinha, no meio da rua deserta, enquanto um monte de perguntas explodia dentro do meu cérebro.

# PARTE II

"É apenas no amor e na morte que permanecemos sinceros."

FRIEDRICH DÜRRENMATT, *Crepúsculo de uma noite de outono*

## CAPÍTULO DOZE

# A ABELHA

Eu estava parada na esquina, abraçada a Nic e com os braços envolvendo seu pescoço. Vimos o asfalto se partir sob nossos pés. O som de água correndo rugia nos meus ouvidos enquanto um abismo partia o chão, dando espaço para as chamas que subiam, lambendo o céu. De repente, Nic havia sumido e eu caía. Gritei, mas minha voz ficou presa na garganta. O ar era substituído por areia, e o mundo ficou preto, como se alguém tivesse desligado um interruptor dentro da minha cabeça.

E então não havia mais nada além do meu coração, batendo forte no peito, e o cheiro de cream cheese. Guiada por um zumbido distante, caí de volta na realidade.

— Sophie...

O sol atravessava minhas pálpebras.

— Terra chamando Sophie...

Semicerrei os olhos e esperei o teto entrar em foco.

— Adivinha que dia é hoje?

Tossi para tirar o gosto arenoso da minha garganta e pisquei, tentando afastar a lembrança do sonho — era a segunda noite seguida que eu tinha aquele sonho. Sentei na cama apoiada nos cotovelos.

— Bom dia, aniversariante!

Minha mãe estava empoleirada na beira da minha cama. Seus olhos estavam quase fechados por um sorriso que botava o do Gato da Alice no chinelo. Fiquei feliz de vê-la sorrir daquele jeito, mesmo que fosse por causa do meu dia. Eu sentia falta da maneira como os olhos dela brilhavam quando sorria.

No colo dela havia um cupcake de red velvet com uma cobertura extravagante de cream cheese.

— Bom dia — falei com a voz rouca.

— Feliz aniversário, querida.

Ela pescou um isqueiro de dentro do casaco e acendeu a vela.

— Faça um pedido! — exclamou, enfiando o cupcake tão perto do meu rosto que vi as fumacinhas subirem da chama.

Pensei no pedido enquanto a chama dançava na frente dos meus olhos, me provocando. *Clareza,* decidi, finalmente. *Eu só quero clareza.* Assoprei a vela, decidida, apagando a chama com um golpe de ar.

Minha mãe sacou uma faca prateada do outro bolso. Ela partiu o cupcake bem no meio e as metades caíram com o peso da cobertura. Então pegou uma metade e me entregou.

— Delícia! — falei depois de morder um pedaço. — Obrigada.

Com a outra metade apoiada no colo, minha mãe virou para trás e pegou um presente embrulhado em um papel roxo extravagante.

— Fiz um negócio pra você.

Sorri, limpando o resto de cobertura dos dedos no edredom. Eu já suspeitava de que fosse o vestido que ela vinha fazendo secretamente. Com cuidado, puxei as pontas da fita e desdobrei o papel de forma que o vestido escorregasse para a cama perfeitamente dobrado. Eu o estiquei. Era bem-estruturado, mas delicado, feito de uma seda de um dourado claro, adornado com lantejoulas cintilando à luz do sol. Levantei o vestido, passei os dedos pelas alças finas e senti a cintura marcada.

— É incrível!

— E combina com seu cabelo! — Minha mãe sorriu. — Pensei que você podia usar na festa da Millie mais tarde.

— Ótima ideia!

Senti uma pontada de culpa por esconder a ausência dos pais da Millie da minha mãe. Mas, ainda assim, o que os olhos não veem, o coração não sente, certo?

Ela bateu palmas uma vez.

— Almoço mais tarde? — perguntou, pulando da cama. — Quero presentear minha filha de 17 anos com um almoço no Eatery.

— Sério? — Deitei de volta na cama e estiquei o corpo em um longo e preguiçoso bocejo, olhando para o teto. — Parece ótimo. — *E caro.*

Minha mãe levou o vestido com ela pelo quarto, desviando dos moletons velhos e das calças jeans jogadas pelo caminho. Ela o pendurou no armário e, com um último olhar decepcionado — e hipócrita — para o chão, saiu do quarto, me deixando sozinha com meus pensamentos, concentrados naquele sonho estranho. Como um golpe de eletricidade, o beijo de Nic tomou conta de mim de novo e senti meu estômago se contorcer em desconforto com a lembrança da partida repentina dele. Torcia para eu não estar condenada a reviver o abandono também em forma de pesadelo. Ainda tinha um monte de perguntas na cabeça e nenhuma forma de conseguir as respostas de que tanto precisava. Apertei a barriga, que lutava contra o cupcake, e soltei um gemido. Talvez uma festa fosse exatamente o que eu precisava para relaxar.

O rabo de cavalo preto surgia da cabeça de Gino como uma minipalmeira sombria. Ao lado dele, as luzes se refletiam no cabelo lambido de gel de Dom. O que eles estavam fazendo ali?

— O que foi, querida? Não gostou da quiche?

Voltei a atenção para minha mãe, que estava sentada do outro lado da mesa.

— Está boa. Só estou um pouco agitada.

— Não falou nada desde que chegamos. Achei que ia gostar daqui. É metido a besta demais?

Ao ver a preocupação no rosto dela, fui consumida por uma nova onda de culpa. Balancei a cabeça com mais ênfase.

— Está falando sério? Este restaurante é ótimo. — Apontei para a decoração *clean* do Eatery: o chão de granito preto era decorado com florais elaborados; as mesas cobertas com toalhas brancas caras; e colunas romanas subiam até o teto por todo o restaurante. As paredes eram decoradas com fotografias em preto e branco da Chicago do início do século XX e pontilhadas com lustres de vidro. — É uma boa mudança de ares para quem frequenta a lanchonete.

Minha mãe sorriu e tomou um gole de vinho.

— Por falar em lanchonete, eu queria falar com você sobre isso...

Deixei minha atenção retornar para Dom e Gino — ou melhor, para a parte de trás das suas cabeças — e me perguntei qual era a probabilidade de estarmos no mesmo restaurante. Estávamos a quilômetros de distância de Cedar Hill, bem no centro de Chicago, e como era um dos melhores restaurantes da cidade, servia mais como uma espécie de lugar milionário para celebrações. Os deuses do carma deviam estar curtindo o espetáculo.

Pelo menos Nic e Luca não estavam acompanhando os irmãos. Tentei me lembrar de como Nic havia sido terrível naquela noite, mas era difícil esquecer todos os outros detalhes sobre ele, os mais doces, gentis e engraçados. Seus sorrisos, seu beijo... como ele havia me deixado sozinha no meio da noite sem olhar para trás. Estremeci.

— Sophie?

— O quê?

Mordi outro pedaço da quiche Lorraine enquanto me perguntava por que havia decidido comer aquilo. Mas também, não tinha entendido o que a maior parte do cardápio dizia e não estava convencida de que gostaria de "batatas fritas com infusão de trufas" mais do que de batatas fritas normais.

— Quero falar com você sobre a lanchonete.

— Pode falar.

Atrás da minha mãe, Gino se contorcia com algo dito pelo homem careca sentado à frente dele. Dom estava à direita do irmão e havia um homem magro e alto à esquerda dele, virado de perfil para mim. Era Felice — eu apostaria meu jantar nisso. Embora estivessem do lado oposto do restaurante, colados uns aos outros em uma cabine escondida, um leve cheiro de mel circulava pelo ar. Talvez eu estivesse enlouquecendo.

Desviei os olhos.

Minha mãe continuava a falar, gesticulando animadamente.

— ...criou expectativas injustas em cima de você. Precisa sair mais e ver o mundo, não acha?

Um zunido chamou minha atenção. Uma abelha tinha entrado no restaurante e circulava pela mesa ao nosso lado.

— Sair de onde? — perguntei, me forçando a prestar atenção novamente ao que minha mãe dizia e me recriminando por ser tão dispersa. No entanto, eu ainda via um pequeno borrão preto e amarelo pelo canto dos olhos.

— Da lanchonete.

Enfiei o garfo na quiche.

— O que tem a lanchonete?

O homem que não reconheci se levantou da mesa dos Priestly. Ele era alto e careca e tinha uma testa ampla e um grosso bigode preto que dominava seu rosto. Ele resmungou ao passar por uma garçonete e então desapareceu pela porta do banheiro.

— Acho que deveria pedir demissão. Afeta demais sua energia e você mal tem tempo livre.

Agora que eu tinha ouvido a frase inteira, estava surpresa com a sugestão. Repousei o garfo e engoli um pedaço inteiro de quiche de uma só vez. — Mas a lanchonete é do papai. Achei que o plano era que eu administrasse o lugar até ele voltar. — Não sei por que eu estava resistindo à ideia dela, herdar a lanchonete quando fizesse 18 anos nunca tinha me animado. Eu sempre soube que não era minha vocação.

A abelha passou zunindo pelo meu rosto, desviando por pouco do nariz. Minha mãe largou o garfo e soltou um gritinho.

— Desculpe — explicou ela, envergonhada, recompondo-se. — Eu sempre levo um baita susto.

— Acho as abelhas até bonitinhas — falei, tentando acalmá-la.

Do outro lado do restaurante, a abelha ziguezagueava em direção à mesa dos Priestly. *Deve estar retornando para seu mestre,* pensei, fitando de novo a parte de trás da cabeça prateada de Felice.

— O que está acontecendo com você? Está tão dispersa. — Minha mãe agarrou meu pulso e chamou minha atenção.

— Desculpe. — Balancei a cabeça em uma tentativa inútil de me concentrar e puxei a mão de volta. — O que estava falando?

— Por que não deixa seu tio administrar a lanchonete depois que se formar ano que vem, até seu pai voltar? Assim vai poder se concentrar totalmente em entrar na faculdade e estudar em Chicago, em vez de ficar no interior. Tem um mundo inteiro lá fora, sabia.

Enfiei mais uma garfada cheia de quiche na boca.

— Ainda estou economizando para comprar um carro. Preciso do dinheiro — falei com a boca cheia, tentando falar por cima dela.

Voltei a desviar o olhar. O homem careca de bigode tinha voltado do banheiro e se juntava outra vez ao grupo dos Priestly, sentando-se com um grunhido audível.

— Posso lhe dar um pouco de dinheiro toda semana para o carro. Você nem ia sentir falta das gorjetas da lanchonete — insistiu minha mãe.

— Não quero colocar esse peso em cima de você — falei com a boca meio cheia. — Sei que não temos dinheiro pra isso.

Minha mãe empurrou um pedaço de queijo de cabra pelo prato.

— Sophie, eu realmente prefiro que você peça demissão.

— O tio Jack falou alguma coisa pra você? Tem conversado com ele? — Eu estava começando a ficar inquieta novamente. Minha mãe estava agindo de forma estranha, assim como todo mundo na minha vida.

— Não, mas talvez devêssemos manter vocês dois afastados. Ele tem parecido mais destrambelhado do que o normal.

— Acho que ele ficaria muito mal se eu o abandonasse agora. Ainda mais depois que o amigo dele morreu.

Ela deu de ombros ao pescar uma pequena fatia de cebola roxa do prato e morder.

— Jack nem está mais por perto. E ele não pode ter tudo o que quer.

Retornei os olhos para a mesa dos Priestly. Dom e Gino discutiam com o homem careca de bigode. Felice — sim, era ele com certeza, dava para vê-lo agora — estava sentado, imóvel, com as mãos fechadas em cima da mesa. Ele observava em silêncio a abelha, que agora voava perto demais deles. Com a discussão, as vozes aumentaram e se espalharam por todo o restaurante.

— O que está acontecendo? — Minha mãe se virou para tentar ver de onde vinha a comoção, que acabou tão rápido quanto havia começado.

— Mãe?

Ela olhou para mim, ansiosa.

— Tem alguma coisa que não me contou sobre meu pai e o tio Jack? Ou sobre você e o tio Jack? Tenho a impressão de que não contaram a história toda.

Ela se apoiou nos cotovelos e entrelaçou os dedos sob o queixo.

— Como assim?

— Bem, eu não sei. Por isso perguntei...

O estrondo de um tapa fez com que pulássemos das cadeiras.

— Calvino! — Foi um grito tão alto que parecia de mulher. Mas viera na verdade de Felice, que tinha se levantado com as mãos no rosto. Agora, todos no restaurante olhavam para a mesa deles. O homem careca, Calvino, recostou-se placidamente na cabine, tirando a mão da mesa sem pressa e a limpando com um guardanapo. Ele tinha matado a abelha.

A respiração de Felice se alterou. Ele disse algo bem alto em italiano, mas Calvino nem piscou. Tentou pedir que Felice se sentasse com gestos, mas quanto mais calmo ele parecia, mais Felice ficava ensandecido. Ele começou a berrar insultos enquanto apontava para o que eu deduzia ser a carcaça esmagada da abelha.

Fiquei boquiaberta. Eu nunca tinha visto alguém tão calmo surtar tão de repente.

Felice botou a mão na parte de dentro do paletó, fazendo com que Gino e Dom se agarrassem aos seus assentos. Calvino levantou de um pulo e ergueu os braços como em rendição. Ele sussurrou rápido algumas palavras.

Felice tirou a mão do paletó e fechou o punho ao lado do corpo. Ele passou a outra mão pelo cabelo até parar apertando a nuca.

Com calma, e sem tirar os olhos de Felice, Calvino se sentou.

Felice permaneceu de pé. Levantou o queixo, parecendo ainda mais alto, e, com um último palavrão direcionado a Calvino — mas ouvido por todos em um raio de um quilômetro —, saiu às pressas do restaurante como um esqueleto raivoso e elegante.

— Que homem estranho — sussurrou minha mãe, sua voz mais um sussurro entre todos os outros no restaurante.

— Família estranha — murmurei, assistindo a Gino e Dom se reacomodarem à mesa e retomarem a conversa. Quem sabe naquele caso específico eu era *sortuda* por ter sido excluída. Era óbvio que os Priestly tinham muito com o que lidar e eu já havia atingido minha cota de drama pela vida inteira. Provavelmente seria melhor assim. Mesmo que não parecesse.

Voltei o olhar para minha mãe e a encontrei mordendo o lábio inferior.

— Sophie, tem muita coisa que você não sabe sobre seu pai e Jack — começou ela, retomando a conversa como se aquela interrupção dramática nunca tivesse acontecido. — Às vezes penso que Jack merecia estar na cadeia mais do que seu pai.

Era a primeira vez que eu ouvia minha mãe apontar culpados na situação daquela noite — ou sequer falar voluntariamente a respeito. Era um daqueles momentos silenciosos mas definidores que estavam sempre à espreita na dinâmica da nossa relação, mas que raras vezes eram abordados por qualquer uma de nós.

— Mas Jack nem estava lá.

— Eu sei disso — admitiu ela. — Mas seu tio sempre fez amizade com as pessoas erradas, o tipo de pessoa que se importa mais com dinheiro do que com a família, e que alimenta as paranoias dele. Quando seu pai se mudou para Cedar Hill, ele queria começar uma vida nova com a gente, uma vida melhor que a dele quando era criança. Ele era respeitável e bem-sucedido, mas então Jack começou a nos rondar. Ele não tinha família e considerava a nossa a dele também. Ele e seu pai cresceram sozinhos, dois garotos contra o mundo, e tenho a impressão de que seu pai sentia como se devesse a Jack um pedaço das nossas vidas para que ele não ficasse sozinho por aí. Mas Jack começou a botar essas ideias na cabeça do seu pai. As mesmas ideias que vejo ele tentando botar na sua cabeça; ideias que fazem você ter medo e ficar ansiosa. Chegou ao ponto de Jack começar a questionar a tudo e a todos que frequentavam a lanchonete e com isso logo seu pai também começou a ficar paranoico. Quanto mais penso no assunto, mais acredito que, se Jack não tivesse influenciado seu pai, ele não teria se precipitado em achar que o homem que entrou na lanchonete naquela noite era um assaltante perigoso.

— E não teria atirado nele — completei friamente. — Não sei se você pode culpar Jack por isso.

— Ele deu a arma a seu pai.

— Para proteger o irmão — retruquei. — Eles sempre cuidaram um do outro.

Ela espetou o garfo em um pedaço de tomate.

— Você está certa — respondeu ela rápido, balançando a cabeça. — Deixa pra lá. Eu não devia ter tocado nesse assunto no seu aniversário. O dia de hoje deve se concentrar nas coisas boas da sua vida.

De repente, o clima entre nós ficou desconfortável e tenso. Tomei um gole de Coca diet e deixei as vistas vagarem para os Priestly, que agora estavam atipicamente silenciosos. Gino apoiava a cabeça nas mãos e Dom estava apoiado no encosto, encarando o teto de maneira inexpressiva. Eu entendia como eles se sentiam.

## CAPÍTULO TREZE

# A FESTA

Examinei meu reflexo no espelho do quarto, certificando-me de que o hidratante da minha mãe tinha se misturado por completo à minha pele. Passei um pouco do bronzeador na testa e blush nas bochechas. Remexi na bolsa de maquiagem da minha mãe, saquei um delineador preto e o passei nas pálpebras antes de aplicar um rímel pegajoso nos cílios. Então me afastei e apreciei meu reflexo, maravilhada com o que as modernidades cosméticas podem fazer por alguém que quase nunca vê o sol.

Minha mãe entrou no quarto e vi um presente nas mãos dela — um retângulo grande embrulhado em um papel das princesas da Disney.

— É da Millie?

Ela colocou o presente na cama.

— Ela deixou aqui quando você estava no banho. Abra. Estou morta de curiosidade.

Não precisava pedir duas vezes. Rasguei o papel e encontrei uma caixa de sapato cinza. Na parte de cima havia a palavra CARVELA escrita em uma fonte preta desenhada.

— Como a Millie pagou por isso? — perguntou minha mãe, dando voz aos meus pensamentos.

Balancei a cabeça, incrédula. Como eu podia ter uma melhor amiga tão maravilhosa? Levantei a tampa com cuidado, retirei o papel e encontrei um par de scarpins de couro envernizado cor de creme. O salto, que devia ter pelo menos uns 12 centímetros, era revestido por um leve brilho dourado, e o bico do sapato se abria em uma abertura peep-toe perfeita.

— Acho que estou apaixonada — gemi.

Minha mãe suspirou.

— Nunca fiquei tão decepcionada por ter pés menores que os seus.

Encaixei meu pé esquerdo no sapato e cambaleei para a frente.

— Como vou fazer para não cair de cara no chão com esses sapatos?

Minha mãe sorriu ao me entregar o outro pé.

— Ninguém de fato *anda* de salto alto. As pessoas apenas sobrevivem.

Depois de 15 minutos testando os sapatos, coloquei o vestido. Girando em frente ao espelho, retirei o grampo do cabelo fazendo com que ele caísse em ondas nas minhas costas. Eu mal me reconhecia, mas tinha a sensação de que a pessoa no espelho ia se divertir bastante.

Quando encostamos o carro em frente à casa de Millie, já ouvíamos a música ecoando pelas paredes. Muitos carros ocupavam a rua até a entrada. Desci para o meio-fio.

— Tem certeza de que os pais da Millie concordaram com isso? — perguntou minha mãe. Eu a observei estudar os carros, desconfiada.

— Aham. — Virei de lado para que ela não pudesse ver meu rosto de mentirosa cara de pau.

— Ok... — cedeu ela. — Divirta-se!

Observei o carro se afastar até que virasse um pequeno ponto azul.

Quando me virei, Millie estava parada na porta com um vestido preto curto apertado.

— Millie! — gritei, indo até ela em câmera lenta por conta dos saltos. — Muito obrigada pelos sapatos!

— Puta merda — gritou ela de volta, os lábios pintados de vermelho abertos de surpresa.

Encolhi os ombros e cobri o vestido com os braços.

— Está exagerado? É melhor eu trocar de roupa?

Ela subiu e desceu o dedo apontando para o vestido.

— Esse vestido *realmente* mostra todas as suas melhores qualidades! — Millie fez uma tentativa frustrada de assoviar com os dedos e depois mexeu as sobrancelhas de forma sugestiva.

— Tarada — provoquei, alcançando-a.

— Que foi? — Ela levantou as mãos sugerindo inocência. — Quis dizer que realmente ressalta o azul dos seus olhos... Tão vívidos...

— Com quem está falando? — Alex apareceu na porta atrás de Millie. O cabelo louro estava perfeitamente arrepiado e ele vestia jeans escuros com uma camiseta justa azul. Ele ria, segurando um copo vermelho. Quando me viu parada no vão da porta ficou boquiaberto e fez a mesma expressão da irmã ao lado, fazendo os dois quase parecerem gêmeos.

— Sophie Gracewell — balbuciou ele.

— Eu sei — murmurou Millie. — Eu sei.

Millie e eu dançamos como loucas, jogando as mãos para o alto e girando o cabelo, nós duas cuidadosamente tentando se equilibrar nos saltos imensos. À nossa volta, casais circulavam como ímãs, colados uns aos outros ou fugindo para darem um amasso em outro cômodo. Eu mal conhecia as pessoas — a maioria eram amigos de faculdade de Alex e as que me conheciam através de Millie me ignoravam, como sempre. Não importava. Todos riam e se divertiam, e era contagiante — eu estava relaxada e muito animada. O mais importante era que eu seria eternamente grata a Millie por ter transformado a impressionante sala da casa dela em uma bolha de energia, resultando em um aniversário divertido: tudo de que eu precisava.

A sala de estar havia sido despida dos porta-retratos, bibelôs e bonecas assustadoras de porcelana que geralmente ficavam expostas nas cristaleiras nos cantos do cômodo — uma obsessão da mãe de Millie. As luzes estavam tão baixas que os traços de qualquer pessoa a mais de dois passos ficavam embaçados e irreconhecíveis, e os sofás de couro e as poltronas de tecido haviam sido empurrados para as paredes. Acima da lareira, uma TV de cinquenta polegadas reverberava a música pelos alto-falantes.

— Cadê o Dom? — perguntei, ignorando a dorzinha chata nos pés.

— Ele não vem. — A expressão de Millie murchou, mas ela explicou como se não importasse. — Não tenho notícias desde o nosso encontro. Ele nem respondeu a minha mensagem de texto.

— Sinto muito, Mil! — berrei por causa da música. — Que droga!

— Tudo bem — respondeu ela, altiva, mas dava para ver que não estava bem. Ela havia ficado obcecada por Dom desde o encontro, e ele não ter se dado ao trabalho de ligar não era só estranho, mas também incrivelmente grosseiro.

— Espero que não seja por minha causa. — Percebi, de repente, sentindo a cor se esvair do meu rosto bronzeado e cheio de blush. — Talvez Nic tenha dito algo para ele.

Millie fez uma cara azeda.

— Se for por sua causa, então Dom é tão covarde quanto o irmão, e os dois deveriam ser ignorados por julgar o *acidente* do seu pai. Não ia querer ficar com alguém assim de qualquer forma!

— O azar é todo dele. — Ofereci como resposta, sentindo a raiva dela acender a minha. — Ele é um idiota.

— Os dois são! Espero que fiquem bastante entediados penteando aqueles cabelos idiotas e pagando caro demais por suas roupas italianas babacas enquanto envelhecem naquela mansão bizarra! — Millie atirou a cabeça para trás e começou a mexer os quadris, botando um ponto final na conversa sobre Dom e seus irmãos.

Seguindo a deixa, fechei os olhos e permiti meu corpo sentir a música. Mas, dentro da minha bolha pessoal, não deixava de imaginar as mãos de Nic em volta da minha cintura; com ele pedindo desculpas pelo comportamento estranho e dando uma explicação plausível para sua indiferença repentina. Mas quando abri os olhos e girei mais uma vez, vi uma série de rostos que não reconhecia, corados e ofegantes.

Depois de um tempo, meus pés começaram a pulsar de dor. Parei de dançar e atravessei a porta dupla que levava à cozinha com uma grande mesa de mármore. Lá dentro, um grupo de garotos estava debruçado num barril de chope, virando um copo atrás do outro. Na mesa, duas morenas magrelas de minissaias participavam de um jogo de pingue-pongue com cerveja pontuado por gritinhos.

Eu me espremi para passar ao lado de uma garota ruiva que fazia tatuagem de hena nas costas de uma amiga e fui até a geladeira, no mesmo momento em que Alex esmagou seu copo no balcão e pulou para trás, levantando os braços em comemoração.

— Otários! — gritou ele. — Não podem vencer o campeão!

Dei um sorriso. Alex esteve tão tenso no torneio de basquete; era legal vê-lo mais relaxado — mesmo que ainda estivesse sendo incrivelmente competitivo.

Quando ele me viu, baixou as mãos e encolheu os ombros, tímido.

— Cerveja? — ofereceu ele, apontando para o barril atrás de si. — Temos outras coisas mais pesadas também.

Afastei meu cabelo desgrenhado da testa, sentindo as gotas de suor sob os dedos.

— Quem sabe mais tarde — falei. Já estava difícil demais me manter de pé com os saltos. Achei que seria melhor praticar um pouco mais antes de acrescentar álcool à jogada.

— Tem certeza de que não quer uma? — Alex me ofereceu o sorriso com o qual eu sonhava na escola. Mas agora alguma coisa havia mudado.

— Sim, tenho certeza. — Abri a geladeira, peguei uma Coca diet e a abri enquanto os garotos atrás de mim riam. Eu me perguntei se estavam rindo de mim, mas era covarde demais para confrontá-los. Sentindo meu rosto ruborizar, me afastei e contorci o corpo ao passar pela garota ruiva, que agora desenhava um golfinho no quadril. Uma bola de pingue-pongue voou por cima da minha cabeça e quicou na mesa de mármore no meio da cozinha.

Voltei ilesa à sala, me apertei para passar por um casal que se pegava na porta e fui dançando ao redor de alguém que se mexia como uma lombriga até chegar ao sofá mais próximo. Quando o alcancei, encontrei Millie conversando com Paul e Alison da lanchonete.

— ...e então pensei, que seja, vou me divertir sem ele... Oi, aniversariante, venha se sentar com a gente. — Ela deu um tapinha no espaço ao seu lado.

— Oi. — Me espremi entre Millie e o braço do sofá, sentindo um alívio imediato nas solas dos pés. — Quando vocês chegaram? — Segui o olhar de Millie para o colo de Alison e vi que ela e Paul estavam de mãos dadas. Agora era claramente oficial.

— Neste instante. A Ursula liberou a gente mais cedo.

— Feliz aniversário, Sophie — acrescentou Paul, animadamente. — A festa está ótima.

— Valeu. — Dei de ombros. — Não é minha. Não conheço a maioria das pessoas.

— Ah, claro que é — interferiu Millie, dando um aceno com as mãos. — E se os amigos do Alex não conheciam você antes de hoje, certamente vão conhecer, graças a esse vestido. — Ela virou sua bebida e suspirou satisfeita.

— Com certeza — concordou Paul, fazendo com que Alison cravasse as unhas na perna dele. — Ai! — gritou. — Foi mal, estava só concordando.

— Acho que está na hora do refil. — Millie levantou e saiu dançando entre a multidão com mais atitude do que Beyoncé. Eu invejava a capacidade dela de andar tão tranquilamente nos saltos sem sentir a necessidade imediata de deitar no chão e arrancar os pés.

Saí em busca de um banheiro. O som de alguém vomitando no lavabo do térreo motivou minha viagem ao segundo andar, e, mesmo depois de bater três vezes, abri a porta do banheiro e dei de cara com um casal seminu. Foi um momento traumático para todos nós.

Fechei a porta às pressas e segui mais adiante pelo corredor, parando na porta do quarto dos pais de Millie e batendo na porta com os nós dos dedos. Quando ninguém respondeu, entrei devagar, rezando para não encontrar mais uma cena medonha. Mas o quarto estava vazio.

A porta estreita ao lado da parede de armários dizia que minha memória estava certa: o quarto era mesmo uma suíte. Mas, quando me aproximei, a maçaneta girou pelo lado de dentro e a porta se abriu. Pulei para trás e caí na cama. Meu primeiro impulso foi levantar as mãos e cobrir os olhos.

— Desculpe, não sabia que tinha alguém aqui.

Minha explicação foi respondida com uma risada alta.

— Relaxe, Sophie. Derrubei cerveja em mim e todos os outros banheiros estavam *ocupados*.

Descobri os olhos e encontrei Robbie Stenson apoiado no batente da porta, segurando um copo vermelho em cada mão.

— Quer uma bebida? Está sobrando.

— Não, valeu. — Estava feliz em saber que Robbie não me culpava pelo fiasco no torneio de basquete. — Não acho que eu deveria beber...

Já está difícil andar nesse salto sóbria. Não quero arriscar minha vida caminhando bêbada.

Ele tirou o cabelo da testa e deu um sorrisinho.

— É só suco de cranberry e água tônica, mas dá uma certa onda. Acho que é o açúcar ou algo assim.

— Maneiro. — Peguei o copo da sua mão estendida, sentindo um calor súbito. — Estou morrendo de sede.

— Imagino. — Ele sentou na cama com um baque e arqueou uma das suas sobrancelhas perfeitas para mim. — Você estava fazendo uns passos de dança animais mais cedo. Por que não usou todo esse talento na quadra? Poderíamos ter tido alguma chance.

Sorri ainda com a boca dentro do copo.

— Não tenho certeza se eu conseguiria driblar e fazer a dança do robô ao mesmo tempo.

Robbie riu com um ronco.

— Poderia ter intimidado nossos oponentes. — Ele me encarou sem piscar enquanto eu tomava um gole da bebida. — Você está muito bonita, aliás.

— Valeu. — De repente, tive a sensação de que aquela conversa podia ter um significado diferente para nós dois. Qual *era* a desse vestido?

— É melhor eu voltar lá pra baixo — falei, repousando o copo na mesinha de cabeceira.

— Achei que você precisava usar o banheiro.

— Não preciso mais. Acho que só estava com muito calor. — Levantei e caminhei meio desengonçada até a porta, com os pés doendo de novo.

— Quem sabe a gente se fala mais tarde — gritou ele atrás de mim.

— É, quem sabe — concordei, agarrando o corrimão e descendo as escadas com cuidado.

De volta à cozinha, encontrei Millie se engraçando para um garoto com um cavanhaque duvidoso. Ela estava apoiada no ombro dele e ria como uma garotinha. As tentativas de esquecer Dom com certeza iam bem.

— Sophie. — Ela abriu um sorriso largo e se levantou quando me viu. — Venha conhecer o Marcus. Ele é maravilhoso. — Ela se aproximou e baixou a voz. — *Tão* mais divertido do que aquele *tédio* do Dom. Não sei o que estava pensando. É óbvio que não somos compatíveis, ele era sério *demais*.

De repente, minha visão começou a girar e me senti estranha.

— Consegue ficar de pé?

— Você andou bebendo, Soph?

Os olhos dela ficaram grandes demais para seu rosto e a boca estava aberta em um ângulo estranho. Neguei com a cabeça e me senti tonta.

— Tem certeza? — Ela ficou tão perto que eu podia ver as sardas no seu rosto. Elas se moveram como um quebra-cabeça e depois sumiram.

— Cl-claro. — Caí para trás, na direção da parede. — Mas não estou me sentindo muito bem. — Um alarme disparou dentro da minha cabeça, mas o som foi ficando cada vez mais baixo.

— Tem certeza de que não tomou um shot de nada?

A música reverberava na minha cabeça.

— Não, e-eu só... — Parei e apertei o rosto. — Esqueci o que ia dizer.

— Acho que alguém precisa levar você para casa. — Eu não estava entendendo muita coisa, mas dava para ver que a diversão havia desaparecido da voz de Millie, e o cara do cavanhaque tinha ido embora.

— Estou com dor de cabeça. Po-pode pegar algum remédio para mim? — Fiz uma careta ao ouvir como as palavras tinham saído emboladas. Pareciam tão claras na minha cabeça.

— O que está acontecendo, Sophie? — Alex tinha aparecido de repente e estava parado à minha frente, me segurando. Foi então que percebi que se ele me soltasse, eu cairia de cara no chão. Larguei meu corpo e meu nariz bateu no peito dele. — Acho que ela bebeu demais — comentou, me pondo de pé de novo.

— Não bebi — falei, embaralhando as palavras enquanto tudo ficava preto. E, quando reparei, estava deitada num cômodo silencioso da casa, encarando um lustre de cristal no teto. Meu estômago estava embrulhado. — Quero ir pra casa.

— Droga — murmurou Millie de algum lugar distante. — Celine vai me matar se ela chegar assim.

— Eu levo a Sophie para casa — sugeriu alguém.

— Tem certeza, Robbie?

— Aham, eu sei o caminho. Ela não pode ir sozinha. Não desse jeito.

— Não sei. — O rosto de Alex dançou à minha frente, seus olhos girando como rodas coloridas. — Talvez seja melhor chamar a mãe dela.

— Alex, eu levo ela. Eu não bebi. Você não quer estragar a festa, não é?

Soltei um gemido e me agarrei ao sofá.

— Não quero ir com ele. — E então sussurrei para uma almofada. — Chamem o Nic.

A almofada não respondeu e Nic nunca apareceu.

— Ok, Sophie, vamos. — Alex enganchou o braço no meu e me levantou do sofá até que eu ficasse de pé apoiada nele. O mundo girou à minha volta e os rostos de Millie, Alex e Robbie se misturavam em um estranho mosaico humano.

— Espere — disse Millie. — Ela não vai conseguir andar até em casa com isso.

De repente, havia apenas dois rostos na minha frente e eu não lembrava quem era quem. Achava que Alex tinha cabelo louro, mas o outro cara estava com os olhos azuis dele. Balancei a cabeça para frente e para trás tentando acabar com a confusão.

— Quanto ela bebeu?

— Aposto que ela secou aquela tequila, cara.

E então me vi na porta, calçando um par de botas Ugg que não eram minhas. Deixei o rosto cair e o chão começou a pulsar.

— Robbie, diga para ela me ligar quando chegar em casa, certo? Não esqueça.

E, assim, galopamos pela entrada da casa e viramos a curva em uma rua deserta que se destacava adiante como um rio preto. De repente, senti minha cabeça inchar como um balão.

— Vou cair.

Pulei as rachaduras no asfalto.

Robbie passou o braço por minha cintura e me guiou em linha reta.

— Relaxe. Você está um pouco zoada, só isso.

Ao ouvir a palavra "zoada", senti algo em meu ouvido. Inclinei a cabeça e me dei um tapa na cara.

— Sai! Sai! Sai!

E então me vi passando por uma fileira de casinhas retangulares que pareciam ter sido marteladas no chão.

— Elas parecem tão tristes — gemi no ombro de Robbie.

Pisquei e, quando abri novamente os olhos, estava deslizando pela calçada e apertando os olhos incomodados pelo luar ofuscante. A mansão Priestly surgiu no céu à minha frente, como um castelo.

— Tem uma princesa ali. — Senti a necessidade de resgatá-la imediatamente. E então esqueci sobre o que estava pensando. — Estou exausta — percebi, enquanto o mundo à minha volta ficava silencioso e calmo.

Paramos de andar.

— Eu sei. — Robbie me apoiou em uma parede. Eu estava vagamente ciente das pedras desiguais espetando as minhas costas.

— Não durmo há uns cem anos — lembrei. Minha cabeça cambaleou até tombar para baixo.

Ele me levantou como uma boneca de pano e apertou minha cintura.

— Estou segurando você.

— Eu já tô em casa? — perguntei, cansada. Estava difícil me concentrar em qualquer coisa, e eu tinha a impressão de que poderia vomitar a qualquer minuto.

— Aham, relaxe, Sophie. Está tudo bem. — Senti um dedo sob meu queixo, ajeitando minha cabeça. Revirei os olhos quando senti uma respiração quente fazer cócegas em meu rosto. Lutei contra minhas pálpebras fracas, tentando mantê-las abertas. Quando consegui abri-las, vi dois olhos cinza de falcão me encarando a um centímetro de distância. E, no momento em que perdi completamente o controle do meu corpo, senti as mãos dele subindo pelo meu vestido.

## CAPÍTULO CATORZE

# O CAVALEIRO DAS SOMBRAS

Em algum lugar dentro de mim, o pânico aumentava.

— Pare — eu me ouvi dizer, aflita.

Os olhos de Robbie, no rosto inchado, se estreitaram.

— Relaxe.

— Não quero. — Tentei balançar a cabeça, mas só consegui mexê-la sem controle.

Ele deu um risinho.

— Então por que apareceu na festa usando *isso*? — Ele puxou o tecido do vestido. Tentei falar de novo, mas não consegui reunir forças suficientes para pronunciar as palavras. O dedo áspero dele correu meus lábios e soltei um grunhido, sentindo a saliva se acumular na garganta. Ele se aproximou. Cuspe se acumulava no canto da sua boca quando ele falou: — Pare de se fazer de difícil.

As mãos dele desceram pela lateral do meu quadril e se acomodaram na minha perna exposta. De repente, eu era incapaz de me concentrar em nada além disso. Ele passou os dedos pela minha coxa e se grudou em mim, me apertando entre seu corpo magro e a parede gelada. Robbie passou a mão pelo meu cabelo, agarrando-o e puxando minha cabeça para trás.

Lutei para lembrar se estava muito longe de casa, mas tudo virou um borrão. Meu pânico aumentou, fazendo minha cabeça latejar. Tentei mexer os braços, mas eles não me obedeceram, presos sob o peso do corpo de Robbie enquanto ele posicionava a outra mão na barra do meu vestido.

Meus olhos tremularam e se reviraram quando ele encostou os lábios salgados na minha boca. Por um momento pensei em Nic: como ele havia encostado seus lábios nos meus com todo o cuidado, como se tentasse aproveitar cada momento; como o frio na barriga havia tomado conta de mim enquanto suas mãos seguravam gentilmente minha cintura. Mas essas não eram as mãos dele, ou os seus lábios. Ásperos e secos, eles apertavam minha boca, mantendo-a aberta com uma língua que mais parecia uma cobra, até que caí sobre Robbie, ficando ainda mais tomada pela bocarra que inspecionava minha goela tão incessantemente que começava a doer.

E, então, o som de um motor interrompeu o pavoroso silêncio e um carro parou cantando pneu ali por perto. Robbie congelou, nossos lábios ainda se tocando, e botou as mãos de volta na minha cintura. Em meu estado confuso, imaginei que deveríamos parecer dois bonecos de madeira, encostados um contra o outro no meio da noite.

Não sei quanto tempo fiquei encostada em Robbie Stenson como uma estátua, mas fiquei feliz com o ar fresco que senti quando afastaram seu corpo do meu. Ele soltou um grito estrangulado ao ser arrastado para trás, diminuindo a pressão e deixando meu peito se expandir novamente.

Alguém estava gritando. Meu corpo se recostou na parede e deslizei até o chão sem sentir minhas pernas. Ao longe, ouvi o som de cascalho, seguido por um grito gutural. Houve um estalo ressonante e um berro ensurdecedor que mais parecia um gato morrendo. Sapatos foram arrastados pelo chão. Soluços altos deram lugar a súplicas desesperadas. Tentei entender, mas as palavras se embaralhavam, incompreensíveis. Meu corpo escorregou até o chão, a cabeça pousada no concreto.

— Vá embora antes que eu acabe com você.

*Ele está falando comigo?*

Mais barulho.

*Por que está tão escuro?*

*O som de passos ficava cada vez mais distante.*

Ainda estou viva?

Outra leva de passos, mais firmes e silenciosos que os anteriores, vinham na minha direção.

— Sophie? Está me ouvindo?

Algo segurou meus ombros. Meu corpo foi sacudido de leve, mas eu não tinha forças para abrir os olhos. Eu estava morta para o mundo. Morta para tudo, exceto para a voz.

— Sophie? Por favor. — Mais uma sacudida leve. Senti um dedo pressionar meu pescoço, bem onde meu pulso saltava. Houve um suspiro longo e aliviado. — Vamos, Sophie. Acorde.

Lutei para reunir forças, mas estava destruída, como um balão murcho. Tudo ficou silencioso e tentei me lembrar de onde eu estava e do que estava acontecendo. Eu havia saído da festa? Caído no chão?

— Pode tentar abrir os olhos?

Por que não reconhecia a voz? Era tão familiar e ao mesmo tempo tão estranha. Um braço deslizou em volta dos meus ombros e o outro passou por baixo dos joelhos, me levantando do chão gelado. Minha cabeça bateu em algo duro e ouvi a batida constante de um coração.

Deslizei até um local quente, que percebi ser um carro quando, após o estrondo da porta batendo, surgiu o som reconfortante do motor. Logo eu estava me balançando em um banco macio. Os minutos se passaram em uma imensidão escura até eu ficar consciente de novo, em um mar de vozes distantes, luzes piscando e bipes apitando.

Um dedo percorreu a lateral do meu rosto.

Uma voz distante interrompeu o momento em que eu estava prestes a entender onde estava, e a conclusão me fugiu antes que compreendesse.

— Localizei a mãe dela. Não quer ficar até ela chegar?

— Não posso.

Passos se distanciaram até que eu só ouvia o som da minha própria respiração agitada no peito. Segura na ausência completa de tudo, me entreguei ao vazio, onde memórias semiesquecidas eram misturadas a pesadelos aterrorizantes, e eu não sabia mais o que era real e o que era imaginação.

Acordei olhando para um teto completamente diferente do que estava acostumada. Era alto e de azulejos, com luzes fluorescentes que machucavam meus olhos. O cheiro de desinfetante tomava conta do ar. As cortinas, abertas em uma janela distante, eram desconhecidas e de um verde sem graça. E, apesar do calor que me aquecia, senti algo gelado e duro espetando minha mão esquerda.

A cama era cercada por barras de metal e as paredes eram de um branco ofuscante. Fechei os dedos sobre um curativo e percebi, com uma pontada de medo, que havia uma injeção intravenosa enfiada nas costas da minha mão.

— Sra. Gracewell, ela está acordada.

Minha cama balançou. Virei a cabeça e me encolhi ao sentir uma pontada de dor na nuca. A primeira coisa que vi foi o rosto pálido da minha mãe. Ao seu lado estava Millie, exausta, com um moletom gigante e o batom da noite anterior, que agora era apenas um borrão vermelho. Ela puxou a cadeira para frente.

— Como você está se sentindo?

Eu me esforcei muito para não surtar. Movi cada um dos meus membros e fiquei aliviada de confirmar que não estavam quebrados. Conferi meu corpo inteiro em busca de curativos e não encontrei nenhum. Então passei as mãos pelo cabelo emaranhado e confirmei que não havia nenhum ponto na cabeça também.

— O que aconteceu? — falei com a voz rouca. — Essa é a pior dor de cabeça que eu já tive.

— Tudo bem, querida. — Minha mãe afagou minha mão para me tranquilizar. — É normal.

Millie olhou para mim, parecendo prestes a chorar. A maquiagem estava marcada de lágrimas e as pálpebras manchadas de rímel. Ela apoiou a cabeça nas mãos e puxou seu cabelo castanho bagunçado.

— Eu sinto tanto, Soph.

Minha mãe apertou minha mão até doer.

— Parece que você foi drogada na festa.

Demorei muitos segundos para que as palavras se conectassem à confusão do meu cérebro. E então senti um aperto na boca do estômago.

— Drogada?

— Não fazíamos ideia — fungou Millie. — Você estava normal e do nada não conseguia nem ficar de pé. Não lembrava onde estava e ficou repetindo que queria ir para casa.

Tentei me lembrar, mas as memórias não apareceram.

— Então me trouxeram para cá e me fizeram uma lavagem estomacal?

Millie fechou o rosto e desviou o olhar para a coberta.

— A gente achou que você só estava bêbada. Alguém disse que você tinha tomado tequila ou algo assim. Aí o Robbie Stenson levou você para casa.

A expressão no rosto da minha mãe se transformou em um show de decepção.

— Agora, Millie saiba que deveria ter ligado para mim — falou ela. — Bebendo ou não, deveriam ter me ligado para eu saber se você estava bem.

— Desculpa, sra. Gracewell! Se eu tivesse suspeitado por um segundo que alguém tinha dado alguma coisa para ela, eu não teria simplesmente mandado ela para casa... — Millie começou a soluçar em um choro que balançava todo o corpo.

Minha mãe confortou Millie com tapinhas amigáveis nas costas.

— Eu sei — disse, tentando acalmá-la.

— O que aconteceu? — Senti que estava me esforçando para lembrar algo próximo, mas quanto mais tentava, mais eu esquecia.

— Robbie disse que não havia bebido e que sabia o caminho para sua casa. — Millie estava enrolando, omitindo algo; era óbvio.

Minha mãe interrompeu:

— Recebi uma ligação dizendo que um rapaz trouxe você para a emergência do hospital. Quando cheguei, eles fizeram alguns testes e encontraram vestígios de Rohypnol no seu sangue.

A palavra bateu como uma tonelada de tijolos.

— Ro-Rohypnol? — gaguejei. — Me deram um "Boa noite, Cinderela"? — Imediatamente levei as mãos até minha calcinha.

— Não, não se preocupe — interrompeu Millie, com pressa. — Ele chegou a tempo.

— Robbie?

Minha mãe trocou um olhar com Millie.

— Não, não foi Robbie. A enfermeira disse que foi um rapaz moreno e de cabelo escuro que trouxe você para cá. Ela disse que ele não quis dar o nome.

Meu coração estava tão disparado que mal conseguia pensar. Como Nic podia fazer parte disso? E por que estava sendo tão cauteloso com seu envolvimento?

— Não estou entendendo...

— Ele disse à enfermeira que encontrou você com um garoto que parecia estar tentando se aproveitar da situação. Enfrentou o rapaz, que fugiu. Então, quando ele percebeu que você estava muito mal, te trouxe para cá.

Senti uma pontada na incisão do soro na minha mão.

— Onde Nic está agora?

— Ele foi embora antes de a gente chegar. — Dessa vez, Millie respondeu. — Mas a enfermeira disse que ele ficou por quase uma hora enquanto tentavam localizar a sua mãe. Ele queria se certificar de que você estava bem.

Minha mãe se recostou na cadeira, parecendo mais relaxada.

— Millie e eu tentamos entrar em contato com os Priestly, mas não encontramos o telefone deles. Seria uma boa conversar com esse menino quando você sair daqui.

— E para onde o Robbie foi depois que Nic apareceu? Era ele quem estava tentando se aproveitar de mim?

Millie deu de ombros, as sobrancelhas franzidas de confusão.

— Acho que Nic pensou que ele estava tentando beijar você. Eu sempre pensei que Robbie talvez gostasse de você, mas não acho que ele faria isso com você tão apagada. Quer dizer, você vomitou duas vezes antes de sair lá de casa.

Que horror — eu não me lembrava disso.

— Alex passou a manhã toda tentando falar com Robbie, para saber o que aconteceu — continuou Millie. — Quem sabe o Nic simplesmente surtou quando viu vocês dois juntos.

Meu cérebro recuperou a memória de Nic sendo ciumento com Alex no torneio de basquete, mas eu ainda estava exausta e confusa. Não me lembrava de encontrar com Robbie Stenson na noite anterior, embora eu tivesse uma vaga lembrança de vê-lo na festa no meio da multidão.

— Então, quem foi? — perguntei, enfurecida. — Quem botou Rohypnol na minha bebida?

— Não sabemos, Soph. Até onde sabemos, você foi a única vítima. — Millie mal me olhava nos olhos. — Alex disse que talvez tenha sido um primo de um dos amigos dele. Ele se envolveu em uma história parecida uns anos atrás. Nem foi convidado para a festa e agora não o localizávamos. — Millie parou de falar. Esfregou os olhos, espalhando a sombra nos olhos até parecer um panda. — É tudo minha culpa, Soph. Desculpe por ter deixado a festa sair de controle.

— Está tudo bem — falei, torcendo para que aquilo aplacasse sua culpa. — Podia ter sido pior, certo? Não me machuquei.

— Sim, ainda bem — disse minha mãe.

Fechei os olhos com força e me concentrei. Estava dançando. Estava na cozinha. Estava com Millie. E depois, nada.

— Estou tentando me lembrar.

Minha mãe apertou meu ombro.

— Querida, o médico disse que é provável que não recupere a memória de ontem à noite. Você pode ter uns flashbacks, mas dificilmente vai se lembrar de tudo o que aconteceu. Mas estamos determinados a descobrir. A polícia vai querer conversar com você, agora que está acordada, e também vamos falar com esse tal de Robbie assim que ele aparecer, prometo.

— Vamos dar um jeito — reforçou Millie.

Olhei para a agulha na minha mão e fiquei um pouco mais ciente do líquido gelado que entrava no meu corpo, gota a gota.

— Quando posso ir embora daqui? Odeio hospitais.

Como se programado, uma enfermeira rechonchuda de cabelo curto e louro entrou no quarto.

— Como você está se sentindo? — perguntou ela.

Eu tinha uma vaga lembrança de já ter ouvido sua voz.

— Confusa e com dor de cabeça — deduzi.

Sem olhar para cima, ela emendou um discurso que parecia perfeitamente ensaiado:

— O Rohypnol está deixando seu corpo e a pior parte do efeito já passou. Vai sentir uma leve dor de cabeça e talvez um pouco de enjoo pelos próximos dois dias, mas depois disso deve voltar ao normal. O médico disse que estará liberada quando se sentir forte o suficiente.

— Estou forte o suficiente.

A enfermeira contraiu os cantos dos lábios fazendo uma careta.

— De agora em diante, aconselho que mantenha suas bebidas por perto o tempo todo e cubra os copos quando estiver perto de pessoas que não conhece muito bem.

Abri a boca para protestar, mas me controlei. Eu estava com raiva, mas não dela. Estava com raiva de tudo: da pessoa que havia me drogado, do garoto que havia tentado me beijar quanto eu estava tão mal e de Nic, por ter me largado ali tão confusa.

Primeiro ele vai embora com o irmão, me deixando em uma rua deserta, depois aparece do nada e me salva, mas me deixa sem saber o que aconteceu. Mesmo ausente, ele ainda mexia com minha cabeça e, de um jeito ou de outro, isso precisava acabar.

## CAPÍTULO QUINZE

# O AVISO

Estava sentada com os cotovelos na mesa, olhando para o telefone. Ele vibrava no tampo de madeira, fazendo com que as ervilhas rolassem no prato. O número da tela me avisava que era Jack.

— Ele não vai parar de ligar. — Minha mãe falou com a boca cheia de costela de porco defumada.

— Lido com isso amanhã. — Eu queria falar com meu tio, mas estava tarde e eu mal conseguia manter os olhos abertos, a não ser para comer. Engoli a montanha de purê de batata na minha boca e reclamei: — Por que você teve que contar tão rápido para ele?

— Não contei. Falei com a Ursula porque não quero que vá trabalhar amanhã, e ela contou quando ele ligou para a lanchonete. — Ela deu de ombros e enfiou uma garfada de ervilhas na boca.

Meu telefone começou a vibrar de novo, piorando a dor de cabeça que ainda latejava na minha nuca. Peguei o telefone e passei o dedo pela tela.

— Oi, Jack.

— Estou do lado de fora. Abra a porta.

— O quê?

— Abra a porta dos fundos.

Ele desligou. Fui andando até a janela da cozinha. Ele parecia uma sombra parado perto dos arbustos, cuidadosamente fora do alcance dos sensores de movimento, e eu mal conseguia vê-lo. De onde ele viera?

— Ele está aqui de novo? — A voz da minha mãe fervilhava de desprezo. Ela se levantou. — O que ele está fazendo?

Destranquei a porta e ele correu para dentro, fechando e trancando a porta.

— Sophie — soltou ele ofegante, as bochechas inchadas e rosadas.

— De onde você veio?

Ele dispensou minha pergunta com um gesto e me esmagou em um abraço tão forte que pensei que ia ficar sem ar. Não abraçava Jack desde quando eu era criança. Estava acostumada a outros tipos de demonstração de afeto — presentes caros, uma folga sem aviso ou telefonemas aleatórios. Mas algo naquele abraço me fez sentir melhor do que todas aquelas coisas — me fez sentir segura.

— Estou tão feliz que você está bem — suspirou ele no meu pescoço.

Ele me largou e cambaleei para trás, apertando o peito com a mão. Estava começando a sentir um aperto na garganta. Engoli em seco, esperando que passasse, mas o modo como Jack me olhava, com os olhos tão parecidos com os do meu pai, tão cheios de preocupação e alívio, quase me fez chorar.

— Se eu tivesse deixado qualquer coisa acontecer com você, Mickey teria fugido da cadeia só para me matar — disse ele tentando, em vão, melhorar o clima.

— O que está fazendo aqui? — falei de uma vez, em uma tentativa de me distrair do nó na garganta. Atrás de mim, minha mãe sondava a situação. Quase dava para ver a desconfiança vazar pelos poros.

Jack coçou a cabeça raspada. Ele estava estranhamente desgrenhado, o terno de sempre substituído por uma calça jeans larga e um moletom preto. Ele não parecia ter metade do ego ou da riqueza de sempre.

— Passei o dia inteiro ligando, Persephone.

Fiz uma careta. Ele devia estar irritado.

— Eu estava no hospital.

— Fiquei sabendo. Quase morri de preocupação.

— Nós dois — disse minha mãe. Ela foi até a pia e começou a encher uma chaleira.

— Como está se sentindo?

— Por onde você estava? — perguntei, ao mesmo tempo.

Jack esfregou os olhos.

— Por todo o estado — respondeu ele, cansado.

— Fazendo o quê?

— Coisas de trabalho.

Ele estava sendo conciso; nunca falava comigo sobre seus outros negócios. Eu sabia que tinha algo a ver com investimentos e taxas de juros, e é por isso que nunca me dei ao trabalho de querer saber mais. Eu morreria de tédio.

— Está de volta? Em Cedar Hill? — Fiquei surpresa em ver como minha esperança soava infantil, e me senti envergonhada. Obviamente eu não tinha notado como sentia falta dele. Jack era a única referência masculina na minha vida e, sem ele, eu me sentia mais incompleta do que deveria.

Ele balançou a cabeça soturnamente.

— Ainda não. Não totalmente.

Minha mãe se ocupava no fogão. Ela entregou uma caneca com chá de hortelã a Jack, que aceitou com uma sobrancelha levantada.

— Obrigado, Celine.

— Antes que pergunte, não tem álcool na bebida.

Me encolhi. Tudo estava indo tão bem até então. Ele tomou um gole sem tirar os olhos dela, controlando a resposta por minha causa.

— Não podia ter esperado uma hora mais razoável para fazer uma visita, Jack? — A voz de minha mãe transbordava reprovação. — Precisa fazer tudo no meio da noite?

Ela a ignorou dessa vez, repousando a caneca na mesa.

— O que aconteceu ontem à noite foi grave — falou ele para mim. — E bem no seu aniversário!

— Eu sei — falei, mordendo os lábios para que não tremessem.

— Já descobriram quem batizou sua bebida?

— Não — respondi, cansada de responder sempre a mesma pergunta. A polícia já havia me entrevistado no hospital, e não tinham sido muito úteis. Não é como se houvesse alguma pista, e eu estava convencida de que jamais me lembraria completamente daquela noite. Sabia também que Robbie Stenson me evitaria para sempre, assim que reaparecesse. Ele finalmente havia respondido à mensagem de texto de Alex dizendo que estava viajando por "motivos familiares", e que não tinha se dado conta de que eu estava tão mal assim. Ele realmente pensou que eu *gostava* dele e *queria* beijá-lo, e pediu desculpas por meu "namorado" ter ficado irritado e interrompido o momento. Se estivesse se sentindo culpado de verdade, teria mandado uma mensagem para *mim*, mas nem se deu ao trabalho. E a única outra pessoa que sabia das partes deletadas da minha noite era o meu "namorado irritado", Nic, que já tinha ganhado um Oscar na arte de me evitar.

— Foi alguém da festa que fez isso? — Tio Jack continuava em seu interrogatório sem sentido.

Dei a ele a mesma resposta que dei à polícia.

— Acho que sim, mas tinha tanta gente lá que pode ter sido qualquer um.

Jack assentiu, atenciosamente.

— Tinha alguém lá que você não conhecia? Alguém da nova família da avenida Lockwood?

— Não — respondi, com certeza. — Aliás, se não fosse por aquela família, eu poderia estar bem pior.

— O quê? — rosnou ele e a suavidade de sua voz desapareceu.

— Foi um deles quem me encontrou no caminho para casa e me levou para o hospital. — Deixei de fora a parte sobre Robbie Stenson; não queria que meu tio me imaginasse beijando um garoto. Além do mais, eu mesma mal pensava no assunto sem querer arrancar minha própria pele.

Jack apertou os lábios, travando o queixo.

— Como sabe que não foi ele quem drogou você?

Não me dei ao trabalho de esconder a irritação na minha voz. Eu não ia deixar Jack manchar a boa ação de Nic por causa dos seus preconceitos contra a família Priestley.

— Ele não me drogou. Ele nem estava na festa!

— Não sei, não — resmungou Jack. Ele olhou para minha mãe, mas seu olhar estava perdido ao longe, claramente de saco cheio da visita. Ela tinha feito seu melhor: resistira por quatro minutos.

Soltei um suspiro, que se transformou em um bocejo.

— Mesmo se ele tivesse me drogado através de alguma intervenção mágica, por que ele me levaria ao hospital e pediria que ligassem para minha mãe?

— Tenho certeza de que ele teria maneiras...

— Por favor — forcei. — Pode parar. Está sendo paranoico.

— É tão cansativo — acrescentou minha mãe com uma voz seca. Ela cruzou os braços e se aproximou de mim.

Cobri a boca, escondendo mais um bocejo.

— Ok — cedeu Jack. — Estou só preocupado, Sophie. Entende? Quero ter certeza de que você não é um alvo.

Eu estava cansada, mas não o suficiente para ignorar a estranheza daquela frase.

— Por que eu seria o alvo de alguém?

Minha mãe estava irritada. Sua tolerância para os delírios paranoicos de Jack se esgotara havia muito tempo. Afinal, tinha sido aquele hábito que metera meu pai na confusão que o levou para a prisão.

— Do que está falando?

— Não sei — respondeu ele, mais para si mesmo do que para nós. Passou a mão pelo rosto até o cabelo. Eu estudei sua aparência: os olhos estavam vermelhos, a barba por fazer, a pele manchada. Até os lábios estavam pálidos.

— Sophie está bem, Jack — disse minha mãe, engolindo o resto da frase. Era evidente que ele estava perturbado com o que acontecera comigo, e não tinha por que brigar com ele. — Acho que você precisa descansar. Todos nós precisamos.

— Tudo bem — cedeu ele. — Vou embora.

Ele então sorriu para mim; era um sorriso doce e cheio de esperança, com um pequeno sinal de mistério.

— Quando você volta? — Eu estava, novamente, parecendo uma criança, mas não me continha. Eu queria meu tio por perto. Ele era a versão mais imprevisível e descontrolada do meu pai, que era calmo e comedido, e naquele momento ele estava fazendo o melhor que podia para ser as duas coisas para mim. Talvez não estivesse indo muito bem, mas ainda tínhamos uma ligação, ele e eu. E, embora minha mãe não fosse admitir, sem meu pai por perto, nossa família precisava de todo o apoio.

Ele bagunçou meu cabelo.

— Em breve — respondeu, ríspido. — Eu ligo.

Ele parou com a mão na porta.

— E lembre-se do que eu disse. Fique na sua.

— Pode deixar — menti, com facilidade dessa vez. A paranoia de Jack me deixara ainda mais determinada a descobrir exatamente o que estava acontecendo à minha volta. E eu suspeitava que as respostas estavam na casa dos Priestly.

## CAPÍTULO DEZESSEIS

# O MAL-ENTENDIDO

Dois dias depois, com a recuperação quase completa, eu estava pronta para iniciar minha investigação.

Não fiquei surpresa por Nic não ter tentado falar comigo depois que saí do hospital, porque nada que Nic fazia ou deixava de fazer me surpreendia mais.

Caminhei até a casa dele no início da tarde. Parei em frente aos portões de ferro e inspecionei a mansão com uma crescente sensação ruim. Havia apenas um carro estacionado na entrada e um pânico súbito me ocorreu ao pensar na possibilidade de esbarrar com qualquer um dos outros integrantes da família. Afinal, eu continuava sendo uma Gracewell — seja lá o que isso significava para eles — e não havia nada que pudesse fazer.

Criei coragem e passei pelos portões abertos, pisando nos cascalhos barulhentos pelo caminho. Quando cheguei à porta vermelha, bati na aldrava e recuei, esperando ansiosa.

Depois do que pareceu uma eternidade, três trincos metálicos giraram e a porta se abriu, revelando uma silhueta, oculta pela sombra do hall atrás dele. Mas eu conhecia aquele contorno tão bem quanto aquela voz.

— Sophie? — Nic estava parado sob o vão da porta, perfeito com jeans desbotado e uma camiseta branca. Ele estava descalço.

— Oi — chutei, percebendo sua tensão. — Quero falar com você.

Com as mãos apoiadas nos dois lados da porta, ele se inclinou para fora e estudou o jardim atrás de mim.

— Sophie — repetiu, mas dessa vez mais gentil. — O que está fazendo aqui?

Pelo modo como os olhos dele buscavam os meus, eu sabia que ainda existia algo entre nós. O ar à nossa volta pulsava, e decidi ir direto ao ponto antes que aquilo me consumisse.

— Não precisa se fazer de desentendido sobre a outra noite.

Sua expressão mudou, os olhos se arregalaram. Ele se aproximou devagar e então parou, incerto, como se lutasse contra a vontade de se aproximar de mim.

— Do que está falando?

— A enfermeira me contou sobre você. Sei que pediu para ela não falar nada, mas ela falou, então não precisa mentir.

Ele parou de hesitar. Foi na minha direção, descalço sobre o cascalho. Baixou a voz até um sussurro e segurou meus braços, me puxando gentilmente até ele. Vi suas mãos na minha pele e apertei os lábios, confusa.

— Sophie. — Ele fixou o olhar no meu. — Não tenho a menor ideia do que está falando.

— Como assim? Você não me levou para o hospital no outro dia?

Quando mencionei a palavra "hospital", a confusão em seu rosto se transformou em angústia.

— Por que você foi para o hospital? — Ele me olhou de cima abaixo. — Alguém machucou você?

— Não foi mesmo você quem me salvou? — perguntei, subitamente envergonhada.

— *Salvei* você? — repetiu ele, horrorizado.

— Mas a enfermeira disse para a minha mãe...

— Sophie. — Ele moveu as mãos para minha cintura e endureceu a voz. — Por favor, me diga o que aconteceu.

Por um segundo, pude ver na minha frente o Nic que eu tinha conhecido no início. Estava bem ali, ao alcance, quando outra figura apareceu na porta atrás dele.

— Nicoli? — Foi tudo que Luca precisou dizer para que seu irmão pulasse para longe de mim como se eu estivesse em chamas.

— O que foi? — exigi saber. — O que está acontecendo?

— Não posso. — Ele se afastou, quase pedindo perdão. — Não posso.

— Não estou entendendo. — Desviei o olhar para Luca, que se encostou no batente de braços cruzados.

Ele ignorou minha presença.

— É melhor entrar, Nicoli. Valentino está procurando por você. — A última parte pareceu uma ameaça velada, mas eu não sabia muito bem o motivo.

Nic hesitou, com os punhos cerrados.

— Luca, não vou embora até ter certeza de que ela está bem. — Ele estava irritado e isso me deixou segura, mas não o suficiente. — Algo aconteceu com ela. Esteve no hospital e preciso saber o motivo.

— Eu sei — disse Luca, avançando lentamente em direção ao irmão para que ficassem cara a cara.

Luca era mais alto, mas Nic era mais forte. Eu me perguntei qual dos dois ganharia numa briga. E então me perguntei como Luca sabia do hospital.

— Como? — Nic e eu perguntamos ao mesmo tempo.

— Fui eu que a levei.

— Você o quê? — questionei.

— Está brincando, Luca? Por que diabos não me contou isso antes?

Por um segundo, pensei que Nic fosse atacar o irmão; acabar com ele, e fazer um favor a todos nós. Mas não. Apenas ficou ali, espumando de raiva. Fiquei observando seu peito subir e descer.

Luca agarrou o pescoço de Nic, trazendo-o perto o suficiente para sussurrar algo no ouvido e, quando ele se afastou, parte da raiva havia sumido.

— É melhor dar um jeito nisso — disse Nic agitado antes de entrar de novo. — Porque não pode esperar que eu não faça nada... — A frase foi interrompida no meio da ameaça.

— Humm, tchau, Nic! — gritei de forma sarcástica enquanto ele se afastava, me censurando por deixar a covardia dele me magoar mais uma vez.

— Que família *bizarra* — sussurrei, alto o suficiente para Luca me ouvir.

As sobrancelhas estavam encobertas pelo cabelo preto bagunçado.

— Veio aqui para isso? Para me xingar feito uma criança?

Cruzei os braços.

— Achei que estava aqui para falar com Nic.

Ele apertou os lábios.

— Sinto te decepcionar.

— Não sente nada.

— É verdade, não sinto.

Lutei contra a vontade de bater os pés.

— Então, a sua missão a domicílio era apenas para agradecer ao Nicoli, e só a ele? Ou, eu, a pessoa que de fato ajudou você, não mereço nenhum tipo de gratidão?

Engoli uma tonelada de palavrões.

— Isso não pode estar acontecendo.

— Bem, mas está. — De repente, Luca me puxou pelo braço até pararmos atrás do carro, protegidos da rua e de quase todas as janelas da casa.

— Me larga! — gritei, afastando-o. — Qual é o seu problema?

— Qual o *meu* problema? Está brincando?

Dei um passo para trás, me apoiando no carro e, de repente, uma memória surgiu na minha mente. *Eu estava sendo esmagada contra uma parede de pedras.* Balancei a cabeça e a memória sumiu.

— Por que você precisa ser tão babaca?

Luca se aproximou, diminuindo a distância entre nós em mais 15 centímetros.

— Por que bebeu a ponto de ficar daquele jeito? — retrucou ele com uma voz cruel. — Não tem nenhum apreço pela própria segurança?

— Como ousa dizer isso? — rebati. — Não tem a menor ideia do que está falando, então cala a boca!

— Fui eu que catei você da calçada!

— Para sua informação, eu não tinha bebido!

Luca mordeu o lábio e senti a raiva subir em minha corrente sanguínea como metal ardente. Antes que pudesse me controlar, minhas mãos estavam no peito dele empurrando-o com tanta força que ele cambaleou para trás. Parti para cima, empurrando-o cada vez mais.

— Eu fui drogada, seu idiota!

Por um momento, ficamos encostados, unidos pela força da minha raiva e o som das nossas respirações pesadas. E então, com uma lentidão exagerada, ele me segurou pelos ombros e me afastou gentilmente.

Tentei me concentrar na respiração e me acalmar, mas estava ofegante demais.

— Entendo — disse ele por fim. — Eu não sabia.

Dei de ombros, sem forças.

— Acho que eu deveria ter sido mais cuidadosa.

Ele franziu o nariz com nojo.

— E ele deveria ter sido bem mais respeitoso, independente do seu estado.

Senti um nó na garganta, mas eu tinha conseguido me controlar pelos últimos dois dias e não ia ceder às lágrimas agora, especialmente na frente de Luca.

— Não me lembro de nada — falei, mordendo a língua e olhando para o chão atrás dele. — Ainda tenho dificuldades para lembrar.

— Não tente. — Luca botou as mãos nos bolsos do jeans. — Algumas memórias só vão te machucar.

— Está querendo dizer que vou me sentir pior se souber o que Robbie fez?

Ele balançou a cabeça.

— Ele não machucou você, tá? Estava só sendo um bêbado idiota tentando a sorte com uma garota bonita.

Arregalei os olhos com o elogio não intencional.

— Eu estava apenas tentando explicar qual era a do cara — ele se corrigiu rapidamente. — Ele foi burro, certo? Não deveria ter tentado se aproveitar de você.

— O-onde foi? Onde a gente estava?

Eu não sabia que seria tão difícil falar sobre aquela noite, e certamente não imaginei que falaria disso com o arrogante Luca Priestly, mas eu precisava saber.

— A algumas quadras daqui. Eu o vi com você um pouco antes... — Ele parou de súbito e mudou a direção da frase. — Não gostei da cara dele, então dei a volta para ver se ele estava fazendo algo que não deveria.

Quando encontrei vocês, dava para ver que você estava apagada, então decidi intervir.

— O que aconteceu com ele?

— Não se lembra?

— Não.

— Só pedi que ele fosse embora, e ele foi — respondeu ele sem mais. — Ele foi bem obediente.

— Então ele simplesmente foi embora no meio da noite e me deixou com você, alguém que mal conhecia?

Estudei Luca com atenção, esperando uma resposta. O sol fazia com que seus olhos azuis brilhassem de forma quase amigável, mas não havia nada semelhante no tom da voz dele quando me respondeu.

— Quando peço para alguém fazer uma coisa, geralmente não preciso pedir duas vezes.

— Isso quase parece uma ameaça.

Luca apenas revirou os olhos e deu de ombros.

— Sabe quem drogou você?

— Não.

— Eu gostaria de saber, se conseguir essa informação.

— Por quê? — perguntei, me sentindo inquieta.

— Está perguntando por que quero saber a identidade da pessoa que acha aceitável envenenar a bebida de garotas durante uma festa? — Sua resposta tinha tom de obviedade.

— Não vejo que diferença isso faz para você — retruquei claramente.

— Não — concordou ele. — Não vê.

Eu podia perceber a hostilidade voltando, senti o mesmo calafrio da noite em que ele havia mandado Nic se afastar de mim, e aquilo ia além dos meus limites. Ele era tão irritante.

— O que você disse para deixar seu irmão contra mim?

Ele balançou a cabeça.

— Não vou entrar nesse assunto.

— Mereço uma explicação.

— É melhor você ir embora. Acho que já fiz o suficiente por você, Gracewell — devolveu ele na mesma moeda. — Não estou interessado em ajudar você e meu irmão a terem um "felizes para sempre".

*Gracewell?* Então eu não merecia mais nem ser chamada pelo primeiro nome.

— O que eu fiz para você me odiar tanto?

Ele revirou os olhos novamente.

— Eu não odeio você. Eu não sinto *nada* por você.

A resposta me feriu mais do que eu gostaria.

— Você é horrível, sabia?

Ele nem piscou.

— E arrogante — sussurrei. — E metido.

— Terminou? — Em um instante ele havia me imprensado contra o carro. — Vamos esclarecer um ponto, certo? — Seu olhar era agressivo. — Esta é a última vez que quero ver você perto desta casa, entendeu? Quando caminhar para casa depois do trabalho, atravesse a rua. Não olhe para cá. Não venha nessa direção. Sequer *respire* nessa direção. Eu já disse que não sou de pedir duas vezes. Se eu encontrar você perto do Nic de novo, mesmo se estiver só dizendo oi ou correndo atrás dele que nem um cachorrinho perdido, vou atrás de você, daquela sua amiga inglesa tagarela, da sua mãe e, acredite, você não vai gostar. Entendeu?

Senti o pavor se infiltrar no meu corpo. Agora eu estava vendo. Finalmente estava vendo o perigo de que o tio Jack e a sra. Bailey tentavam me avisar. Sem falar no mau comportamento, que devia ser responsável pelo sangue na camisa de Luca. Talvez meu tio paranoico e a velha fofoqueira estivessem certos sobre aquela família — pelo menos sobre Luca estavam. Eu queria dizer algo corajoso e inteligente, mas ele me fitava como se fosse me devorar, então assenti como um zumbi.

— De agora em diante, vamos seguir caminhos diferentes. *Capisce?*

Minha voz tremeu de raiva e medo.

— Você não pode falar com as pessoas assim.

Ele tirou as mãos do carro e se afastou.

— Entendeu o que acabei de dizer, Gracewell?

Cruzei os braços e assenti.

— Estamos entendidos?

— Super.

— Você tem medo de mim? — Ele inclinou a cabeça.

— Sim. — A minha voz saiu enfraquecida. — Tem orgulho disso?

Luca me olhou por muito tempo antes de responder.

— Não, não tenho — respondeu, tão baixo que precisei me esforçar para ouvi-lo. E então se virou e caminhou para a casa.

— Espere! — chamei, quando minha parte racional protestou.

Luca se virou devagar.

— Você se dá o trabalho de manter seu irmão longe de mim, mas aí me leva para o hospital e quer se certificar de que estou bem. E não diz seu nome para a enfermeira, caso eu pense que você é um cara *minimamente decente*. Não entendo.

— Não precisa entender. Só precisa aceitar.

— Então por que se deu o trabalho de me *catar da calçada*? Por que se importa se fui drogada ou não?

A pergunta ficou suspensa no ar entre nós. Ele piscou duas vezes e a boca se abriu em um "O". Por um segundo, ele pareceu tão jovem e inocente quanto seu irmão gêmeo.

— Está brincando? — Ele estava pasmo. — Não sou um monstro.

— Não é o que parece.

Ele apertou o nariz e puxou o ar como se fosse dizer algo. Mas não disse. Em vez disso, balançou a cabeça.

— É melhor você ir embora, Gracewell.

— Eu tenho um nome, sabia?

Ele riu, olhando para o céu, como o bom maníaco que era.

— É Sophie. S-O-P-H-I-E.

Ele continuou rindo, mas quando voltou a atenção para mim, a voz estava perfeitamente impessoal.

— Tem certeza disso?

Fiquei pálida.

— Como assim?

— Você entendeu.

Antes que eu pudesse processar o embrulho no meu estômago, ele voltou a falar. Dessa vez, sua voz estava perturbadoramente calma.

— Não entendeu? Você é uma *Gracewell*. É tudo que você sempre será para nós.

— O que importa para *você* se sou uma Gracewell? — eu quis saber.

Por um momento interminável, ele me encarou, pensativo. Quando finalmente cedeu, soltou um suspiro profundo, como se tivesse enfim tomado uma decisão. Atravessou a entrada de carros e chegou até mim em quatro passadas.

— Realmente não tem a menor ideia de por que não é bem-vinda aqui? — chiou ele. — É realmente tão ignorante assim?

Engoli em seco, reparando a aridez instantânea na minha garganta.

— Do que está falando?

Luca franziu o cenho. Eu não tinha entendido a pergunta, e ele não entendia a resposta.

— *Cazzo.* — Ele me estudou com uma confusão quase violenta; o rosto estava tenso, fazendo com que parecesse abatido. — Não vou lidar com isso.

— Quero respostas! — protestei.

— Não vai conseguir nenhuma aqui.

— Onde, então? — perguntei, quase implorando, a voz sucumbindo à irritação.

Luca ficou tenso, as últimas gotas de paciência que ainda tinha para a nossa conversa terminaram rápido.

— Pergunte ao seu pai, Gracewell. Você deve estar lhe devendo uma visita.

A sensação familiar de pesar subiu por minha espinha. *Meu pai.* Tudo sempre voltava ao meu pai. É claro que tinha algo a ver com ele — eu jamais superaria o que ele fez. Jamais superaria a vergonha. Mas havia algo novo nas palavras de Luca, algo mais profundo, que fazia meu estômago revirar. O que meu pai fez para os Priestly? Antes de ser preso, ele jamais tinha feito nada errado. Até onde eu sabia, pelo menos.

Luca não ia esperar até eu descobrir. Ele me deu as costas de novo, caminhou apressado até a casa e bateu a porta com um baque ensurdecedor.

Com o rosto quente e ardendo, olhei para cima e encontrei Valentino no mesmo lugar em que o vira na primeira noite. Estava perfeitamente imóvel, com os cotovelos apoiados no parapeito, olhando para mim — e para tudo que tinha acabado de acontecer. Seu rosto era solene. Será que ele também me odiava? Será que concordava com a forma que seu gêmeo agia?

Ele levantou a mão e a manteve erguida no ar, como em uma continência. Acenei de volta, com o braço que parecia tão pesado quanto meu coração, e ele sorriu para mim. Foi um pequeno gesto de gentileza — um leve movimento dos lábios, nada mais.

E então ele sumiu. E fui deixada com a ideia de que, se realmente queria respostas, precisaria procurá-las no lugar que mais estava evitando.

## CAPÍTULO DEZESSETE

# A MEMÓRIA

No dia seguinte, faltei ao trabalho e peguei um ônibus para visitar meu pai no Centro Correcional Stateville, em Crest Hill. Não contei para minha mãe — ela andava estressada desde o incidente na festa da Millie e achei que a prisão devia ser a última coisa sobre a qual ela gostaria de falar. Além do mais, eu estava indo em busca de respostas para um problema que ela parecia desconhecer e, se fosse tão ruim quanto eu imaginava, preferia manter as coisas como estavam.

O centro correcional era composto por diversas alas de concreto e um prédio circular protegido por uma cerca de arame e dez torres de vigilância. Fora dos muros, mais de oito mil hectares de campo aberto cercavam a prisão, mantendo isolados da vida normal seus mais de quatro mil presidiários, incluindo meu pai.

Era a sexta vez que eu o visitava em um ano e seis meses de prisão, e a cada vez ficava mais difícil. Tentei ponderar o fato de que ainda teria mais quatro anos de visitas pela frente.

Depois de mostrar a identidade e passar pela revista de segurança, encontrei meu pai na sala de visitas. À nossa volta, os outros prisioneiros se acomodavam com suas famílias em cadeiras de metal e mesas brancas; crianças e bebês dividiam o ambiente com avós robustas e adolescentes góticos. Os guardas observavam das paredes, com olhos atentos à procura de um abraço ou qualquer outro movimento proibido, por cima ou por baixo das mesas.

Meu pai estava mais pálido do que eu esperava e com olheiras ainda mais profundas. Eu sabia que ele podia estar bem pior. Como meu pai não fazia parte de nenhuma gangue, ele era, em termos prisionais, um "nêutron", o que significava que os presidiários mais violentos não o incomodavam. No entanto, não conseguia evitar os efeitos da escassez de comida e do exercício físico limitado. Ele estava perdendo peso e dormindo pouco.

— Como você está? — Comecei a morder a unha do mindinho; um tique nervoso que normalmente voltava na presença dele.

Meu pai sacudiu o cabelo grisalho bagunçado para que caísse na testa e escondesse o machucado sobre o olho — *quase* não o incomodavam.

— Indo, Soph. — Ele tentou sorrir, mas saiu torto e amarelo. — É tão bom ver você.

Reuni todas minhas forças para não desabar no banco gelado de metal. Ele era a sombra do homem que tinha me criado a base de contos de fadas, filmes de aventura e longas viagens. As piores atitudes que ele tinha tomado na vida envolviam gritar comigo quando estava irritado, esquecer de lavar a louça ou ficar até tarde na rua com o tio Jack de vez em quando. Ele não pertencia ao mesmo lugar que um monte de assassinos. Mesmo que tivesse matado um homem.

— Pai, você não parece muito bem.

— Não tem muitas frutas e legumes na dieta daqui — provocou ele, mas o tom leve não alcançou seu olhar. Ele se inclinou e segurou minha mão; senti a mão áspera e calejada dele na minha. — Feliz aniversário atrasado, Soph.

— Sem encostar! — gritou um guarda por perto. Resisti à vontade de bater a cabeça na mesa quando afastamos as mãos. Em vez disso, fixei o olhar nas minhas unhas.

— Obrigada, pai.

— Então, como vão as coisas em casa? — Seus olhos se acenderam com interesse, relaxando seu rosto e me distraindo das novas rugas em volta da boca dele.

— Um tédio, como sempre — menti, omitindo de propósito a parte em que haviam me drogado na festa da Millie. Eu sabia que tio Jack ou minha mãe contariam em breve, mas não queria que ele soubesse por mim.

— Comecei um livro novo ontem...

Escutei enquanto ele me contava tudo sobre os livros que andava lendo. Quando terminou, iniciei minha lista de assuntos seguros, incluindo os novos clientes da minha mãe em Lincoln Park e a mais recente ideia insana da Millie de ir explorar as ilhas gregas depois que nos formássemos. Falamos sobre as visitas semanais da sra. Bailey e mencionamos rapidamente meu último ano de escola, que começaria em breve. Meu pai sorriu e participou em todos os momentos certos até que a conversa se encerrou de forma natural. Por mais que eu quisesse debater tópicos inofensivos, sabia que precisava abordar o assunto principal, porque logo nosso tempo acabaria. E, até o momento, eu não tinha sequer chegado perto de falar do motivo da visita.

— Pai — comecei antes que ele pudesse entrar em mais uma conversa arrastada. — Tenho uma pergunta.

Ele se ajeitou na cadeira e me observou com atenção. Eu adorava isso nele — sempre me tratava como alguém digno de respeito, desde criança. E sabia que isso significava que ele me responderia da melhor maneira que pudesse.

— O que foi, Soph?

Decidi ir direto ao assunto.

— Você se lembra de que falei sobre a nova família que se mudou para a antiga mansão Priestly? São cinco garotos.

As pálpebras dele tremeram, mas sua boca se manteve fechada, esperando que eu terminasse.

— Bem, acho que talvez você os conheça.

— Você falou com a tal família? — perguntou ele, coçando a penugem no queixo. — Eles procuraram você?

— Sim — respondi. — Já falei com eles.

Meu pai enterrou o rosto nas mãos e soltou um suspiro.

— Meu Deus — disse ele com a voz quase engasgada.

Voltei a sentir uma terrível angústia. Ela fez meus olhos arderem e se agarrou à minha garganta.

— Pai?

— Sophie — começou ele, mas dessa vez com uma voz cansada e cheia de decepção. Então, descobriu o rosto, deixando as mãos pousarem na mesa com um baque. — Achei que tio Jack tinha dito para você ficar longe deles.

— Como você sabe disso?

— Porque ele veio me ver quando soube da mudança. E nós decidimos...

— Espere — interrompi. — O que os Priestly têm a ver com a gente?

Meu pai piscou duas vezes e fez uma careta.

— Os Priestly? Quem são os Priestly?

— Os... — parei de repente. Meu cérebro virou de cabeça para baixo. *Pense*. Quem *eram* os Priestly? Nós apenas havíamos deduzido uma conexão entre a família de Nic e a casa antiga. Afinal, ela nunca tinha sido posta à venda, o que com certeza significava uma herança. Até minha mãe não havia levantado essa questão. Mas agora...

— Sophie — chamou meu pai com a voz tão baixa que precisei me aproximar. — Não sei de onde tirou essa ideia, mas eles não são da família Priestly. São da família Falcone.

Foi como se tivesse levado um soco na cara.

Caí para trás na cadeira. Como pude ser tão burra? Tão ignorante? Luca estava certo. Eu estava errada. Estive errada o tempo todo. Eles nunca tinham se apresentado como Priestly — eu peguei o nome da velha lenda urbana e nunca me dei ao trabalho de confirmar se era verdade ou não. A conclusão chegou como uma tempestade de raios. A aparência mediterrânea, os diálogos em italiano, a insígnia de falcão. O rosto de Nic. *Aqueles malditos olhos*. O ódio imediato.

— Falcone — repeti, *Fal-co-ne,* minha voz parecia distante enquanto embaralhava as palavras que mudavam tudo.

— Sim. — Houve uma pausa demorada, e então meu pai perguntou, delicadamente: — Você se lembra de quem era Angelo Falcone?

Era uma pergunta dolorosa e desnecessária. Esse nome estava gravado no meu cérebro para sempre.

— Claro que me lembro. — Apoiei a cabeça no metal gelado da mesa. Eu havia olhado cinquenta vezes para a foto de Angelo Falcone e, ainda assim, não tinha feito a conexão. Tinha visto o desenho feito por Valentino e não tinha feito a ligação entre o rosto dele e o homem em todos os jornais na época. O homem com os olhos de Nic. *Meu Deus.*

Levantei a cabeça.

— É o homem que você matou.

— Isso mesmo. — Meu pai pôs as mãos no colo para que eu não pudesse ver, mas eu sabia que ele estava inquieto. Com a concentração, eu conseguia ver a veia pulsando na têmpora. Ele começou a ranger os dentes, um hábito adquirido na prisão. Por um longo período de tempo, nenhum de nós falou nada, mas cada vez que ouvia aquele som eu me encolhia.

Eu jamais esqueceria aquele nome. Mas nós nunca falamos sobre o assunto, não abertamente. Talvez fosse a hora.

— Foi no Dia dos Namorados — falei, quebrando o silêncio. Eu tinha recebido um cartão de Will Ackerman no colégio naquele dia. Ele o deixou no meu armário na hora do recreio, com seu número de telefone na parte de trás. Tinha o desenho de um urso de pelúcia segurando um coração, e do lado de dentro havia um pequeno poema sobre como ele gostava do meu cabelo. Não era a maior criação literária do mundo, mas quase morri de felicidade. Eu gostava dele desde sempre e todas as minhas amigas estavam morrendo de inveja.

— Sim — disse ele. — Era Dia dos Namorados.

— Estava caindo uma tempestade — continuei, meus pensamentos focados em outra época. — Eu estava com dor de cabeça, então tomei uma aspirina e fui dormir cedo. Quando estava quase adormecendo, a mamãe entrou correndo no meu quarto. Ela chorava e eu não entendia o que estava tentando me dizer... — Parei de falar. Dava para ver que era difícil para ele escutar tudo isso. Era ainda mais difícil falar, mas insisti, porque alguém perdera a vida naquela noite e eu apenas começava a entender a gravidade da situação. O pai de Nic estava morto. E eu só havia me concentrado em como meu pai havia sido jogado atrás das grades por um erro que cometeu quando estava assustado no escuro da lanchonete no meio de uma tempestade. — A mamãe disse que você estava sozinho, fechando a lanchonete, quando um homem apareceu no escuro e começou a gritar. Você achou que ele estava tentando roubar o restaurante, então pegou a arma que Jack tinha lhe dado de Natal e atirou nele.

— E ele morreu — terminou ele.

— Sim — concordei. — Ele morreu.

— E, no fim das contas, ele não estava armado.

*Meu Deus.*

— Isso.

— E eu não tinha licença para a arma que usei.

*Só piorava.*

— Ah.

— Eu não deveria estar armado — falou ele, frustrado. — Mas estava tarde e eu estava nervoso. Seu tio havia me contado sobre as gangues perto de Cedar Hill e pensei que precisava me proteger melhor. Achei que aquele homem fosse me atacar.

— Então atirou nele. — Minha expressão era indecifrável. Por dentro, eu estava gelada. — E agora está preso por homicídio culposo, enquanto os filhos de Angelo Fa lcone...

— Estão morando em Cedar Hill perto da minha filha — completou ele, mordendo o lábio antes que um palavrão escapasse.

Eu apertava os punhos com tanta força que minhas unhas machucavam as palmas das mãos.

— E você não pensou em *compartilhar* essa informação *extremamente* importante comigo?

— Jack e eu não queríamos deixar você e sua mãe assustadas com isso.

Quase ri com o absurdo da afirmação.

— Então achou que era melhor eu ficar sabendo por um dos *filhos* de Angelo Falcone?

— Achei que Jack ia dar um jeito para que ficasse longe deles! — rebateu ele, com uma raiva quase igual à minha. Se continuássemos desse jeito, um dos guardas me mandaria embora.

— Você devia ter me contado — falei, baixando a voz. — Eu não teria me assustado. Conseguiria lidar com isso. — *Provavelmente. Talvez. Um dia.*

— Certo, e o que você faria se não tivesse medo? — rebateu ele. — Sempre existia a possibilidade de você querer se aproximar deles, pedir desculpas ou corrigir o que fiz. Conheço você, Soph. Tem um bom coração. Não é besteira da minha parte pensar que você faria algo do tipo.

— Isso é loucura, pai! — Talvez não fosse, mas eu estava tão nervosa que nem ia cogitar a possibilidade de ele estar certo. — E o que você ia fazer para eles ficarem longe de mim? — chiei. — Eles foram à lanchonete na noite seguinte à mudança! Um aviso menos enigmático seria bom. Achei que o tio Jack estava só sendo esquisito!

Meu pai balançou a cabeça e suspirou, derrotado.

— Talvez a gente devesse ter agido de outro jeito — cedeu ele.

Ele me observou em silêncio por um momento. Os olhos se arregalaram até dominarem seu rosto abatido; o azul deles tinha se transformado em um cinza escuro.

— Sophie, agora que sabe a verdade, por favor, fique longe dos Falcone como Jack havia pedido. Não temos como saber o tamanho do ressentimento deles em relação a mim ou por que estão de volta a Cedar Hill.

— Ok. — Foi tudo o que disse. Estava cansada demais para continuar discutindo. E, além do mais, não é como se os Falcone estivessem implorando para andar comigo.

— Eles já são uma família perigosa de qualquer jeito — continuou ele, vacilante.

— O que isso quer dizer? — Me lembrei vagamente de saber algo na época; Angelo Falcone não era bem um cidadão modelo. Seria bom pesquisar de novo os detalhes, levando em consideração que, na época, evitei de propósito ler qualquer coisa mais detalhada sobre a vítima do meu pai.

— Quer dizer que não gosto de nada disso — respondeu ele, o rosto em pânico. Um pânico que ele vinha tentando esconder de mim. — Não gosto de saber que estão perto da minha filha e que não posso fazer nada.

Parte de mim quis dizer *já fez o suficiente*, mas eu não podia ser cruel.

— São só garotos — falei. — São da minha idade.

— Cinco minutos! — gritou um guarda corpulento a três mesas de distância.

Meu pai começou a retorcer as mãos.

— Vai ficar longe deles? Por favor, tome cuidado. Vou falar com Jack sobre isso.

— São só garotos — repeti.

Ele fechou os olhos e tentou se acalmar.

— É isso que a prisão faz com a pessoa. — Quando ele abriu os olhos de novo, ainda estavam tensos de preocupação.

Assenti, fingindo compreender.

— Acha que eles voltaram atrás de alguma coisa?

— Não sei — disse ele em voz baixa. — Sinceramente, não sei.

Do nada, lembrei da imagem do pote de mel com o laço preto. Afastei aquele pensamento.

# CAPÍTULO DEZOITO

# O FAZ-ANJOS

Quando cheguei em casa, disse à minha mãe que estava com dor de cabeça e ia me deitar. Lutando contra o desejo de ignorar tudo e me forçar a dormir, peguei o laptop antigo do meu pai e digitei "Angelo Falcone, Chicago" no Google. Achei um artigo do *Chicago Sun-Times* de dois anos antes, em fevereiro, e cliquei, de repente inundada por uma onda de nojo e descrença.

**A NATA DAS FAMÍLIAS MAIS INFAMES COMPARECE AO VELÓRIO DO CHEFE DA MÁFIA ANGELO "FAZ-ANJOS" FALCONE**

Aconteceu na terça-feira, 18 de fevereiro, o velório do notório chefe da máfia, Don Angelo Falcone, na Holy Name Cathedral, em Chicago. Falcone, conhecido pelo apelido "O Faz-anjos" por conta da suposta carreira como prolífico assassino da máfia, foi morto a tiros às 23 horas, em 14 de fevereiro.

Falcone estava do lado de fora da Gracewell, uma lanchonete localizada em Cedar Hill, nos arredores de Chicago, quando se envolveu em uma discussão com o dono do estabelecimento. Falcone, que estava desarmado, levou dois tiros no peito. Ele morreu na hora. Michael Gracewell, proprietário da lanchonete, permanece detido à espera de julgamento. Apesar de Falcone ter um alto envolvimento com a máfia, a polícia não acredita haver motivação criminosa em sua morte.

Angelo Falcone era bem conhecido pela polícia desde sua ascensão a chefe do negócio criminoso da família Falcone em meados dos anos 1990.

Apesar de ter sido preso diversas vezes, Angelo provou ter uma capacidade questionável de evitar a prisão, com testemunhas-chaves que desapareciam ou retiravam seus depoimentos antes do julgamento. Ele é suspeito de ser responsável pelos recentes assassinatos de dois dos principais membros da Gangue do Triângulo Dourado, um infame cartel de drogas do Meio-Oeste, entre outros.

Policiais à paisana e agentes do FBI estavam infiltrados em meio à multidão na terça-feira. Embora não fosse esperado nenhum tipo de problema, em nome da grande tradição de respeito entre as famílias da máfia em velórios, os agentes policiais foram tentar identificar quem será o sucessor de Angelo Falcone como chefe da dinastia Falcone. A identidade do segundo em comando era desconhecida pela polícia à época da morte de Falcone.

A polícia acredita que o irmão mais novo de Angelo, Felice Falcone, seja seu sucessor. Em uma ação que pareceu confirmar essa dúvida, Felice Falcone (imagem acima) falou rapidamente com jornalistas, enquanto as outras pessoas presentes não deram declarações à imprensa após a cerimônia.

O suposto novo chefe da máfia Falcone fez a seguinte declaração sobre o falecido: "Angelo era um verdadeiro soldado de Deus. Não temos dúvida de que ele será recompensado nos céus por seu bom trabalho na Terra. Ele será recebido pelo Nosso Senhor com honra e dignidade, alma limpa e um coração nobre. Sentiremos muito sua falta, mas ele jamais será esquecido."

O "Faz-anjos" foi enterrado em um caixão preto de mármore no mausoléu da família, no Cemitério Graceland.

Ele deixa uma esposa — filha do clã rival Genovese — Elena Genovese-Falcone e cinco filhos: Valentino, Gianluca, Giorgino, Dominico e Nicoli (foto).

Encarei a imagem no final da página. Ao fundo estava Nic: uma versão ligeiramente mais nova e tristonha, de terno preto. O cabelo estava mais curto do que agora, sem as mechas cacheadas rebeldes que caiam na testa. Estava menos forte, o que deixava seu rosto abatido, e a boca estava em uma linha séria. Ele segurava o caixão do pai sobre o ombro esquerdo.

Luca segurava o outro lado do caixão, com a mesma expressão concentrada, os olhos assombrosamente azuis. Gino e Dom estavam atrás dos irmãos, cada um de um lado, suas feições tomadas pelo luto. Ao fundo, reconheci o homem alto e careca do restaurante e o inconfundível Felice, vestindo uma echarpe cinza-escuro e com o rosto abatido igual aos outros. Valentino estava na parte de baixo dos degraus da catedral, o rosto inexpressivo, os olhos vazios. A mãe deles — a mulher alta e de cabelos escuros do desenho — estava ao lado, com um véu preto cobrindo o rosto. A mão dela apertava o ombro curvado de Valentino com firmeza, enquanto ele via os irmãos levarem o pai embora.

Tapei a boca para impedir uma ânsia de vômito. Era demais para assimilar, mas tudo vinha de uma só vez, como golpes de realidade. Meu pai matou o homem naquele caixão; ele deixou aquela mulher chorando sem um marido; e deixou Nic para sempre sem um pai.

Mas o pai de Nic era um assassino — um famoso chefe da máfia, o *Faz-anjos* — e seu legado rondava a família como uma nuvem de tempestade. Agora Felice estava no comando, sabe lá o que isso significava, e de repente ele não parecia mais tão inofensivo ou peculiar, apenas assustador.

Minha cabeça começou a girar, e antes que eu me desse conta do que se passava, estava correndo para o banheiro. Fiquei lá por um bom tempo — abraçada ao vaso, buscando ar a cada arfada violenta que balançava meu corpo, como se tentasse assimilar que minha vida em Cedar Hill havia mudado para sempre.

## CAPÍTULO DEZENOVE

# A VERDADE NUA E CRUA

Parada na calçada, eu tentava arrancar meus pés da gosma que me prendia. E afundava. Um falcão havia descido do céu, me rondando de perto. Bicou meus olhos até arrancar sangue das pupilas e me deixar cega.

*Ping!* Pisquei com força e, na escuridão, vi meu pai, caído com a cabeça nas mãos. Chamei, mas ele estava desaparecendo e, quanto mais eu tentava, mais meus pulmões ardiam.

*Ping!* Acordei, suando e sem ar. Atrás das cortinas, algo se mexia na janela. Peguei meu telefone na cabeceira e acendi a tela. Era 1h48 da manhã.

*Ping!* Saí da cama e espiei pela janela. Uma figura alta e sombria se agachou no chão e pegou algo da grama malcuidada. Levantou um braço, mirando onde estava a minha cabeça. Ele parou quando me viu no lugar onde alguns segundos antes estavam as cortinas e largou a pedrinha.

Abri a janela e uma brisa de ar fresco de verão tocou meu rosto.

— Sophie? — Ele se aproximou, ativando o sensor de luz acima da janela da cozinha.

— Nic? — Fechei os olhos e recuei, todas as informações voltando de uma só vez. Vi flashes do velório com a palavra "máfia". O pai de Nic havia matado pessoas e meu pai tinha matado o pai dele.

— Sophie — repetiu ele. — Preciso falar com você.

Engoli em seco, torcendo para minha voz não falhar.

— Ok. Vou descer.

Acendi a luz do quarto, catei um cardigã rosa no chão e o vesti antes de descer as escadas. Quando cheguei ao quintal, Nic estava parado ao fundo, no escuro, esperando por mim.

A luz voltou a acender enquanto eu andava em direção a ele. Tinha uma expressão enigmática e o olhar fixado em mim.

— Oi — falei quando cheguei. Cruzei os braços, esperando, enquanto a noite nos envolvia.

— Deve estar se perguntando o que estou fazendo aqui.

— Entre outras coisas.

Acho que não olhei para ele. Tinha culpa demais dentro de mim, e, se eu o olhasse nos olhos, sabia que não seguraria a verdade.

— Precisava saber se você estava bem. Luca me contou o que aconteceu... — Ele parou e falou um palavrão baixinho. — E não queria deixar as coisas desse jeito, não com essa situação que o meu irmão criou. Ele errou ao falar daquele jeito com você, Sophie.

Mordi o lábio até machucar.

— Acho que não tenho mais nada para dizer.

— Pode pelo menos olhar pra mim? — Ele se aproximou até uma distância em que era possível ver seus pés.

Balancei a cabeça, mantendo os olhos voltados para a grama. Muitas emoções borbulhavam dentro de mim. Eu precisava aguentar firme, ou perderia completamente o controle. Precisava manter o foco.

— Sophie, por favor...

— Não posso. — Minha garganta latejava. Fechei os olhos para segurar as lágrimas, mas podia senti-las chegando, prontas para rolar. Eu não tinha forças para suportar tudo aquilo, não mais.

— Por que não? — murmurou ele.

— Como posso olhar pra você sabendo o que sei? — Levantei o queixo e encarei o peito dele.

— Sophie...

— Fui visitar meu pai hoje — continuei, abalada. — Sei que ele matou seu pai. Sei que é por isso que você me odeia.

Nic estendeu o braço e tocou meu queixo, levantando-o gentilmente até que eu erguesse o rosto e o olhasse nos olhos.

E então a represa que sempre conteve minhas lágrimas se abriu por completo. Elas rolaram pelo meu rosto rápida e abundantemente, sacudindo meu corpo a cada soluço, com a respiração engasgada, buscando ar.

Tudo que eu havia escondido dentro de mim — a prisão do meu pai, a dor da minha mãe, o abandono do tio Jack, o desprezo dos Falcone por mim e meu desejo latente por Nic — estava reunido naquelas lágrimas pesadas que rolavam por meu rosto e corriam até o pescoço. Me deixei cair agachada, com as mãos na cabeça, enquanto chorava de forma descontrolada pela primeira vez desde a prisão do meu pai, sem me importar com nada a não ser com a dor que finalmente se libertava do meu corpo.

Em um instante, Nic estava ao meu lado, aninhando meu corpo curvado nos braços. Ele apoiou a cabeça na minha e sussurrou para o meu cabelo:

— Por favor, não chore, Sophie. Por favor, não chore.

Ele me abraçou por muito tempo, até a corredeira de lágrimas se transformar em riacho calmo e eu conseguir respirar novamente. Então Nic puxou minha cabeça para o seu peito e me afundei nele, sentindo seu cheiro.

— Como você não me odiaria? — murmurei na pele dele. — Seria impossível você olhar para mim e não ver o que meu pai fez.

Ele acariciou meu cabelo e falou gentilmente:

— Não é nada disso, eu juro.

— Ele não fez de propósito, Nic. Foi um acidente — solucei baixinho. — Ele é incapaz de machucar alguém.

— Eu sei — sussurrou ele. — Por favor, não chore.

— Desculpa. — A palavra saiu tão embolada que mal a entendi.

— Você não tem que se desculpar.

— Tenho, sim. Luca disse...

— Olhe pra mim... Por favor, só olhe pra mim.

Levantei a cabeça devagar, sentindo o peso e a tontura de uma só vez. Ele enxugou minhas bochechas.

— Preste atenção, Sophie. Vou ser bem claro. Luca não tinha que ter dito nada daquilo pra você. Isso tudo não tem nada a ver com você ou com ele, e Luca sabe disso. O que aconteceu com meu pai foi um acidente. Já passou.

— Mas não passou. — Pensei nos desenhos de Valentino e no rosto abatido e cansado do meu pai. Jamais passaria.

— Bem, não é mais novidade — respondeu ele, com cuidado. — E não culpo você. Quando te vejo, me sinto feliz. — Ele levantou meu queixo de novo. — Não me importa de onde veio ou quem é sua família. Eu soube naquela primeira noite, quando segurei você nos meus braços, que não queria soltá-la. Mas aí você saiu correndo, então precisei largar... — Ele ficou pensativo e sorriu. — E me senti vazio.

— Não consigo entender — sussurrei. — Por que o Luca diria isso se não era a razão por que você estava me evitando?

— Porque estava tentando se livrar de você — admitiu ele. — E sabia que isso ia funcionar.

— Nunca fiz nada pra ele — protestei inutilmente. — Como ele pode odiar alguém que mal conhece?

— Sei que tudo mudou depois que Dom contou a ele quem você era, mas Luca não a odeia. Ele só é superprotetor.

Revirei os olhos, que estavam úmidos e ardidos de tanto chorar.

— Do que ele está protegendo você?

— Não sou só eu. — Nic acariciou meu rosto outra vez. Engoli em seco. Eu nunca quis beijá-lo tanto quanto agora e, no entanto, também nunca me senti tão ávida por informações.

— Você sempre faz o que ele manda? — Ouvi a amargura na minha própria voz.

Nic apertou os lábios, acentuando a sombra sob as maçãs do rosto e os olhos.

— Basicamente.

— Por quê?

Ele recolheu as mãos, entrelaçando-as.

— É complicado.

— É por isso que não pode mais ficar comigo? — insisti, observando suas mãos e sentindo falta do calor delas na minha pele. — Porque ele mandou?

A expressão de Nic se entristeceu.

— Você faz parecer simples demais.

— Não é?

— Não.

— Não consigo entender.

Nic balançou a cabeça.

— Sei que não.

Eu me afastei devagar para que nossos corpos não mais se tocassem e me endireitei, observando-o com frieza. Quando voltei a abrir a boca, disse as palavras da forma mais lenta e clara possível, para que ele entendesse que eu sabia mais do que ele pensava, e que não precisava da sua proteção.

— Deve ter a ver com essa história de máfia.

O silêncio que veio em seguida foi retumbante. Nic reagiu como se eu tivesse batido nele; sua respiração ficou acelerada e instável, o queixo tremia. Eu o observei atentamente, mantendo minha expressão neutra.

— O que quer dizer? — perguntou ele, enfim, mas as palavras mal produziram som algum.

Mantive a voz firme.

— Acho que sabe o que quero dizer.

Ele olhou de relance sobre o ombro, como se estivesse com medo de que alguém pulasse dos arbustos. Ele voltou a atenção para a grama atrás de mim. Estalou a língua e disse:

— Não sei.

— O Faz-anjos. — Foi uma afirmação, não uma pergunta, e fez o ar úmido de verão parecer mais fresco.

Ele fechou os olhos com força. Eu o atingi exatamente como imaginei, e me arrependi na mesma hora.

— É verdade, então? — perguntei, assustada, mas querendo a confirmação. — A sua família é da máfia?

Ele arrancou um pedaço fino e longo de grama e tentou dividi-lo ao meio.

— Não nego a informação.

Senti a familiar sensação de náusea crescendo no estômago, mas estava fraca demais dessa vez. Eu havia enfrentado boa parte dos meus medos antes de cair no sono, e agora a confirmação de algo que eu já sabia não parecia nada de mais.

Quando fiquei em silêncio, ele segurou minha mão de repente, como se temesse ter me perdido naquele breve instante de silêncio. Apertei a mão dele delicadamente.

— O Felice manda você machucar as pessoas? Você responde a ele como responde a Luca?

— Claro que não. — Ele parecia ofendido com a suposição, e fiquei feliz com isso. Se ele não respondia ao "chefe", então não devia estar envolvido com o que o pai era acusado de fazer.

— O que significa para você e para os seus irmãos fazer parte da máfia?

Nic hesitou, e dava para ver que ele tentava formular uma resposta.

— Infâmia.

— E notoriedade? — Pensei no artigo e tremi.

— Sim — concordou, como se não o incomodasse tanto quanto me incomodaria. — No momento em que nascemos, somos marcados pela reputação da família, nomeados em homenagem aos nossos antepassados e criados com um forte senso de lealdade e honra...

— Vocês machucam as pessoas?

Ele passou a mão no cabelo até que ficasse caído ao lado dos olhos, protegendo-os.

— Não é assim.

— Como é, então?

Nic segurou minhas mãos.

— Sophie, tem muita coisa que não posso contar para você. Fiz uma promessa séria e, quebrá-la significaria violar um código de sigilo respeitado por todos os membros da minha família. Mas se não puder confiar em mais nada, confie nisso: sou uma boa pessoa, com valores morais. Meus irmãos são leais até a morte. Fomos criados sabendo discernir o que é certo e o que é errado. Protegemos e servimos à nossa mãe para que ela possa ser feliz todos os dias da sua vida, lamentamos a morte do nosso pai e vamos à igreja todos os domingos para rezar por sua alma. Quero proteger os que amo e os que não podem proteger a si mesmos. Mas, acima de tudo, quero fazer o mundo melhor com a minha presença.

Senti uma onda de alívio. Eu não sabia o que estava esperando que ele fosse dizer, mas isso era bem melhor.

— Você nasceu nesse mundo — falei, quase comigo mesma —, mas isso não quer dizer que faça parte dele. — Nic suspirou como se fosse dizer algo, mas se conteve. — Nós dois vivemos à sombra dos nossos pais — continuei, percebendo aquilo pela primeira vez.

— Eu jamais machucaria você — concluiu ele calmamente.

— Eu sei. — Entrelacei meus dedos nos dele. Eu tinha visto aquelas mãos machucarem Alex, tinha visto ferimentos roxos nas juntas dos dedos, mas precisava acreditar que comigo seria diferente. Estudei nossos dedos, a pele morena dele junto à palidez da minha, a pegada forte e segura. Parecia diferente. Parecia certo.

Por um tempo, nenhum de nós disse nada. Muitas feridas psicológicas foram expostas e estávamos exaustos de emoção.

— Sabe por que não posso ficar com você? — disse Nic, enfim. — Quero que saiba que não fui eu que escolhi me afastar.

Eu estava começando a entender isso.

— Quando Luca descobriu quem eu era, tudo mudou, não é?

— O que há em um nome, certo? — O rosto de Nic se entristeceu. — Não é uma boa ideia a gente ficar junto. Não depois de tudo que aconteceu. Não quero chamar atenção desnecessária para você.

— Estou correndo perigo? Eles me avisaram sobre isso... — Pensei no meu tio e compreendi sua preocupação. Uma família mafiosa se muda para a rua vizinha à da família responsável pela morte do seu chefe. Dei um suspiro profundo.

— Jack avisou? — As palavras de Nic continham um ligeiro tom de animosidade.

— O meu pai também.

— Você não está em perigo. — Ele tentou parecer casual, mas havia algo novo em sua voz, contendo-a. — Mas acho que é melhor vocês ficarem bem longe de nós e de alguns membros da família mais... rebeldes. Pelo menos por enquanto.

Nic voltou a ficar quieto. Subiu as mãos para os meus braços e começou a esfregá-los. Eu nem tinha percebido que estava com frio até sentir o calor do toque dele.

— É pra eu ficar com medo? — perguntei.

— Não precisa ter medo de nada — respondeu calmamente.

Dei um sorriso fraco. Estava com medo de perdê-lo, mas não podia dizer. Não ajudaria em nada.

Ele desviou o olhar para meus lábios.

— Se eu soubesse que aquela noite seria a última vez que a beijaria, não teria parado.

Meu sorriso vacilou. Por que ele não podia ser outra pessoa, *qualquer* um que não fosse um Falcone?

— É melhor eu ir embora — disse ele, como se convencesse a si mesmo, não a mim. Mas ele não estava se afastando, estava se inclinando na minha direção. Nossos dedos estavam entrelaçados e ele me puxava para perto, passando os braços pela minha cintura.

Devagar, como se lutasse contra o desejo, ele encostou sua testa na minha.

— Mas, e se... E se, por um instante, você não for Sophie Gracewell e eu não for Nicoli Falcone... — Ele parou de falar e deixou os lábios tocarem os meus.

Fui tomada pelo desejo quando nossos lábios se encontraram. A boca de Nic estava firme na minha, quente e determinada, e quando nossas línguas se tocaram me deixei levar, completa e inteiramente, pela paixão daquele beijo.

Logo, no meio de algo tão intenso que tive dificuldades para me afastar e recuperar o fôlego, um zumbido distante nos puxou de volta para a realidade. Ofegante, Nic se afastou de mim e pescou o telefone que vibrava no bolso da calça.

Ele botou a mão no coração e apertou o peito.

— Valentino. — A voz dele soou trêmula. — Estou indo. — Ele desligou e voltou a atenção para mim, mas a doçura nos seus olhos havia sumido, e percebi, com um susto, que estava olhando para uma versão muito diferente de Nicoli Falcone.

— Você precisa ir — falei, ainda com dificuldade para respirar.

— Desculpe. — Ele segurou minha mão. — Sophie, por favor não fale com ninguém sobre isso. Fiz uma promessa e a minha família não ficaria feliz se soubesse que não a cumpri, mesmo que apenas por um instante.

— Não vou — falei sem precisar pensar. Ainda sentia o calor do seu beijo nos meus lábios, e seria capaz de fazer qualquer promessa naquele momento.

Ele levou minha mão aos lábios, beijando-a de leve.

— *Riguardati,* Sophie — sussurrou ele. — Tenha cuidado.

Por um breve momento de loucura, considerei correr atrás dele e resgatá-lo, mas então lembrei do aviso de Luca. Eu não queria que ele chegasse nem remotamente perto de Millie ou da minha mãe.

Eu me arrastei escada acima e voltei para a cama, pensando no breve instante no quintal quando tudo em minha vida era empolgante e feliz. Assim que comecei a adormecer, me lembrei de algo que Nic tinha dito.

*Jack avisou você...?*

Como ele sabia o nome do meu tio? Eu nunca havia mencionado — tinha *certeza* que não.

E então comecei a me lembrar de outros fatos, fatos que estavam apenas começando a fazer sentido: as perguntas esquisitas de Luca na primeira noite que nos conhecemos; o interesse de Dom pelo local de trabalho da Millie, e como ele a havia dispensado depois de descobrir o que queria a meu respeito; Nic à espreita na lanchonete na noite em que invadimos o lugar, o carro parado longe, no escuro, como se ele estivesse esperando alguma coisa... ou alguém.

De repente, tive uma sensação horrível de que a tal coisa ou o tal *alguém* era a mesma pessoa que evitava Cedar Hill desde que os Falcone haviam chegado — meu tio Jack.

Foi quando percebi que eu não sabia a história completa entre os Falcone e os Gracewell. E que, embora Nic gostasse de mim, nada disso interferia em sua habilidade de mentir, e muito, na minha cara.

## CAPÍTULO VINTE

# O FILME

Os primeiros efeitos da minha despedida noturna de Nic foram mais complicados do que eu esperava. O que ele disse virou meu mundo de cabeça para baixo e me fez questionar tudo que eu pensava saber sobre minha família e minhas emoções. De vez em quando, memórias sorrateiras dos seus olhos escuros, do toque do cabelo bagunçado ou de como às vezes o sorriso dele puxava mais um lado da boca invadiam minha mente e me deixavam ainda mais nervosa, quase me causando uma dor real, capaz de me dividir em duas.

Tentei ignorar o máximo possível as imagens desagradáveis fazendo turnos duplos na lanchonete, chegando cedo e saindo tarde para ganhar uma grana. Uma pequena parte de mim esperava que Nic fosse aparecer, mas eu sabia, lá no fundo, que ele não viria. Fiz questão de pegar o caminho mais longo para casa depois do trabalho para não passar pela mansão Priestly — ou *Falcone* — e correr o risco de revisitar o sentimento horrível associado a ela.

Meu tio saiu da fase estranha para a bizarrice total. E desapareceu por completo. Liguei sem parar, mas ele nunca atendia. Mandei inúmeras mensagens, mas ele só respondeu uma vez e, quando o fez, usou duas palavras irritantes — "Estou bem". Mais mentiras.

Algo estava acontecendo com ele, eu sabia, mas ainda não entendia o que era. Jack sabia que eu tinha perguntas e ele não tinha a menor intenção de respondê-las, fosse por mensagem de texto ou qualquer outra forma. Agora ele não estava apenas evitando Cedar Hill: estava me evitando também, o que me deixava cada vez mais ansiosa. Começava a me sentir como se estivesse gritando para o vazio, sem ninguém por perto escutando.

— Realmente não teve notícias dele? — perguntou Millie ao passarmos sob o arco de pedra na entrada do Rayfield Park. Era noite de cinema ao ar livre, e ela havia me convencido a ir com ela. Queria que eu tentasse, por pelo menos algumas horas, me distrair, antes que enlouquecesse de preocupação. — Não parece coisa do Jack.

— Eu sei. — Jack prometeu a meu pai que sempre cuidaria de mim, e ignorar minhas tentativas de contato não era um bom sinal. — Deve ter algo muito errado para ele ter se afastado de tudo.

Seguimos um dos caminhos de pedra sinuosos que cercavam uma clareira verde margeada por castanheiras. À nossa frente, alguns adolescentes espinhentos carregavam uma pilha de cobertores, cestas de piquenique e cadeiras dobráveis.

— E se ele na verdade tiver fugido com todo o dinheiro da lanchonete? — perguntou Millie.

— Que dinheiro?

Nós duas rimos.

Era bom me divertir com a Millie depois de todos os acontecimentos. Embora ela soubesse o que meu pai tinha feito ao pai de Nic, tentei não me sentir culpada por omitir alguns detalhes — com relação à máfia — da história. Eu tinha prometido a Nic e não queria ser alguém que quebrava promessas. Além do mais, era melhor para Millie que não soubesse; não queria arriscar colocá-la em perigo, ainda mais depois das ameaças de Luca.

Millie pôs o dedo no queixo.

— Bem, seu tio deve receber dinheiro de algum lugar para pagar aqueles ternos metidos a besta.

— Pode acreditar. Eu já vi as contabilidades. Não é da lanchonete.

— Droga — lamentou Millie. — Eu ainda tinha esperanças de ganhar um aumento.

Seguimos uma multidão por um caminho lateral em direção à praça central do parque. Mais à frente, Erin Reyes e três dos seus clones insípidos flertavam com um grupo de garotos da escola. Ela me viu e deu um risinho, jogando o cabelo para o lado em seu habitual gesto de "eu sou melhor do que você". A risada ficou mais alta.

— Essa gargalhada só pode ser falsa.

— Combina com o nariz dela — retrucou Millie antes de me arrastar para longe.

Ela passou a mão pelo tronco de um carvalho no caminho.

— Está tentando se reconectar com a natureza? — provoquei.

Ela me deu um leve empurrão e cambaleei, saindo da trilha para a lama que a cercava.

— Ei!

— Estou só tentando fazer você relaxar.

— Você é um verdadeiro tesouro.

— Obrigada, Sophie — agradeceu Millie, fazendo uma reverência ridícula.

Finalmente chegamos à praça: grandes extensões de grama separadas por trilhas de pedra ladeadas por enormes árvores. No lado oposto haviam montado uma tela gigante.

— Tem um trailer de tacos este ano! — guinchou Millie, me arrastando pelo short jeans. — Vamos sentar por aqui.

Uma multidão já relaxava em cadeiras e cobertores em frente à tela. Havia famílias com crianças, que corriam despreocupadas, e casais abraçadinhos carregando desde almofadas e cestas de piquenique a latas de cerveja e garrafas de vinho.

— Uau, as pessoas devem realmente amar *Monty Python* — observei, enquanto Millie estendia seu cobertor em um local no meio do caminho entre a tela e o trailer de tacos. Ela ajeitou os quatro cantos, certificando-se de que estavam retos.

— Não acredito que você nunca viu esse filme.

Assim que nos acomodamos, esvaziei a sacola e espalhei nosso banquete improvisado pela coberta, fazendo fileiras de balas e chocolates.

Millie enfiou a mão em um saco de jujubas e tacou quatro na boca de uma só vez.

— Eu amo isso — disse ela com as bochechas infladas. — Embora eu seja proibida de comer jujubas. — Ela sorriu, revelando pequenos gomos coloridos que agora estavam presos ao aparelho.

Ri da cara dela, feliz. Desde a noite em que conheci Nic, fiquei me torturando com dúvidas e chafurdando em autopiedade. Isso estava me fazendo mais mal do que bem. Eu precisava parar com aquilo antes que ficasse louca pensando no que não poderia mudar.

Abri um sorriso e então o senti enfraquecer ao ver a expressão que apareceu de repente no rosto de Millie.

— Eu pensei que ele estava fora da cidade — murmurou ela, com a voz forçadamente baixa.

— O quê? — Segui o olhar dela e apertei os olhos para ver em meio à multidão crescente. — De quem você está falando?

— Robbie Stenson. Ele está aqui.

## CAPÍTULO VINTE E UM

# A ARMA

Concentrei toda minha atenção na parte de trás da cabeça redonda idiota de Robbie Stenson. Embora eu ainda não me lembrasse de nada daquela noite, ficava com raiva só de olhar para ele. Era como se minha pele estivesse em chamas pelo que tinha acontecido e meu cérebro lutasse para acompanhar. Ao meu lado, a risada estridente de Millie zunia no meu ouvido. Ela assistia ao filme contente.

— Por que você não está rindo? — perguntou ela.

Olhei para a tela, um monte de cavaleiros ingleses discutia incessantemente com um sotaque francês cômico. *Estranho.*

— Estou distraída.

— O que você acha que vai conseguir encarando a cabeça do Robbie desse jeito? — Millie enfiou mais um monte de pipoca doce na boca. — Está tentando fazer com que ele exploda com o poder da mente?

— Não sei. — Franzi o rosto tentando encontrar aquela lembrança que rondava meu consciente. — Estou tentando me lembrar.

Millie enfiou mais um punhado de pipoca na boca e mastigou, pensativa.

— Não tente — disse ela, deixando grãos melados caírem no cobertor. — Tente esquecer o assunto. Você está aqui para relaxar, lembra?

Fiz o possível para seguir o conselho dela, mas, ainda assim, algo não estava certo...

Depois de quase uma hora, a tela ficou escura, sinalizando o intervalo.

— Taco? — sugeri, sentindo a necessidade de esticar as pernas.

— Já que faz questão — respondeu Millie, deitando-se. — Quero dois, por favor.

Limpei o farelo da roupa e atravessei o gramado, parando no final da fila de tacos. Logo estava espremida entre uma garota de cabelo rosa--shocking e um cara gordinho.

— Caixa livre! — gritou uma voz de adolescente. Uma leva de pessoas atrás de mim correu para formar uma segunda fila e, de repente, me vi parada quase ao lado de Robbie Stenson.

Ele olhou de relance para mim e desviou os olhos rapidamente, mas não sem que eu pudesse ver o hematoma amarelado na maçã do rosto e no maxilar protuberante. O que tinha acontecido com ele?

O caixa fez sinal e a fila andou, me levando com ela. Robbie parou do meu lado; ele brincava de rodar um copo vermelho nas mãos, e o líquido balançava para frente e para trás. Ele levou o copo à boca, encaixando-o nos lábios e dando goladas na bebida. Cada vez que eu via o copo subindo e descendo, ficava mais fixada nele.

E então tudo voltou.

Lembrei de ter ido ao quarto dos pais de Millie e dado de cara com Robbie Stenson. *Derrubei cerveja em mim* — não era isso o que ele tinha dito? Mas Robbie estava com dois copos. E disse que sequer estava bebendo. Fiz uma careta ao me lembrar da bebida doce e gasosa, pensando em como ele havia insistido para que eu bebesse e como, quando nos sentamos na cama, eu tinha ficado desconfortável com seus olhares. E então todo o resto da memória era um vazio. Percebi, no mesmo momento em que o caixa tocou o sinal novamente, ativando um alarme no meu cérebro, que Robbie Stenson tinha me drogado naquela noite e planejado me levar para casa e me atacar. Não havia nada de inocente ou ingênuo nessa história.

E, para completar, tinha certeza de que as coisas poderiam ter ido de mal a pior se Luca não tivesse interrompido no momento certo.

A fila andou de novo.

— Anda — resmungou o gordo atrás de mim, mas eu não conseguia me mexer. Estava colada no chão. — Ei, anda! — insistiu ele.

Senti uma ânsia de vômito. Ao meu lado, Robbie avançava na fila, balançando o copo vermelho sem parar. O objeto tinha virado um pêndulo de memórias explosivas, lançando cada uma delas na minha direção, e antes que me desse conta, empurrei Robbie para fora da fila.

— O que foi? — Seu corpo parrudo cambaleou para o lado. Ele tropeçou e caiu na grama, apertando as costelas.

— Como pôde? — Parti de novo para cima dele, mas dessa vez ele estava preparado. Se levantou e foi para longe de mim, saindo de perto da multidão. Fui atrás.

— Qual é o seu problema, garota? — gritou ele por entre os dentes.

— Você tentou me atacar! — disparei.

— Não tentei nada — ele respondeu com tanta segurança que eu teria duvidado da minha memória se tudo aquilo não estivesse pulsando tão forte na minha cabeça. — Estava levando você para casa quando seu namorado me encheu de porrada sem motivo nenhum. Tem sorte de eu não ter prestado queixa.

Então Luca era o responsável pelos hematomas de Robbie e, pelo visto, não tinha pegado leve. No entanto, mais estranho do que a possibilidade de Luca ser um psicopata era perceber que, no fundo, eu sentia uma centelha de satisfação. Robbie Stenson não se safou da sua tentativa de violação.

— Sei que você me drogou. — Estava vagamente ciente da histeria que crescia dentro de mim. Graças a Luca Falcone, Robbie pagou pelo que fez, mas não tinha pagado pelo que planejava fazer. — Você armou tudo! Eu me lembro do que você me deu.

Robbie riu com desdém e franziu o rosto.

— Lembra? — Ainda rindo, ele girou em volta de mim como um urubu rondando a presa. — Bem, duvido de que isso se sustente na frente de um juiz.

— Então você admite? — rebati, furiosa.

Ele deu de ombros e parti para cima dele outra vez. Uma dor aguda atingiu meu ombro esquerdo quando caí no peito dele. Ele me agarrou, pressionando as minhas costelas.

— Pare! — O rosto dele se contorcia de dor. Ele me apertou com mais força, tentando me ameaçar. — Você está passando vergonha, esqueça isso!

Lutei e esperneei nos braços dele.

— Me solta! — guinchei. Cravei as unhas nos pulsos dele o mais forte que pude, até ele me soltar.

— OK — respondeu ele. — Desaparece da minha frente.

Pulei para trás, aumentando a distância entre nós.

— Você é doente! — gritei, erguendo o punho na direção dele, a adrenalina a mil nas minhas veias. — Como você pôde fazer isso comigo? Com qualquer pessoa!

O sorriso de Robbie dominou o rosto machucado.

— Ah, por favor. Você deve saber que comer a filha de Michael Gracewell dá muita moral.

— Você quis dizer *estuprar* — cuspi as palavras, encurralando Robbie.

— Não me diga que vai tentar brigar comigo — ironizou ele.

Ele era a pessoa mais horrenda que já tinha visto na vida.

— Odeio você.

— Relaxe, Sophie. Eu não tocaria em você agora.

O jeito que ele disse meu nome, como se fosse um palavrão, fez com que eu me sentisse fisicamente doente.

— Você vai pagar por isso! — Assisti com satisfação à cor sumir do rosto dele. Os olhos ficaram grandes e ele se retraiu ainda mais. Mas estava enganada de pensar que minhas palavras tinham começado a surtir efeito, porque Robbie não olhava mais para mim; olhava para alguém atrás de mim.

Do nada, uma terceira voz se juntou à conversa. Era sinistramente calma, em comparação à nossa discussão acalorada.

— *Ciao*, Robert. Quanto tempo. — Com aquele tom doce, eu poderia pensar que era alguém próximo, até amigável, se eu não tivesse tanta certeza de que era Luca Falcone. Vi Robbie levantar as mãos e se encolher, enquanto Luca saía de trás de mim como se tivesse acabado de brotar do chão. Há quanto tempo ele estava ali escutando? Virei, procurando seus irmãos, mas ele estava sozinho. — Não pude deixar de ouvir a conversa de vocês — continuou ele, calmamente. — Espero não estar me intrometendo.

— Fique longe de mim, cara, ou vou chamar a polícia. — A voz de Robbie tremeu uma oitava acima do normal, e a arrogância logo desapareceu do rosto dele.

— Robert — chamou Luca. — Acho que você precisa se acalmar. Parece agitado demais.

— Você quebrou minhas costelas!

— Só uma ou duas — brincou Luca, desdenhoso.

— O que você quer?

A voz falsamente amigável de Luca era ainda mais assustadora que seu tom de ameaça.

— Só quero falar com você sobre uma coisa, pode ser?

Ele deu mais um passo à frente e Robbie cambaleou para trás.

— Não conheço você. O que a gente poderia ter para falar?

— O seu pai não tem uma empresa de móveis?

Robbie arregalou os olhos.

— Como sabe disso?

Luca deu mais um passo, diminuindo o espaço entre os dois.

— É uma informação pública, não?

— Acho que sim.

— E você trabalha para ele, certo?

A essa altura, eu só via a parte de trás da cabeça de Luca enquanto ele se aproximava de Robbie, ignorando minha presença por completo.

— Sim, trabalho — respondeu Robbie, parecendo um pouco mais confiante.

— Que bom. — Luca cruzou os braços. — Vamos deixar nosso histórico de lado por um segundo, certo? O que passou, passou, e acho que devemos deixar isso para trás. Isso não é da minha conta mesmo.

Robbie assentiu como um daqueles cachorros com a cabeça de mola em painéis de carro.

— Estou precisando de móveis novos, se é que você acredita.

— Sério?

— E achei que podia compensar nosso encontro infeliz de pouco tempo atrás — Luca apontou para o rosto machucado de Robbie, girando o dedo para efeito dramático. — Lembra disso?

— Si-sim.

— E disso? — Ele apontou para as costelas.

— Claro — sibilou Robbie, abraçando o corpo com os braços rechonchudos.

— Então, pensei que para fazer as pazes, poderíamos fazer um negócio. Preciso de bastante coisa.

Robbie relaxou os ombros.

— Não sou um cara mau — continuou Luca, e tive a impressão de vê-lo sorrir; um evento mais raro que um eclipse solar. — Então por que não conversamos sobre isso?

— Agora? — Robbie levantou uma sobrancelha. — O filme já vai recomeçar. Por que não falamos sobre isso quando eu estiver no trabalho?

— É urgente, então vamos conversar agora. — Luca segurou Robbie pelo pescoço. — Vamos. — Ele o afastou do parque, indo em direção às árvores. — Dê tchauzinho para Gracewell — mandou Luca. — Ela fica aqui.

Senti o tom de aviso em suas palavras, mas ao vê-los desaparecer atrás do trailer de tacos, dei de cara com um dilema inesperado. *O filme está prestes a começar*, lembrei a mim mesma, mas meus pés me levavam em direção às árvores e não para onde Millie estava sentada, esperando — certamente já sem paciência — pelos tacos que agora eu não tinha mais a mínima intenção de comprar.

O modo como Luca envolveu Robbie nos seus braços parecia que eles eram quase amigos, e eu precisava admitir que havia algo inegavelmente convincente na maneira como ele falara com Robbie. Ao contrário do meu agressor, não fui burra o suficiente para cair no papo dele. Eu sabia, mais do que muita gente, que Luca não precisava de amigos. Ou móveis, aliás. O quer que fosse acontecer em meio àquelas árvores, dificilmente seria uma transação de negócios — pelo menos não para Robbie. Mas, como um completo idiota, ele deixou Luca guiá-lo para longe, e eu não tinha como *não* os seguir.

Apressando o passo para não perdê-los de vista, mas mantendo distância suficiente para que não me vissem, dei a volta no trailer de tacos na hora em que o filme recomeçou. Mais à frente, vi Luca e Robbie sumirem atrás de duas árvores inclinadas. Eu fiz uma nova parada e então segui as vozes dos dois na ponta dos pés, desviando de gravetos e folhas secas.

Depois de muitos minutos me esgueirando, a conversa deles chegou até mim através de uma pequena clareira. Eles haviam parado de andar, então parei também. Pelo espaço entre as árvores, vi os dois parados um de frente para o outro; Robbie apertava as costelas e Luca parecia relaxado, com as mãos ao lado do corpo.

Cheguei mais perto.

— Mas achei que você queria falar sobre móveis. — protestou Robbie.

— Acabei de lembrar — respondeu Luca. — Não preciso de móvel nenhum.

— Então por que estamos...

O ar foi tirado dos pulmões de Robbie antes que ele pudesse terminar a frase. Observei, horrorizada, Luca socar a barriga de Robbie, fazendo com que caísse curvado no chão. Ele rolou de lado na terra e gemeu.

— Estamos aqui, Robert, porque ouvi o que você disse para a Sophie. — A voz de Luca estava bizarramente calma. Ele pisou no pé de Robbie, mas a terra abafou seu grito. — E se tem uma coisa que eu odeio são pessoas que empurram drogas para as outras. — Luca rondou Robbie, encobrindo-o com sua sombra, e o chutou com força no ombro. — Odeio *especialmente* alguém que droga uma *garota* e tenta *estuprá-la*. — Ele ergueu o pé e depois chutou de novo a barriga dele. Escutei o som de algo se quebrando. Robbie gritou, com a cara na terra. Luca usou o sapato para virá-lo. — Quer dizer, já era ruim o suficiente quando pensei que você estava só dando em cima dela, mas agora? — Luca pisou nas costas de Robbie e ele ficou balbuciando, o rosto cheio de terra e grama. — Agora você é o mais *baixo* dos seres humanos. Você é a *escória* humana.

Comecei a cambalear para frente, quase paralisada de medo, mas determinada a fazer *alguma coisa*. Porém, minha tentativa de ajudar foi frustrada pela chegada de outra pessoa.

— Levante! — berrou ele, e o som daquela voz me paralisou completamente.

— Nicoli, falei para ficar longe!

Mas Nic não estava prestando atenção em Luca; sequer olhava para ele. Nic olhava cheio de ódio para o corpo contorcido de Robbie enquanto partia para cima dele.

— Levante-se, Stenson! — gritou ele com uma voz quase irreconhecível; límpida e com uma raiva que eu nunca tinha ouvido antes. — Levante-se e olhe nos meus olhos ou vou até aí e furo você!

Devagar, Robbie se forçou a levantar do chão. Sustentou metade do corpo junto a uma árvore, apoiando as mãos no tronco e com os joelhos dobrados à frente. Ele tentava respirar enquanto Luca se afastava dos dois, deixando as mãos atrás das costas e inclinando a cabeça como se assistisse a um show de marionetes.

Tentei me mexer, mas não conseguia. Minhas pernas tremiam intensamente e precisei me segurar a uma árvore para não cair de medo no chão.

— Mandei você se *levantar* — repetiu Nic, enfurecido.

— Nicoli — avisou Luca, mas não se mexeu. — Cuidado.

Gemendo de dor, Robbie se levantou com uma careta.

— Minhas costelas — choramingou ele. — Por favor.

Nic o agarrou e o jogou no tronco da árvore, depois apertou a garganta de Robbie, cujo rosto começava a sangrar.

— Você acha aceitável tocar em uma pessoa quando não quer ser tocada? O que está achando disso? — Ele aumentou a força do aperto no pescoço grosso de Robbie.

— Nicoli — murmurou Luca. Ele se aproximou e botou a mão no ombro do irmão, como um conselheiro. — *Stai attento.*

— O que é isso? — balbuciou Robbie com o rosto começando a ficar roxo. — Isso é uma...

Em seguida, houve uma sequência confusa de movimentos, então consegui apenas entender duas coisas. A primeira foi o surgimento de um objeto de metal junto à cabeça de Robbie. A segunda foi o som de um clique.

E então, com uma resposta calculada, escutei Nic confirmar tudo que eu já tinha visto:

— É uma arma, seu idiota de merda.

Robbie tentou gritar, mas Nic enfiou tão rapidamente o cano da arma na boca dele que o grito ficou engasgado.

— Escute bem, seu lixo humano — rosnou Nic. — Este é o último aviso. Vou ficar de olho em você. Se eu ficar sabendo que você chegou perto de algum tipo de droga de novo, você vai morrer. Se você tentar dar qualquer tipo de droga para uma garota, a pedido dela ou não, você vai morrer.

E, se sequer tentar piscar para Sophie Gracewell de novo, vou arrancar seu coração e enfiá-lo na porra da sua garganta. Está me entendendo?

Robbie assentiu.

— A polícia talvez não tenha provas suficientes para condená-lo por tentativa de estupro, mas eu tenho. E não sou muito fã de julgamento com júri popular, Stenson. Então, aconselho você a aceitar esse último aviso como se fosse um presente de Deus. Mude sua vida. E se sequer suspirar algo sobre esta conversa para a polícia, vai levar um tiro de um dos meus irmãos antes mesmo de deitar para dormir. Pode ter *certeza*. — Nic se inclinou para frente quase em câmera lenta. — Ou quem sabe eu devesse atirar em você agora mesmo e fazer um favor ao mundo.

Forcei minhas pernas fracas para frente, tentando impedir o que quer que estivesse prestes a acontecer, mas Luca chegou antes.

— *Basta!* — girou, afastando a mão de Nic da boca de Robbie; Nic baixou o braço, mas não largou a arma e Luca não o obrigou a fazê-lo. Em vez disso, só segurou o braço com o revólver para que não fosse usado novamente. Permaneci imóvel onde estava, metade exposta, metade coberta, observando a respiração arfante de Nic enquanto ele encarava impassível o rosto assustado de Robbie.

Nic finalmente se afastou de Luca e guardou a arma na cintura do jeans. O movimento pareceu quase intuitivo, e fiquei me perguntando se ele estava armado na última vez que tinha me abraçado. Ele balançou o cabelo, deu um passo para trás, segurando o peito, e deu as costas para Robbie.

— Luca, livre-se dele antes que eu mude de ideia.

O irmão mais velho se adiantou e deu um tapinha no rosto de Robbie, em uma demonstração bizarra de camaradagem.

— Entendeu tudo, Robert?

Robbie enxugou as lágrimas do rosto com as costas da mão.

— Eu pro-prometo — respondeu aos soluços.

— Que bom. — Luca levantou o braço e apontou atrás de Robbie, para o restante do parque. — Agora corra como se sua vida dependesse disso. Porque é a verdade.

E foi exatamente o que Robbie fez. Sem perder nem mais um segundo, ele se lançou sem jeito por entre as árvores até que fosse apenas um ponto mancando na escuridão. Quando o som dos passos desiguais desapareceu por completo, Luca desviou a atenção das árvores e se concentrou em Nic.

— Eu falei para você ficar longe. — Ele parecia mais cansado do que irritado, como se estivesse acostumado a esse tipo de comportamento.

— Você falou que ele tentou se aproveitar dela. Não me falou que ele tinha usado *drogas*!

— Eu não sabia disso na hora. E você não deveria bisbilhotar.

— Não deveria esperar que eu não me metesse.

— *Sei un pazzo*, Nicoli.

— Desta vez é diferente.

— Você sempre diz isso.

— Mas é diferente.

— Ela não é sua.

— É minha função protegê-la.

— Você quase *matou* o cara — sibilou Luca.

— Ele merecia — rebateu Nic com tranquilidade, quase de forma natural.

— O que aconteceu com o plano de ficarmos quietos? Você podia ter estragado tudo. E eu já disse, não é da sua conta.

— *Ela é da minha conta, porra!*

— De qualquer jeito, ela não vai mais querer ter nada com você mesmo — continuou Luca, despreocupado.

Nic levantou a cabeça com um golpe; os olhos agitados.

— Por que não?

Senti meu coração se apertar em agonia ao perceber o que estava prestes a acontecer; era tarde demais, não havia nada a fazer.

Luca levantou o braço e apontou diretamente para mim.

— Porque ela está parada bem ali.

Nic seguiu a direção apontada até seu olhar encontrar o meu e, assim como na noite em que havia descoberto meu nome, o horror distorceu seu rosto. Ficamos ali, distantes, ambos de coração partido por motivos diferentes.

— Sophie... — sussurrou ele, mas era tarde demais.

Eu não conseguia falar. Eu sequer abria a boca de tão chocada. Comecei a me afastar.

Ele cambaleou para frente.

— Deixe ela ir — aconselhou Luca. — Ela está apavorada.

Voltei tropeçando para a sombra das árvores. Minha retirada se transformou em um impulso inconsequente. Corri em desespero pelo parque, em direção à tela bruxuleante. Quando passei pelo último conjunto de árvores, dei a volta no trailer de tacos, onde dei de cara com Millie.

— Cuidado, Soph! — gritou ela enquanto eu tropeçava e caía na grama, ao lado do taco recém-lançado para longe. Resmungando, ela me levantou do chão. — Onde você se meteu?

— Precisamos ir embora — expliquei, acelerando o passo. — Se você soubesse o que acabei de ver...

— O que está acontecendo?

— Vamos! — Puxei minha amiga em direção ao gramado. Guardei todas as nossas coisas de volta na bolsa, espiando toda hora as árvores, esperando o reaparecimento de Nic e Luca. — Explico tudo quando estivermos longe daqui. — E saí correndo de novo, arrastando Millie pelo caminho.

— O que está acontecendo? — chiou ela entre um fôlego e outro. — Estou. Muito. Fora. De. Forma. Pra. Isso.

— Só vamos embora! — Guiei Millie pelo caminho de volta até avistarmos a entrada do parque.

Antes de passarmos sob o arco, ela parou e apertou a barriga como se tivesse levado um soco no estômago.

— Pare — pediu ela, ofegante. — Preciso. De um minuto.

— Podemos continuar, por favor?

— Acho que. Meus pés. Estão sangrando. — Ela retirou o cabelo do rosto, que brilhava com uma camada de suor. — O que está acontecendo. Com você?

Antes que eu pudesse relatar tudo que eu tinha acabado de testemunhar, alguém me agarrou pelo braço, afastando-me dela.

— Ei! — Protestei ao ver Nic me puxando para perto dele.

— Nem pense em dizer nada para Millie — suplicou ele, com a voz tão baixa que só eu ouvi. Ele apertou as mãos em torno dos meus pulsos. — Por favor.

Atrás de nós, Millie começava a perceber as manchas de suor que se acumulavam sob os braços e o sangue que escorria entre as tiras da sandália.

— Que nojo — reclamou ela, atirando-se na grama, ofegante.

— Não pode controlar o que digo ou deixo de dizer para minha melhor amiga! — falei, furiosa, soltando-me dele.

— Você prometeu — disse ele, com calma. — Achei que significava algo.

— Prometi quando pensei que você era um membro *inativo* da máfia, o que, óbvio, você não é! Isso é outra história completamente diferente. Não vou manter segredo nenhum sobre isso!

— Sophie — disse ele, irritado. — Realmente preciso que você não fale nada sobre o que acabou de ver.

Eu podia ver sua irritação aumentando. Agarrei a camiseta dele e o puxei para a lateral do arco.

— Você mentiu para mim!

Ele levantou as mãos, rendendo-se.

— Não menti, Sophie. Eu só... deixei algumas coisas de fora. Posso explicar.

Eu o empurrei.

— Fez com que eu acreditasse que você era bom!

— Eu sou bom!

— Não, não é! — Voltei a empurrá-lo. — Me fez pensar que você era inocente. Fez com que eu acreditasse que você não fazia parte de toda essa maluquice de máfia!

Com cautela, Nic retirou as mãos do peito.

— Eu nunca disse isso.

— Você teve bastante tempo para falar a verdade. — Eu queria estapeá-lo. Usei todo meu autocontrole para manter as mãos fechadas ao lado do corpo.

— Eu sei.

— Mas não falou a verdade.

Resistência e determinação chamuscavam no olhar dele.

— Não tive tempo suficiente para explicar tudo. Mas não menti para você. Tudo que eu disse é verdade, só não do jeito que você interpretou.

— Perguntei se você machucava as pessoas! Você disse que não!

Ele se aproximou.

— Eu disse que não era como você pensava. E não é. Tudo o que faço envolve proteção.

— Proteção — ironizei. — É o que diz para você mesmo quando bota sua *arma* na *boca* de alguém?

Ele me puxou para si.

— Preste atenção.

— Não — implorei, sentindo as lágrimas se formarem atrás dos olhos. — Estou com medo de você.

Ele se encolheu como se eu de fato tivesse batido no seu rosto.

— Eu disse que nunca vou machucar você.

— Como posso ter certeza?

Ele me encarou tão firme que quase perdi a respiração e, depois de um momento angustiante, respondeu calmamente.

— Porque você é uma pessoa boa.

Olhei furiosamente para ele.

— Um de nós precisa ser!

— Eu também sou uma boa pessoa.

— Acabou de botar uma arma na boca de Robbie Stenson — rosnei.

— Sinto muito que tenha visto aquilo, mas foi inevitável.

— *Como* um ataque daquele pode ser inevitável?

Seus olhos escureceram, mas ele não respondeu.

— Não é possível que não saiba que fez algo inaceitável. Preciso dar queixa na polícia.

— Sophie, fiz aquilo por você. Como eu podia deixá-lo impune depois de ter descoberto o que ele tentou fazer com você?

Eu me afastei de novo dele.

— Está louco, Nic? Sabe que não pode sair por aí *botando armas na cara das pessoas* por minha causa. Sei cuidar de mim mesma!

Ele apertou o nariz e suspirou.

— Aquilo foi um favor para a sociedade. Stenson é o tipo de sujeito que não vai parar depois de uma garota só. Fiz tudo que podia, exceto explodir a cabeça dele.

Fiquei sem ar.

— Dá para ser menos explícito?

Ele passou a mão pelo cabelo.

— Desculpe.

— Não acho que esteja arrependido.

Ele não olhava mais para mim e eu sabia que tinha razão. Ele não estava arrependido; estava arrependido de eu ter visto a cena.

— Sei que não tenho o direito de pedir algo para você — disse ele —, mas, por favor, não conte para ninguém o que viu. Vai trazer problemas.

— Não brinca. Fui testemunha de um crime. E mesmo que a vítima seja alguém que odeio, ainda assim não é certo. Não vou guardar seu segredo. Não serei sua cúmplice.

— Então me deixe explicar pelo menos. — Ele segurou minhas mãos, fechando os dedos em volta delas antes que eu pudesse afastá-las. — Sophie, vou quebrar a promessa. Vou contar o máximo que puder — sussurrou ele, nervoso. — Preciso que entenda quem eu sou. Por favor, me dê a chance de contar tudo a você.

— É tarde demais — falei, mas minha certeza era tão fraca quanto minha voz.

Ele levou minha mão até seu coração e senti as batidas no peito dele.

— Não sou uma pessoa ruim. Admito que menti ao deixar que acreditasse no que quisesse. Precisava que você se sentisse feliz e segura e não queria acabar com essa sensação depois de tudo que descobriu sobre nossos pais. Não tenho vergonha de quem sou ou de onde venho, mas eu estava com medo de que você descobrisse tudo e não me desse a chance de ajudá-la a ver o que realmente significa. Tive pânico de que a verdade mudasse a maneira como me vê. Mas você merece ter tudo, e darei tudo se você deixar.

Minha certeza estava sendo destruída e nós dois sabíamos disso. Afastei minhas mãos e as cruzei. Eu sabia que deveriam existir mais explicações, mas não achei que ele admitiria de forma tão fácil após mentir para mim por tanto tempo. Dessa vez, ele estava me convencendo — com todos os argumentos certos. Eu estava na mão dele. Odiava a sensação e, ao mesmo tempo, ansiava por ela.

— Você tem uma chance.

## CAPÍTULO VINTE E DOIS

# A VOCAÇÃO FALCONE

Nic me ofereceu carona do parque até sua casa, mas preferi ir a pé com Millie.

— Ah, uma briguinha de casal — deduziu ela no caminho para casa. Millie não estava completamente errada, mas também não estava completamente certa. Não contei a verdade sobre a briga em Rayfield Park pelo mesmo motivo que não havia contado que iria para a casa de Nic depois que seguíssemos caminhos diferentes na avenida Shrewsbury. Eu não estava pronta para processar a história toda e, até lá, queria me certificar de que ela estaria segura. Quanto menos ela soubesse, melhor.

Quando virei na entrada do portão, Nic já esperava por mim na porta de casa.

— Você veio.

Eu me aproximei em silêncio. Ele se encostou na porta aberta para que eu pudesse passar. Tentei não prestar atenção quando encostei nele ao entrar, mas pude ver a reação em seu rosto.

A parte da frente da casa era completamente diferente da cozinha moderna na parte de trás. Eu estava imersa no cenário de todas as histórias de terror que já tinham me contado, e era exatamente como na minha imaginação.

No teto alto, ainda coberto de teias de aranha, havia um lustre de cristal. As tábuas de madeira no chão do grande foyer eram desbotadas e desniveladas, e estalavam com cada passo. À frente, uma grande escadaria coberta por um grosso tapete vermelho virava de maneira brusca à direita para o segundo andar, e o papel de parede de alto relevo se descolava das paredes em fiapos maltrapilhos. O corredor seguia à esquerda da escadaria, levando a uma fileira de cômodos fechados com pequenas portas. O lado direito se destacava pelas novas portas enormes envernizadas com puxadores grossos de metal dourado.

— Sophie? — Virei e encontrei Nic, me olhando com antecipação. — Pode vir aqui comigo? — Ele me guiou até uma grande sala, onde dois sofás vermelhos de couro contornavam uma imponente lareira.

Eu me sentei em um dos sofás e Nic escolheu o outro. Percebi, sem uma gota de surpresa, que não havia uma TV, apenas um descanso de couro para pés, um relógio antigo sobre a imponente lareira e uma estante embutida que ocupava inteiramente a outra parede. Era abarrotada de Dickens, Defoe, Twain, Swift e de todos os outros grandes e intimidadores autores. Acima da lareira, uma pintura a óleo dominava o ambiente. Era uma espécie de anjo vingador representado com uma vastidão de cores escuras e emoldurado em ouro velho. Ocupava a largura inteira da lareira.

— Esse aí é uma das do Valentino — disse Nic, seguindo meu olhar.

— É incrível.

— É meio dramática.

*Dramática.* Minha memória trouxe à tona a imagem de Nic apontando uma arma para a cabeça de Robbie Stenson.

— Bem, pelo menos ele gasta o tempo *dele* com boas criações artísticas.

Nic pigarreou, constrangido.

— Bem, estou aqui — falei, concentrando meus pensamentos no que eu precisava saber. — Comece a falar.

Ele se debruçou no braço do sofá e me encarou com seus olhos escuros.

— O que vou contar para você não é para os fracos — disse ele. — Não debato sobre minha família com frequência e preciso saber que não vai usar nada disso contra mim. Contra nós.

Hesitei e ele interrompeu meu silêncio.

— Quando tudo for dito, não poderei voltar atrás e isso já é um risco por si só.

Pensei longamente sobre o que ele disse, ponderando de verdade o que me pedia e o que me oferecia em troca: a completa verdade. Eu não queria trair a confiança de Nic, mas tinha medo de prometer meu silêncio caso o que ele me contasse fosse assustador demais. Mas eu precisava saber. Ele queria compartilhar sua história, queria confiar em mim e, apesar de tudo, eu também queria confiar nele.

— OK — falei. — Prometo.

— Não vou falar tudo. Não posso.

— Só preciso do suficiente para entender, Nic.

Ele me observou por mais um instante, como se tentasse ler algo nos meus olhos. E então ele se acomodou e suspirou, rendendo-se, enfim, depois de todo aquele tempo.

— Sophie, minha família e eu estamos no negócio da proteção. E isso quer dizer que às vezes precisamos machucar pessoas, e outras vezes precisamos matá-las.

E ali estava — finalmente dito. Meu medo inconfesso havia se tornado realidade. Tal pai, tal filho: Nic também era um "Faz-anjos". Cobri a boca com a mão e me concentrei em tentar tranquilizar a respiração. Eu não conseguia falar. Estava enjoada.

— Me deixe explicar — continuou Nic. Ele estendeu a mão para mim, mas me encolhi e ele desistiu. E então soltou uma nova bomba. — Só perseguimos pessoas que merecem morrer.

Olhei para ele, boquiaberta.

— Isso é uma espécie de piada doentia? — Foi o que consegui dizer com a boca ainda tapada. — Porque não é engraçado.

Ele ficou apenas me olhando — defendendo o argumento mais louco que eu já tinha ouvido da sua boca.

— Está querendo dizer que persegue gente como Robbie Stenson? — perguntei rapidamente.

Ele assentiu, calmo. Calmo demais.

— Você teria matado Robbie se Luca não estivesse lá para impedir?

Ele não esperou um segundo para responder.

— Sem hesitar.

Pensei em me levantar, bater a porta e correr o mais longe possível. Mas não levantei, não consegui — não quando ainda restavam coisas a descobrir.

— Não percebe o quanto isso é louco?

Dessa vez, Nic desviou o olhar com uma careta.

— Ele merecia coisa pior... Se Luca não estivesse lá...

— Você provavelmente estaria na cadeia — completei, friamente.

— E ele a sete palmos da terra.

Baixei as mãos e segurei o couro do sofá para controlar a raiva.

— É para isso que serve a polícia, Nic. Não cabe a cidadãos comuns armados como você e Luca.

Um abismo se criou entre nós. Olhei para meu colo e a amargura me apertou a garganta. Embora Nic não me devesse nada, eu me sentia traída, ferida pela sua verdadeira realidade e assustada pelos sentimentos que eu ainda tinha por ele, apesar de tudo isso.

Pensei mais uma vez em ir embora. Como se sentisse meu incômodo, ele se sentou ao meu lado no sofá, tocando minha coxa descoberta com a perna, e me senti energizada pela proximidade. Ele apoiou os cotovelos nos joelhos e se virou, deixando-me apenas com a paixão na voz e o brilho dos seus olhos.

— Então você acha que Robbie Stenson desistiria de machucar outra pessoa só porque não conseguiu fazer o que queria com você? — perguntou ele, docilmente. — Porque eu acho que não. Alguém precisava botá-lo no lugar antes que tentasse fazer com outra pessoa o que fez com você. Uma pessoa que poderia não ter tanta sorte. É isso que fazemos, Sophie.

— O que quer dizer com é o tipo de *coisa* que vocês fazem? — perguntei. — Está tentando me dizer que sua família é uma espécie de esquadrão moralista da justiça?

Inesperadamente, Nic riu; uma reação estranha e imprópria e me fez questionar como ele conseguia ser tão despreocupado com nossa conversa.

— Quando decidimos combater um problema, não agimos dentro dos limites da lei. Para nós, é muito simples. Existe todo um submundo do crime que não pode ser controlado pela polícia. Criminosos que não pensam duas vezes antes de matarem alguém que atrapalhe seus ganhos; o tipo de gente que tem mais advogados e juízes sob as asas do que dinheiro no banco. Eles não seguem as regras. São com *essas coisas* que lidamos.

Apoiei as costas no sofá, sucumbindo ao peso de tudo que ele me pedia para compreender.

— Mas por que precisa caçar qualquer tipo de pessoa? O que isso tem a ver com vocês?

Nic baixou a voz e falou com calma, como se revelasse um terrível segredo:

— Tem tudo a ver com a gente, Sophie. Está em nosso sangue.

— Do mesmo jeito que comandar a lanchonete está no meu sangue? — Eu teria rido se não estivesse tão horrorizada.

— Mais ou menos. — Nic sorriu. — Minha família vem da Sicília. Desde o início, cada um de nós já nasceu dentro da máfia. Não foram introduzidos. *Nasceram* nela. Para nós, não existe uma escolha, uma alternativa de vida.

Senti uma pontada de dúvida. Isso queria dizer que ele estava preso a esse tipo de vida? Ser um Falcone significava nascer destinado a matar, do mesmo jeito que ser um Gracewell significava ser péssimo em matemática? Como isso era possível?

Ele prosseguiu, inabalado com meu silêncio.

— As tradições dos Falcone são exclusivas, nossa sociedade é ligada pelo sangue e nossas ações são fruto de honra e solidariedade. Estamos na terra para fazer do mundo um lugar melhor. Damos tudo pela família e, assim, damos tudo pela procura do bem.

— É tudo muito poético — falei após um momento de ponderação. — Mas quando vai começar a explicar a parte sobre matar gente?

— Agora. — Nic reagiu com uma calma pavorosa. Ele sequer piscou, apenas repousou a mão na minha e entrelaçou nossos dedos sobre o joelho dele. Deixei que fizesse isso. Não sabia por que, mas estava tentando vê-lo como um produto da sua ancestralidade e criação, e não tinha certeza se devia puni-lo antes que entendesse o significado disso. Mal sabia se eu corria perigo ou não por estar ali, mas me senti confortada pelo toque dele e, apesar de todos os sinais para correr, fiquei ali.

— Na Sicília, a máfia surgiu da necessidade de proteger os cidadãos locais. Não era como é hoje em dia, com famílias diferentes comandadas por códigos de conduta cruéis e esquemas ilegais de dinheiro. A máfia original, *La Cosa Nostra*, era diferente. — A voz dele ficou melancólica, como se lembrasse de algo de que tinha feito parte um dia. Talvez ele se sentisse assim. — Depois que a Itália anexou a Sicília a seu território no século XIX, as terras foram tiradas da Igreja e do Estado e dadas a cidadãos comuns.

"O comércio cresceu, assim como o comercialismo e, com isso, surgiu o lado feio de ganhar dinheiro: ganância, crime, assassinato. Não existia uma força policial de verdade. Os locais não tinham ninguém para proteger as casas, os negócios, até mesmo os familiares, então foram procurar isso em outro lugar. Meu avô dizia que foi um simples exemplo de oferta e demanda. Primeiro, pequenos grupos de homens começaram a surgir por toda Sicília; em troca de dinheiro, eles garantiam a segurança matando os que ameaçavam a paz. A notícia se espalhou e, depois de um tempo, esses grupos passaram a ser contratados por famílias mais ricas para executar vinganças pessoais, as famosas *vendetas*, ou para garantir proteção adicional."

— Então, esses tais grupos, os primeiros membros da máfia, eram apenas uma forma de lei autorregulamentada? — perguntei. *É familiar.*

— E foi esse o problema — respondeu Nic. — Sem lei, além da sua própria, a maioria não resistiu à tentação; algumas organizações se viraram contra quem protegiam, caindo na violência banal, extorsão, lavagem de dinheiro e no crime organizado. Tudo aquilo que representa a infâmia da máfia nos dias de hoje.

"Depois disso, muitos deles que haviam se tornado grandes famílias a custa do próprio trabalho, imigraram para os Estados Unidos. A família do meu avô foi uma das primeiras a imigrar no início do século XX. — Nic fez uma pausa antes de continuar, refletindo uma certeza silenciosa. — Mas os Falcone nunca escolheram o caminho da corrupção de quem estava à sua volta, nem na Sicília nem aqui. Sempre tentamos proteger aqueles que não podem proteger a si mesmos, e ficar do lado certo entre o certo e errado. E, às vezes, a coisa certa é matar um homem do tipo errado."

De repente, ele parecia bem mais velho. Parte de mim queria chorar por ele e pela inocência que nunca havia experimentado de verdade, mas outra parte queria sacudi-lo e gritar com ele por ser tão idiota, por não ver sua vocação como eu via — um desejo insano de morte.

— Sobre o que está pensando? — perguntou ele.

Balancei a cabeça.

— Que você pode morrer com 17 anos porque vive atrás de vinganças que nem são suas e ainda não consigo entender muito bem o motivo.

— É meu trabalho — disse ele, simplesmente. E então vieram cinco palavras horríveis: — Sou um matador de carreira.

Perdi a capacidade de piscar. De repente não havia espaço suficiente nos meus pulmões para enchê-los com o ar que precisava para respirar. Se eu tivesse lembrado de algum palavrão naquele momento, teria usado todos ao mesmo tempo. Nic apenas esperou, com educação, enquanto eu ligava a palavra "matador" a um garoto de 17 anos com lindos olhos castanhos e um sorriso espontâneo.

— Quantas? — balbuciei, enquanto os números giravam na minha mente; cinco pessoas? Dez? Cinquenta?

Ele me olhou confuso, mas eu sabia que ele tinha entendido. Simplifiquei.

— Quantas pessoas você já *matou*?

— Não sei. — *Mentira.*

— Chute — exigi, mas minha voz falhou. Eu realmente queria saber? Seria pior que minhas deduções?

— Não foram muitas. — Os olhos de Nic aumentaram e me peguei reparando nos pontos dourados dentro deles.

Eu me concentrei de novo. Eu não ia deixar que o charme dele o salvasse dessa.

— Qualquer número acima de zero é "muito".

Nic teve o bom senso de desviar o olhar, mesmo que *estivesse* fingindo a vergonha que deveria sentir.

— Então, quantas foram? — insisti.

— Não posso falar sobre isso, Sophie. Pode me causar problemas — disse ele, quase implorando. — Apenas saiba que elas eram pessoas ruins. Bem piores do que Stenson. E é o meu trabalho.

— *Como* pode ser seu trabalho? — Finalmente disse, embora tenha saído com uma voz aguda de doer os ouvidos.

— Não poderia ser nenhum outro.

— Poderia ser muitas coisas, Nic! — Eu estava gritando sem querer. — Poderia ser professor, médico, vendedor, pescador, contador...

— Sophie — interrompeu Nic com gentileza. — Tente se acalmar...

Eu me obriguei a ficar calada até controlar a histeria. Quando enfim me acalmei, admiti:

— Estou com medo.

— Eu disse que jamais machucaria você — afirmou ele, com tranquilidade. — É só um trabalho.

— Não — falei, balançando a cabeça. — Como poderia ser?

— Os Falcone são uma das linhagens mais respeitadas e honradas na máfia americana. As outras famílias sempre nos procuram, por um motivo ou outro, e nós sempre ajudamos. Essa tem sido a nossa vocação no submundo. E é como operamos dentro da *omertà*. — A última palavra saiu com naturalidade da sua boca.

— O que é *omertà*? — Minha língua lutou contra a pronúncia.

Nic sorriu da minha tentativa desastrosa.

— É um código de silêncio. Nosso grupo não fala com a lei, mas falamos entre nós e é assim que fazemos as coisas. A maneira como resolvemos certos... problemas.

— Quer dizer pessoas — apontei.

— Pessoas — confirmou ele.

— Então a sua família é uma espécie de divisão especial da máfia? — deduzi.

Ele pensou por um minuto antes de abrir um sorriso suave.

— Acho que viramos isso. Nossa parte se encarrega de pessoas que não deveriam estar vendendo drogas nas ruas, ou traficando, ou matando inocentes... — Ele engrossou a voz. — Cuidamos da escória.

Ele me observou atentamente enquanto eu começava a juntar as peças para visualizar o cenário que ele descrevia. A família dele feria e matava pessoas cujo objetivo de vida era ferir e matar inocentes. Era seu trabalho, mas era mais do que isso: era seu legado. Mas como ele justificava isso para si mesmo e como eu poderia explicar sua compreensão disso tudo? Pensar que eu estava sentada ao lado de um matador me deixou tonta e, ainda assim, quando olhei para Nic, não senti medo, senti... confusão.

— E vocês são *pagos* para fazer isso?

— Sim, somos.

— Por outras famílias da máfia?

— Sim.

— Generosamente, imagino.

— Isso não importa. — Ele tinha razão, a resposta não importava. A mansão falava por si só.

— Espere. — Havia algo faltando na explicação dele. — Mas os membros da máfia também infringem a lei, certo? Sei que não vivem exatamente de acordo com as leis. Ouvi falar em cabeças de cavalo e assassinatos secretos e lavagem de dinheiro e rixas familiares pesadas... — Interrompi meu raciocínio, esperando que Nic não notasse que eu acabei de citar um monte de coisas que eu tinha visto em filmes nos últimos anos. Afinal, aquelas histórias devem ter vindo de algum lugar.

Ele suspirou.

— Sim, as famílias não são exatamente *angelicais*.

— Então como eles protegem vocês se precisam caçar, pelo menos, alguns deles?

Nic me olhou como se eu tivesse subitamente criado chifres.

— Sophie — disse ele, ofendido. — Jamais perseguimos membros da nossa própria cultura, não importa o que façam.

De repente eu estava de volta ao meu próprio planeta, vendo-o de longe e resistindo à vontade de sacudi-lo até a burrice sair dele.

— Isso é uma piada?

— Não.

Eu me sentei sobre as minhas pernas para ficar mais alta do que ele no sofá.

— Então apenas perseguem criminosos comuns do dia a dia? E nenhum do seu lado?

— Não podemos — disse ele, olhando-me de baixo com seus grossos cílios pretos.

— Por que não?

— Porque se não estaríamos todos mortos a essa altura. — Ele foi tão enfático que fiquei menos surpresa do que deveria.

— Mas as famílias da máfia não brigam entre si toda hora? — Mais uma afirmação tirada do cinema, mas tinha a impressão de que estava certa sobre isso.

— Sim, mas não com a gente. Somos intocáveis.

— Porque na maior parte do tempo está fazendo o trabalho sujo por eles, certo? Você presta um serviço e em troca mantém essa vida de luxo — retruquei. — Isso é tão errado.

Nic se endireitou no sofá, deixando-nos com a mesma altura novamente.

— Eliminamos a pior espécie da nossa sociedade. Não vê isso?

Balancei a cabeça. Como ele podia ser tão ingênuo?

— Está apenas eliminando a concorrência, Nic. A máfia ainda assim pode fazer o que quiser.

— É um serviço à sociedade.

— Serviço bem seletivo.

— Melhor do que não fazer nada.

— Você não se incomoda? Não pensa em como isso é hipócrita? Assassinos que pagam você para assassinar outros assassinos? — Minha cabeça estava começando a girar de novo.

— Tento não pensar muito nisso.

— Pois deveria.

— Como assim? — perguntou ele, ferido. — Já parou para pensar que toda minha família vai para o inferno por fazer Chicago um lugar melhor para você morar? Já parou para pensar que não importa quanta liberdade e proteção nós temos, continuamos de mãos atadas por outros em nossa cultura?

— Sim! — supliquei. — Pense nisso!

— Sophie, não há nada que eu possa fazer! — A voz dele se tornou raivosa. — Isso é a minha vida. É tudo que sempre vivi. É o que conheço como certo. É *tudo* o que conheço.

Botei as mãos no colo e me reclinei para trás, reconhecendo que lutava uma batalha perdida.

— Não deveria ser tudo ou nada.

— Eu sei — cedeu ele, exausto. — Mas o que posso fazer?

— Pode ir embora.

— A única forma de largar esse estilo de vida é em um caixão — concluiu ele de forma assustadora.

O silêncio recaiu sobre nós. Parte de mim compreendia. Eu queria chorar por ele e pelo futuro ao qual estava preso, mas não chorei. Estava anestesiada demais, assustada demais para considerar a possibilidade de que talvez Nic não quisesse largar seu estilo de vida, de que gostava de punir as pessoas, de assisti-las tremendo e implorando por perdão diante dele. Fiquei olhando para minhas unhas enquanto ele olhava para mim.

— É suicídio — balbuciei.

Nic se recostou e sorriu, e por um segundo aparentou ser o adolescente que deveria ser. Feliz e despreocupado e não sombrio e duro.

— Meus irmãos e eu fomos treinados para esse tipo de vida desde que aprendemos a andar — disse ele. — Sabemos ler um ambiente como ninguém. Sabemos como quebrar o pescoço de alguém de dez formas diferentes. Temos o conhecimento para nos infiltrarmos em gangues e a habilidade de atirar no líder a cem passos de distância. — Parecia que ele estava citando a lista de habilidades básicas do currículo e não relatando atividades mafiosas especiais.

— Você responde ao chefe da sua família? — perguntei.

— Sim — disse Nic lentamente, como se começasse a perceber algo. — Seguimos as instruções dele.

— Quem é?

Ele balançou a cabeça como se saísse de um transe.

— Sophie. — Ele hesitou. — Eu já falei demais. Me empolguei... Sempre faço isso com você... — Ele se interrompeu. — Você poderia acabar comigo.

— Não vou — respondi, automaticamente. Eu nem havia pensado nisso, mas meu coração já tinha a resposta. Apesar de tudo, eu não queria destruí-lo. Ele já estava sendo destruído pelas pessoas à volta dele. Pela própria família. Se ao menos visse isso, talvez eu pudesse convencê-lo.

— Não posso falar mais nada — disse ele.

Não fazia diferença; eu já sabia quem era o chefe.

Como o pai deles pode ter autorizado isso quando estava vivo? Certa vez, meu pai me viu brincando de fumar um cigarro de chocolate e quase me deixou de castigo. Mas o pai de Nic provavelmente havia dado a primeira arma como um presente para ele, e o ensinou a carregá-la, apontá-la e a matar com ela. E agora era Felice? Certamente era da responsabilidade dele cuidar dos garotos, não usá-los para matar pessoas.

Deixei meu corpo cair no encosto do sofá, sentindo uma exaustão repentina.

— Não precisa dizer mais nada — falei, com gentileza.

Nic se inclinou para baixo deixando nossos narizes alinhados enquanto ele olhava para mim.

— Está com medo, Sophie?

Fiz o que pude para ignorar nossa proximidade.

— Não sei.

— Não saiu correndo.

— Ainda não.

Ele abriu um leve sorriso.

Estava começando a me sentir intoxicada de novo; tonta de desejo.

— Você faz coisas ruins. — Lembrei a mim mesma em voz alta, cometendo o erro de encará-lo. Quantas pessoas passaram seus últimos segundos na terra olhando para aqueles olhos?

— Só às vezes — disse ele, calmamente.

— Precisa levar isso tudo tão na boa?

— Não me sinto mal com o que faço. — Ele passou o dedo pelo meu pescoço e senti um arrepio na coluna. Quantos pescoços ele tinha quebrado com aqueles dedos? — Mas me sinto mal por você não gostar dessa parte de mim, pois essa parte é quase tudo que sou, Sophie.

— Mas tem tanta bondade em você, Nic — sussurrei.

— Bondade pelas pessoas certas. — Ele observou meus lábios enquanto passava os dedos neles. — Por pessoas como você.

Senti uma corrente familiar. *Não se distraia*. Onde estava tudo aquilo que eu queria dizer? De repente, não me lembrava de nada.

— Não deveria desobedecer à lei.

Ele puxou meu queixo para perto e passou o nariz no meu.

— Eu sei — murmurou contra meus lábios. A respiração dele estava tão irregular quanto a minha. — *Bella mia* — gemeu suavemente na minha boca e foi suficiente para que minha determinação fosse pelos ares.

Dessa vez, o beijo foi mais intenso do que o anterior. Nic enganchou a mão em meu cabelo, puxando-me para si e encaixando nossos corpos. Ele arrastou a boca na minha pele, inebriando-me com seus beijos.

— É difícil demais ficar longe de você — gemeu ele para meu pescoço. — Não quero mais ser bonzinho.

— Então não seja mais — falei, agarrando-o com mais força e sentindo os músculos das costas dele tensionados sob meus dedos. Cuidadosamente, ele deitou minha cabeça para trás e encontrou minha boca de novo, separando meus lábios com sua língua enquanto me deitava no sofá com as mãos sob minhas costas.

Quando a porta da frente se escancarou, fazendo tremer o sofá debaixo de nós, fomos jogados de volta à realidade com um choque. Levantei a tempo de ver o olhar aterrorizado de Nic. Ele pulou de pé com bochechas ainda vermelhas e os olhos atentos.

## CAPÍTULO VINTE E TRÊS

# O BRAÇO DIREITO

Luca entrou às pressas na sala.

— Nic, você teve notícias do Val... Mas que merda ela está fazendo aqui?

— O tom da frase ficou drasticamente agudo da metade para o final.

Nic posicionou o corpo de forma protetora à frente do meu e levantou as mãos, como se Luca fosse um policial capaz de me atacar e arrancar minha cabeça fora.

Ele parou à nossa frente. Seu olhar era uma mistura de fúria e choque, mas havia algo a mais que não identificava.

— Nic, vou arrancar seu coração e fazer você comê-lo, seu idiota... — Ele continuou a frase com a pior combinação de xingamentos que eu já tinha ouvido de uma só vez.

Nic pulou de pé e enfrentou o irmão.

— Eu precisava explicar o que ela viu.

Os olhos azuis profundos de Luca irradiavam ódio.

— E achou melhor *trazê-la aqui*?

Nic cerrou os punhos.

— Não comece.

Sentindo que estava perigosamente perto de perder o controle, levantei e empurrei Luca para fora do caminho. Não sabia lidar com a ideia de ser plateia de uma conversa que, com certeza, eu não entenderia, mas que ainda assim me envolveria o suficiente para ficar cheia de dúvidas. Eu não deveria estar ali com eles de qualquer forma e, agora que minha clareza mental havia retornado, faria uso dela.

— Vou dar o fora daqui.

Nic estendeu o braço para mim, mas Luca deu um tapa na mão dele.

— Deixe ela ir — avisou ele. — A não ser que prefira piorar tudo.

Nic não protestou e me perguntei qual seria o motivo. Eu me afastei, passando pelo corpo enrijecido de Luca sem olhar novamente para nenhum dos dois, e bati a porta da casa como uma demonstração de hostilidade.

Enquanto eu atravessava o chão de cascalho da entrada, minha mente era inundada por perguntas sobre como eu podia estar de volta à mesma situação. Eu mal havia começado a esquecer e agora me via de volta ao ponto inicial, confusa e abandonada por um mafioso que me fazia tão bem quanto uma seringa cheia de veneno.

Comecei a correr, derrapando no cascalho, mas não cheguei muito longe antes de algo agarrar meu braço e me jogar sem a menor preocupação contra a postura obstinada da última pessoa que desejava ver.

Eu me soltei do peito de Luca, onde havia aterrissado. Ele agarrou meus ombros e me empurrou até a parede de pedra no final da entrada de carros, imprensada entre as mãos dele, como da outra vez. O rosto de Luca foi tomado por sua já familiar raiva selvagem.

— Achei que tinha dito que nunca mais queria ver você na minha casa. — Ele estava tão próximo que eu podia ver uma pequena cicatriz branca acima do seu lábio. Passou por minha cabeça, de forma bem imprópria, que eu provavelmente era uma das poucas pessoas vivas que sabiam da existência da cicatriz.

Assoprei uma mecha solta da frente dos meus olhos, acertando os dele sem querer. Como agora já sabia que não machucaria uma garota inocente, senti uma gota a mais de confiança para falar com ele.

— Nic me convidou.

— Não me importa se o Papa tivesse convidado você. Não é bem-vinda aqui.

— Bem, avise isso ao seu irmão. Não respeito sua autoridade.

Minha resposta o provocou e pude ver surgirem duas entradas nas suas sobrancelhas.

— Sabe que não pode ficar com ele.

— Eu consigo lidar com isso.

— Não consegue, não.

— Sei que você não vai me machucar.

Os olhos de Luca sinalizaram algo, mas quando voltou a falar, estava calmo — quase gentil.

— Isso não quer dizer que você não vá se machucar. — Ele apertou os olhos, frustrado e, quando os abriu novamente, estavam em chamas. — Me diga o que eu preciso fazer para me livrar de você, já que lembrar o crime do seu pai não ajudou muito!

Empinei o nariz e me mantive séria.

— Diga o que estão fazendo em Cedar Hill.

Luca me observou cauteloso, hesitando, e então disse:

— Não.

— Então acho que vou ficar por aqui mesmo.

— Eu não faria isso se fosse você.

— O que vai fazer, Luca? — Cerrei os punhos ao lado do corpo. — Vai botar uma arma na minha cara?

— Se for necessário.

— Quanta coragem! — explodi. Estávamos tão próximos agora. — Não pode usar palavras, mas vai ficar super feliz de usar uma arma.

— Não vou ser o responsável por destruir sua inocência!

Inclinei a cabeça na direção dele para que soubesse que não estava com medo nem era tão inocente quanto ele imaginava.

— Vá em frente — sussurrei. — Pode destruir. — Nossos rostos estavam colados. — *Quase* funcionou da outra vez, quando falou sobre meu pai.

— Não importa — respondeu ele, resoluto. — Não vou ser o cara que dá um soco na cara do Bambi.

Levantei a voz de novo.

— Então me diz o que vocês estão fazendo em Cedar Hill!

Luca moveu seu olhar impassível dos meus olhos para minha boca e afastou qualquer pensamento que estivesse se formando na sua cabeça.

— Não — disse ele com calma.

Empurrei o peito dele, afastando-o de mim.

— Sei que são da máfia. Se acha que não consigo lidar com isso, está errado.

Ele balançou a cabeça, incrédulo, a voz pulsava com um nível de raiva muito superior ao meu.

— Claro que ele contou para você. Aquele idiota. E você ainda está aqui, o que não te faz muito mais inteligente do que ele.

Encarei-o furiosa.

— Sei que vocês não machucam pessoas inocentes. São todos cheios de "honra" e "moral"... por mais distorcido que isso seja — acrescentei, venenosamente.

Ele se afastou e não conseguia mais ler sua expressão. Houve um momento de silêncio e então, com uma voz fria e calculada, ele disse:

— E vingança.

— O quê?

Ele semicerrou os olhos.

— Esqueceu de falar de vingança.

— O que tem a vingança? — Estremeci, lembrando-me do meu pai. E do pai dele. Nosso histórico.

O sorriso de Luca acentuou os contornos do seu rosto.

— Ah, Nicoli não contou essa parte? Faz sentido que ele tenha sido seletivo.

Mordi o lábio, procurando dentro de mim pela força que eu tinha acabado de reunir, mas que gastei toda gritando na cara dele.

— Ele disse que vocês não são iguais às outras famílias.

— Sim. — Luca permaneceu perfeitamente imóvel e me observou como um gavião rondando uma presa. — Exceto quando falamos de vingança. Como as outras famílias, os Falcone *sempre* conseguem a vingança, independente de ser moralmente repreensível.

— Não — falei, projetando o queixo e balançando a cabeça.

— Não? — Luca gargalhou; deduzi que era sua risada real, e fazia um estranho som metálico. — Gracewell, você é realmente uma figura. O que você imaginou? — perguntou ele, entretido. — Que fôssemos anjos vingadores com armas e canivetes, sem pecado ou culpa? Você viu Nic botar uma arma na boca de Robbie Stenson. Ouviu o gatilho ser ativado. Realmente acredita que a ideia de vingança estaria afastada de uma dinastia de matadores territorialistas e temperamentais que designou a si mesma a tarefa de distribuir o carma no submundo, algo que não deveria ser função de ninguém na terra? Acha que tudo que fazemos é a coisa certa?

Ele balançou a cabeça, incrédulo, e amaldiçoei minha ingenuidade. Eu tinha sido burra o suficiente para me deixar levar por uma noção romântica de que Nic era uma espécie de vingador. Ele era um assassino, simples assim, e suscetível aos mesmos humores e às mesmas tentações que todos.

Deslizei de lado no muro para sair das mãos de Luca. Ele me deixou ir e senti uma pontada de alívio.

— Você não vai me machucar...

— Não — respondeu ele. — Não vou.

— Então por que está sendo tão dramático?

A voz de Luca ficou perigosamente calma.

— Preste bastante atenção no que vou dizer. — Precisei me concentrar nos lábios dele enquanto falava porque o tom turquesa dos seus olhos de repente se tornou intenso demais. — Sou o braço direito de toda a dinastia Falcone e se estou dizendo para ser discreta e não vir mais aqui, então é bom acreditar que tenho um motivo. Precisa se afastar o máximo possível dessa casa e de Cedar Hill. Nic talvez esteja se iludindo, achando que pode proteger você do que está prestes a acontecer, mas não pode. Meu pai foi assassinado e isso significa que sua família tem uma dívida de sangue com a nossa, Sophie.

Uma *dívida de sangue*. O ar que restava nos meus pulmões foi arrancado de mim em um golpe só. A expressão de Luca demonstrou hesitação, mas ele a escondeu antes que pudesse entender o que significava. Quando chegou outra vez à porta, ele se virou. Eu estava plantada no mesmo lugar, como ele esperava.

— Sabe o que quer dizer o pote de mel? — perguntou ele.

Meu estômago se revirou com o tom da voz dele e com o fato de ele saber do mel. Embora eu sempre achasse que soubera, no fundo, haver uma conexão, de repente tudo parecia mais sinistro do que jamais poderia imaginar.

Balancei a cabeça.

— Não era um presente.

— Não achei que fosse — menti.

Não havia mais nenhuma emoção na voz ou no rosto de Luca; estava completamente inexpressivo. Ele desviou o olhar de mim para o céu escuro.

— Tem um motivo para meu tio Felice ser chamado pelo submundo de "A Picada", sabe?

Não respondi nada. Apenas fiquei ali, tentando fazer as minhas pernas funcionarem enquanto me lembrava do rosto cheio de picadas de abelha de Felice.

— Quando Felice Falcone entrega uma amostra do seu mel com laço preto a alguém significa que voltará para buscar o pote.

Tentei ignorar o aperto na garganta, mas era demais.

— E quando volta, volta armado. O pote de mel é o Presente de Morte dos Falcone. — Luca voltou seu olhar novamente para mim, encarando-me de cima. — Que este seja seu último aviso. Vá embora enquanto há tempo.

Fiquei pálida e minha mente girava freneticamente. Eu tinha todas as peças, só precisava encaixá-las.

— Mas o que são...

— Fale com seu tio, Gracewell — interrompeu Luca. — Ou devo dizer, *Persephone*?

Antes que eu pudesse responder, ele bateu a porta num baque ensurdecedor, deixando-me ali, tremendo da cabeça aos pés.

## CAPÍTULO VINTE E QUATRO

# OS INVASORES

Segui para casa, tirando o telefone do bolso e ligando para meu tio. Tocou e tocou até cair na caixa postal. Pelo amor de Deus. Quase espatifei meu telefone de tanta frustração. Liguei mais quatro vezes e nada. Deixei duas mensagens de voz e então mandei uma mensagem de texto:

Sei o que o mel significa. Precisamos falar sobre os Falcone. Ligue urgente.

Eu estava quase em casa quando meu telefone começou a tocar.

— Jack — atendi. — Acho que estou em perigo.

— Sophie, acabei de ler sua mensagem. Está tudo bem? — A voz dele estava tomada pelo pânico e a minha começava a ficar igual.

— Onde você se meteu? Liguei várias vezes! — explodi.

— Concentre-se, Sophie — rebateu ele. — Explico isso mais tarde. Onde eles estão agora?

— Não sei — falei. Eles eram tantos que podiam estar em qualquer lugar fazendo qualquer coisa. Contei as ameaças de Luca; sobre a dívida de sangue e o mel, tentando fazer minha respiração acompanhar as palavras.

— Onde você está agora? — perguntou ele quando terminei.

Virei no portão de casa.

— Estou em casa — respondi.

— Entre e tranque todas as portas. Vou mandar alguém aí.

— Tio Jack? — Eu estava enrolada com as chaves. Tinha apenas três no chaveiro, mas ficavam caindo por causa da minha mão trêmula. — Eles vão me machucar?

— Não — respondeu ele, rapidamente. — Claro que não — acrescentou logo depois.

— O que está acontecendo? — Era a pergunta que não queria calar e eu ainda não tinha encaixado todas as peças.

— Não tenho tempo para explicar, Sophie. — Eu podia ouvir ele gritar ordens para alguém do outro lado da linha.

Acertei a chave na fechadura. O clique de abertura me encheu de alívio.

— Se você sabia que eu estava em perigo, por que foi embora desse jeito?

Agora que meu medo se encontrava sob controle, estava ficando com raiva. Jack andava evitando Cedar Hill como se fosse uma doença, em nome da sua própria segurança, mas não tinha se dado ao trabalho de dizer para que eu e minha mãe fizéssemos o mesmo. Lá se vai a promessa que ele fizera a meu pai. Ela estava em Chicago para uma série de provas de vestidos de noiva até amanhã à noite, mas eu sabia que ficaria furiosa de não saber da história. Ainda mais dessa.

— Sophie — dizia Jack com um único e longo suspiro —, eles não vão machucar você. Eu não teria deixado você aí se achasse isso. Esses garotos são só conversa. Aquela família ama o som da própria voz.

— Eles querem vingança, Jack. — Bati a porta e passei a corrente. — Eles querem uma dívida de sangue pelo que papai fez. O Luca mesmo me disse! — Corri para a cozinha e subi no balcão da pia. Apoiei o telefone no ombro e tranquei as janelas.

Jack não pareceu impressionado.

— Ignore o que Luca disse. Está apenas tentando assustar você.

Desci do balcão.

— Mas por quê?

— Preste atenção. Eu sou o problema dos Falcone. *Apenas* eu. Não você.

— Como assim, você? — Forcei a maçaneta para me certificar de que estava trancada.

— Não posso falar disso agora. Mandei Eric Cain até aí. Ele vai manter você em segurança. Você o conheceu no meu aniversário alguns anos atrás.

— Eu me lembro — falei, lembrando vagamente de um homem baixo, afeminado, com um cabelo vermelho escuro invejável. Como exatamente ele me manteria segura?

— Encontro você em algum lugar perto de Cedar Hill e falamos sobre o assunto.

— E a mamãe? — perguntei.

Meu tio teve a audácia de soltar uma risada. Cerrei os punhos até cravar as unhas nas palmas das mãos.

— Eles não chegariam nem perto da Celine — disse ele, menosprezando o assunto. — Ela não tem nada a ver comigo. Todo mundo sabe que sua mãe me despreza. E eles não estão interessados em punir seu pai, Sophie. Trancou todas as portas?

— Sim. — Eu estava no corredor novamente. Subi dois degraus por vez depois de decidir trancar as janelas do segundo andar como garantia. — Por que vai me tirar daqui se não estou correndo perigo? Fale pelo menos alguma coisa para eu me preparar.

— É uma precaução, Sophie. — Ele fez uma pronúncia elaborada da palavra "precaução" como se eu fosse me sentir melhor. Não adiantou. — Eles jamais iriam atrás de você por conta do que seu pai fez. É uma ideia absurda. E mesmo se *fossem*, o que *não* é verdade, a máfia Falcone não machuca pessoas inocentes. É uma das suas regras preciosas, moralmente superiores e idiotas. E eles *amam* serem moralmente superiores.

Eu podia sentir o veneno. Então Jack sabia tudo que eu sabia e decidiu não me falar nada. E isso queria dizer que ele não era inocente? O que exatamente ele fez para entrar na lista dos que merecem morrer?

— Você parece saber bastante coisa sobre eles. Valeu pelo aviso. — *Podia ter me poupado muito tempo e muita paixonite.*

— Eu avisei, sim.

— É. Uma bela porcaria de aviso.

Desci correndo de volta para o primeiro andar com meus pés batendo no chão como trovões.

— Sophie, realmente não posso entrar nessa discussão agora. — Ele parecia cansado. — Tenha paciência. Já mandei alguém aí.

— Estou tentando. — Deslizei pela porta entreaberta da sala e fechei a janela. Estava fechando as cortinas quando ouvi uma voz atrás de mim.

— Olá, Sophie.

Deixei o telefone cair no chão. Gino e Dom Falcone se levantaram do sofá ao mesmo tempo e caminharam na minha direção com o passo coordenado.

— Como entraram na minha casa? — Tentei encontrar o telefone no chão, mas o cômodo estava completamente escuro. Os dois deram de ombros com os rostos encobertos pelo breu. Eles tinham ensaiado isso?

— É melhor irem embora. — Cruzei os braços numa tentativa de mostrar resistência. Também subi o tom da voz, torcendo que Jack ainda estivesse escutando. — Estou esperando visitas.

A risada de Gino pareceu um latido rouco. Dom parou a trinta centímetros de mim e o irmão ficou logo atrás, com um rabo de cavalo que lhe dava cinco centímetros a mais de altura. Os dois estavam com o mesmo sorriso ameaçador.

— O que você quer, Dom?

— A princípio, Jack — disse ele. Atrás dele, Gino assentiu com energia. — Mas não podemos perder mais nenhum tempo tentando achá-lo. Não vamos mais correr atrás.

— E seguir você não nos levou a lugar algum — acrescentou Gino com a monocelha franzida sobre seus olhos indecifráveis. — É tão *chato*.

Cambaleei para trás, batendo com a perna no parapeito da janela.

— Estavam me *seguindo*?

Rezei para que Jack ainda estivesse me escutando de onde meu telefone tivesse pousado.

— Sim — declarou Dom, assertivo. — Foi por acaso que descobrimos quem você era. Pensamos que eventualmente nos levaria ao seu tio... — Ele disse isso como se eu o tivesse decepcionado na missão da qual eu não tinha o menor conhecimento. — Mas não foi o que aconteceu.

Gino começou a rir entre os dentes.

— Estavam me seguindo — repeti. Minha voz parecia distante; transbordada de incredulidade. — Há quanto tempo?

— Tempo demais — falaram ao mesmo tempo.

— Nic foi contra, se fizer você se sentir melhor. Anda comprando uma briga para deixá-la fora disso — mencionou Dom com falsa empatia. — Mas as coisas são como são.

— Fora disso o quê?

— Comprando uma briga e *perdendo* — desdenhou Gino, ignorando minha pergunta.

— Mas — acrescentou Dom —, se não estivéssemos seguindo você, provavelmente teria sido estuprada naquela noite depois da festa mais chata do mundo.

— Meu Deus. — Senti um embrulho de horror. — Foi assim que Luca me encontrou.

— Não era para ele se meter — disse Dom, decepcionado. — Não estávamos autorizados a fazer nada que modificasse seu dia *a não ser que* seu tio aparecesse, mas Luca quebrou as regras, como sempre. A gente nem tinha ficado sabendo até você chegar gritando, falando sobre o assunto na porta da nossa casa.

Empalideci. Gino parecia ter se desligado da conversa e dispersado a atenção pelo cômodo escuro. Ao ouvir um som do lado de fora, o olhar de Dom se desviou para uma fresta na cortina, atrás de mim. Aproveitei a distração momentânea dos irmãos e deslizei pela parede até me aproximar da porta.

Eles me seguiram como robôs.

— Eu não faria isso se fosse você — disse Gino com sua língua presa. — Não quero bater em uma garota. Mesmo que seja você.

— Você vai ter que ir com a gente. — Dom parecia quase pesaroso, mas não fez muito para aplacar meu antigo ódio por ele. Não só tinha invadido minha casa e estava tentando me levar a algum lugar contra minha vontade, como havia usado Millie e dado um pé na bunda dela. Isso o fazia um *completo e imperdoável babaca*. Saí em direção à porta aberta, mas Gino me bloqueou instantaneamente. Ele esticou o braço, fechando a passagem.

Dom deu a volta e me fechou pelo outro lado. Ele olhou para o irmão e fez um gesto de cabeça controlado. Gino caiu de quatro e se arrastou pelo chão como um réptil, vasculhando o lugar com a mão enquanto engatinhava. Era completa e desnecessariamente dramático.

Tentei correr, mas Dom agarrou meu braço e me puxou de volta.

— Não.

Finalmente, Gino pescou meu telefone debaixo da poltrona e se levantou, balançando o telefone no ar.

— Achei — disse ele, triunfante.

Dom pegou o telefone e botou ao ouvido.

— Fala, Jackie! — ironizou ele. Meu ouvido foi inundado por gritos distantes. — Acho que está na hora de encerrarmos esse negócio.

Rindo sozinho, Gino veio para meu lado.

— Está na hora de Sophie dar tchauzinho. — O sorriso dele mostrou dois dentes lascados e a língua abaixo deles. Eu ainda tentava entender o que Jack estava dizendo quando Gino escondeu o telefone de mim.

Dom cobriu o bocal e apontou para o irmão.

— Anda logo — ordenou ele.

O pano úmido veio do nada.

# PARTE III

"Onde estiver o mal, cairá sobre ele o machado fatal."

WILLIAM SHAKESPEARE, *Hamlet*

## CAPÍTULO VINTE E CINCO

# A VINGANÇA DO DIA DOS NAMORADOS

Eu ouvia um zunido. O mundo vibrava, pulsando em meus ouvidos e fazendo com que eu me sentisse como se houvesse abelhas saindo do meu crânio. Acordei com um espasmo. Uma cacofonia doce de cheiros pairava pelo ar, puxando-me da escuridão que me envolvia completamente. Abri os olhos e vi um teto branco e senti um terrível nó na garganta.

Gemi.

— Ah, acordou, finalmente. Estava querendo saber quanto tempo demoraria para passar o efeito.

Eu não precisava virar a cabeça na direção da voz para saber de quem era. Tinha o tom suave pouco comum para um homem e cada sílaba era pronunciada com uma precisão exagerada, revelando seu leve sotaque italiano.

— Felice — falei. Tentei me sentar, mas não consegui. Lacres de plástico prendiam minhas pernas e braços, apertando desconfortavelmente os pulsos e calcanhares expostos. — Onde estou?

— De forma geral? Em Lake Forest. Especificamente? Deitada no meu sofá.

O couro fez barulho quando lancei minhas mãos atadas em direção às pernas e me sentei. Remexi o corpo, deixando os joelhos caírem no sofá e botando as mãos em meu colo enquanto um raio de sol batia nos meus olhos, fazendo com que minhas pálpebras tremulassem.

Eu estava quase na altura da grande janela saliente do outro lado do cômodo. O sol começava a se pôr no céu rosado — eu devia ter ficado muito tempo apagada. Dava para ver que eu estava a pelo menos um andar acima do térreo. Do lado de fora, havia um velho celeiro de madeira escondido atrás de um jardim coberto por flores vibrantes que se estendiam até um campo aberto. Dezenas de cabanas de madeira pontilhavam a grama em fileiras perfeitas.

— Colmeias — percebi em voz alta. Eu podia ouvir levemente os enxames de abelhas voando e havia pelo menos duas zunindo em algum lugar dentro do cômodo.

— Bem observado, Persephone — disse Felice. Ele estava sentado com as costas retas em uma poltrona à minha frente, com uma perna absurdamente longa cruzada sobre a outra.

Revirei os olhos para ele e franzi o cenho. Tudo nele — desde o cabelo grisalho penteado para trás e os traços mediterrâneos, até o terno caro de risca de giz — gritava *cara mafioso assustador*. E, de acordo com minhas primeiras impressões sobre a casa, sem falar do local, ele era rico.

— Meu nome é Sophie — rebati.

— Aparentemente é mesmo. Se tivéssemos sabido disso mais cedo, teríamos sido poupados de uma confusão e tanto. Saberíamos que era você desde o início.

Pelo que pude ver, estávamos a sós no cômodo. Além do sofá de couro preto onde eu estava sentada, não havia nada além de Felice e suas abelhas. Elas voavam em círculos sobre a cabeça dele como se o defendessem, e a visão fez minha pele formigar.

— Devo dizer que estou impressionado que você não gritou ainda. — Ele apoiou os dois cotovelos nos braços da poltrona e juntou as mãos no meio do corpo com as pontas dos dedos se tocando.

— Por que eu gritaria?

Ele balançou a cabeça.

— Estamos muito longe da civilização. Aqui só tem você e as abelhas, Persephone.

Senti algo semelhante a medo dentro de mim, mas minha cabeça ainda estava tonta do que haviam me dado para dormir. Era difícil entender meus sentimentos de forma correta e ainda mais difícil não dizer a coisa errada. Eu sabia que havia sido sequestrada, mas não conseguia decidir o que responder. Eu me concentrei nas marcas no rosto e no pescoço de Felice. Eram oleosas e vermelhas, e em alguns lugares borbulhavam raivosamente.

— Então, é aqui que mora com suas abelhas? Romântico. — Eu sabia que não deveria ter falado aquilo, mas meu cérebro havia desistido de fazer a coisa certa. — É uma pena que elas piquem tanto você.

Ele levantou as sobrancelhas, mostrando as rugas na testa.

— É uma escolha pessoal não usar uma rede de proteção quando estou na companhia das minhas abelhas. Acho que nos mantêm afastados desnecessariamente; prefiro ficar perto e senti-las na minha pele. — Ele desviou o olhar para a abelha que voava mais próxima da sua cabeça e sorriu como um pai orgulhoso. — É uma honra ser picado por criaturas tão nobres. É extraordinário que abram mão da própria vida por um rápido momento da minha atenção. Não existe criatura mais majestosa do que a abelha.

— Se você acha — falei, sem entender o que quis dizer. Meu cérebro estava tão confuso e o zunido só piorava tudo.

— Eu realmente acho. A abelha já está em extinção e digo que devemos fazer de tudo para proteger a filha mais nobre da natureza.

*A filha mais nobre da natureza?* Tive vontade de desmaiar de novo só para não ter que lidar com aquela loucura.

— O que você quer de mim?

Felice apertou os lábios e o queixo ficou estranhamente pontudo. Ele não me respondeu. Apenas me encarou e tive a impressão de tê-lo ofendido ao interromper a conversa sobre abelhas.

— Pode pelo menos afrouxar as amarras? Está doendo muito. — Meus pulsos e tornozelos estavam em carne-viva e ardendo.

Ele balançou a cabeça; dessa vez foi quase imperceptível.

— Ainda não, Persephone.

— Meu nome é Sophie. Não chamo você de Fabio.

Felice jogou a cabeça para trás e riu até lacrimejar.

— Com todos os motivos que você teria para ficar irritada... — disse ele, secando os olhos com as costas da mão. — Você é engraçada.

Não me sentia cômica, e sim drogada.

— Recebi seu mel, aliás. *Muito* obrigada.

— Acho que nós dois sabemos que não era para você, mas vou esclarecer, uma vez que não consigo compreender se está se fazendo de burra ou se é burra. O mel era para seu tio.

— Não acho que ele tenha gostado.

— Ah, não? — Felice contorceu o rosto dando o sorriso mais elaborado que já vi. Era assustador e cínico.

— Ele quebrou o pote — falei, séria. Minha vontade de ser engraçadinha estava passando. Voltava aos poucos a mim mesma.

— Acontece. — Felice jogou a mão para o alto. — Sei que eu não deveria dar dicas para minhas vítimas, mas não consigo esconder meu amor pelo drama. E fique sabendo que produzo o mel eu mesmo e é absurdamente delicioso, não que alguém de fato prove.

— Eu provei. Achei meio sem graça — menti.

— Que grosseria. — Felice fez uma careta antes de prosseguir. — Mesmo assim, cumpre a função. Acredito que todos merecem um aviso para terem a chance de deixar tudo em ordem.

— Antes que vocês os mate? — perguntei. Embora já soubesse, queria que ele dissesse para ativar meu cérebro que zunia.

— Claro. — Felice sorriu, mostrando duas fileiras de dentes afiados. — Com aviso ou sem aviso, sempre nos encontramos no final. E, às vezes, ouso dizer que a perseguição é a melhor parte.

Senti um calafrio na espinha. Enfim, e de forma desagradável, a gravidade da situação me alcançou; eu precisava pensar em outras pessoas além de mim. — Por que mandou um Presente de Morte para meu tio? — Minha voz vacilou e uma onda de medo passou por mim. — Se tem alguma coisa a ver com o que meu pai fez, não foi de propósito.

Felice levantou o dedo para eu me calar.

— A morte do meu querido irmão Angelo pelas mãos do seu pai foi, claro, uma pena, mas não acredito que ela tenha sido de má fé.

Senti meus ombros relaxarem.

— Que bom.

— Isso não quer dizer, claro, que essa situação toda não seja sobre vingança. Porque... — disse ele, pondo-se de pé — é claro que é.

A altura de Felice de repente parecia bem mais imponente. Ele começou a andar de um lado para o outro e tive a impressão de que fazia isso toda hora — intimidação através de encenação. Devia ter um terno especial para cada situação. A echarpe em seu pescoço fazia uma cascata enquanto ele deslizava para frente e para trás.

— Acho que já posso deduzir que você não tem a menor ideia de que seu tio, Jack Gracewell, é um membro essencial do maior cartel de drogas do meio-oeste. A Gangue Triângulo Dourado, como tão eloquentemente se autodenominam. Estou certo em deduzir isso?

Encarei Felice, chocada. Não podia ser verdade. Tinha que ser parte do teatro dele.

— Entre outras ações, eles recentemente começaram a vender uma droga híbrida que, ao ser tomada, causa efeitos extremamente intoxicantes e podem causar uma série de efeitos colaterais desagradáveis, como paranoia, perda de memória, paralisia e, meu *menos* favorito, morte. — Ele balançou a cabeça virado para a janela, como se os pássaros e as flores o tivessem decepcionado todos de uma só vez.

— Não — foi tudo que consegui dizer. Faltavam palavras. Estava pasma e Felice podia ver; pior, ele se alimentava disso, como um parasita bem-vestido.

Ele voltou a caminhar de um lado para o outro.

— É claro, estamos monitorando seu tio e os parceiros não muito estimados dele há quase quatro anos. Desde o tempo em que ele começou a usar a lanchonete, o aconchegante estabelecimento da sua família, para guardar carregamentos de drogas entre as entregas.

— O quê? — Voltei à vida. — Jack usou a lanchonete do meu pai para traficar drogas?

— Bem, imaginei que seria fácil ligar as duas coisas, mas talvez eu esteja próximo demais da situação, então é mais fácil para mim. — Felice se agachou para ficar mais perto. — No início, havia apenas três membros cruciais da Gangue Triângulo Dourado que faziam negócios desse lado do Atlântico, cada um posicionado em um ponto chave do meio-oeste; pontos que, quando ligados no mapa, formam um triângulo perfeito... — ele desenhou um triângulo com os dedos no ar — ... de imenso lucro.

Senti uma abelha voando perto demais do meu ouvido e virei a cabeça por reflexo.

— Cuidado — avisou Felice. Ele se levantou novamente. — Como chefe dos Falcone, meu irmão Angelo era basicamente encarregado de liquidar essa cadeia de atividades ilícitas. Não era uma tarefa fácil, mas nós sempre dissemos: "Um falcão não caça moscas." Juntos, mudaríamos o submundo das drogas no meio-oeste.

Os movimentos de Felice ficaram leves, uma das mãos estava enfiada atrás das costas, melancólico, como se estivesse passeando por uma rua vazia.

— Meu irmão coordenou de forma bem-sucedida a queda dos fundadores um e dois da gangue em um tempo relativamente curto, sem mencionar outros membros importantes de cada equipe. — Ele arregalou os olhos claros e encarou o teto como se falasse com alguém no além. — E devo dizer que a família fez um trabalho *muito* artístico com eles, mas não quero ofender sua sensibilidade, Persephone, então não vou entrar em detalhes.

Eu me lembrei da matéria do jornal com um susto. Ela mencionava a Gangue Triângulo Dourado. Angelo Falcone tinha sido acusado pelos assassinatos — assassinatos *brutais* —, mas nunca condenado. Eu não sabia se tinha a coragem de acreditar, mas antes que eu pudesse me controlar, falei:

— E Jack é o número três.

— E Jack Gracewell é o esquivo terceiro ângulo do tal triângulo — confirmou Felice, subitamente sombrio. Ele estalou os dedos, um por um, e reparei que estavam tão picados quanto o rosto. — Srta. Gracewell, nunca conheci sujeito tão escorregadio e sem escrúpulos como seu tio.

*Eu também,* percebi com um enjoo subindo do meu estômago. Se tudo que Felice dizia era verdade, eu não conhecia mesmo meu tio. Certo, eu sabia que Jack era capaz de perder a linha: ele bebia demais, tinha pavio curto e a tendência a desaparecer de vez em quando. Mas aquelas acusações eram completamente diferentes.

— A gente quase conseguiu, sabe, acabar com todos eles e teríamos encerrado o assunto, mas claro que não foi assim. Porque Angelo deu de cara com o irmão errado naquela fatídica noite de dia dos namorados e, então, tudo mudou num piscar de olhos.

Senti o gosto de bile subindo pela garganta. Pensei no meu pai sozinho no escuro do lado de fora da lanchonete e em como deve ter ficado assustado quando Angelo Falcone o abordou, gritando. Ele não fazia ideia de quem era. Não tinha como. Ele jamais se envolveria em algo desse tipo. Certo? Cerrei os punhos para impedir que minhas mãos tremessem. Quantas pessoas na minha vida não eram quem diziam ser?

— Eu não sabia que Jack tinha um irmão *tão* parecido com ele até a noite em que o vi atirar no *meu* irmão. Uma péssima investigação, certo? Posso dizer que muitas cabeças rolaram após essa confusão infeliz. — Felice se permitiu um sorriso afetado antes de acrescentar: — Literalmente.

— Você estava lá?

Ele suspirou, o ânimo teatral em queda.

— Estava escuro e Angelo abordou o Gracewell errado. O planejado era que meu irmão apagasse Jack e o arrastasse até o beco atrás da lanchonete para que pudéssemos atirar nele com mais privacidade; foi um pedido pessoal meu, entende, mas nunca chegamos a essa parte e, pelo menos isso, você sabe.

Me encolhi só de pensar nele atirando em Jack.

Felice balançou o dedo, para frente e para trás como um metrônomo, até eu querer arrancar o dedo fora e jogá-lo de volta na cara dele.

— Você não deve me taxar de monstro. Foi Jack quem contribuiu, *e ainda* contribui, com o lado negro da sociedade da pior maneira possível. E foi *Jack* que colocou seu pai naquela situação tão infeliz. Se algum dia eu fosse vender drogas, o que é claro jamais faria, certamente não usaria um dos estabelecimentos familiares do meu irmão como estoque.

— Jack não faz essas coisas. — A dúvida me fez vacilar. As palavras saíram da minha boca oscilantes e forçadas. — Meu pai jamais o deixaria fazer isso. Não acredito em você.

Eu teria cruzado os braços e saído do cômodo se pudesse. Não porque estava com raiva, mas porque estava com medo da verdade e o que ela me faria entender sobre minha família e sobre certo e errado.

— Bem, felizmente para mim, não faz diferença se você acredita ou não. Não muda a verdade da situação.

Quanto mais eu pensava no assunto, mais pendia para a versão dele. Até porque era estranho pensar que Angelo Falcone estaria desarmado rondando uma pequena lanchonete no meio da noite. E ainda mais estranho eram todos os negócios misteriosos que Jack tinha em Chicago. E todo o dinheiro que ele aparentava ter, os carros modernos e os ternos caros. Sempre teve algo estranho nele: algo que fazia minha mãe mantê-lo a uma distância segura, algo que o impedia de ter a própria família. Isso sem contar com o ódio intenso pelos Falcone. Quanto mais eu juntava as peças, menos ridículo soava.

— Então, se é verdade... — comecei.

— É verdade — Felice esclareceu.

— Bem, então por que estou aqui se nada disso tem a ver com meu pai? Não fiz nada de errado.

— Depois da morte triste do meu querido irmão, as operações de Jack sofreram um declínio tão grande que pensamos que a Triângulo Dourado houvesse acabado inteiramente. Claro que sempre pretendemos encerrar o que começamos; com um espaço de tempo para o luto, claro. Mas quando descobrimos que nossa informação estava errada e que Jack agora *comandava* a gangue inteira diretamente de Chicago, percebemos que teríamos de nos livrar logo dele. Adquirimos uma residência em Cedar Hill e, a partir dali, começamos a eliminar os sócios-chave do seu tio, um por um.

Isso explicava o entregador afogado — Luis também fazia parte disso? E todos os outros desaparecimentos misteriosos que a sra. Bailey tinha me falado com tanta urgência — aqueles que ignorei tão depressa? Todo esse tempo, e bem debaixo do meu nariz, estavam matando gente.

— Isso é horrível — falei, confusa.

— Na verdade se chama competência — corrigiu Felice. — E, agora que sabemos que Jack é a última peça do quebra-cabeça; enfraquecido sem seu fiel escudeiro, precisamos eliminá-lo o mais rápido possível, antes que ele consiga se reorganizar. Está na hora de encerrarmos isso da maneira que meu irmão planejou.

Entrei em pânico ao pensar no que fariam com Jack, sem saber quantos dos seus "sócios" haviam sido mortos nos últimos meses e tentei não pensar em quantos deles encontraram seu fim na ponta da arma de Nic.

— Então vai matá-lo.

— Sim. — Felice se sentou lentamente na cadeira como se seus ossos pudessem quebrar se não tivesse cuidado. — E é aí, querida *Persephone*, que você entra.

Eu me irritei.

— Esse não é o meu nome.

— Não entendo por que você o dispensa. — Ele fez uma pausa como se esperasse uma justificativa minha para algo que agora parecia insuportavelmente trivial. Quando não respondi, ele continuou, chocado de maneira visível. — Por que não gosta de ser lembrada como a gloriosa e bela Rainha do Submundo, a incrível e infernal Deusa da Morte? Sophie é tão *sem graça* em comparação.

— Realmente espera que eu responda?

— O significado desse seu nome me intriga. Você até encontrou seu Hades. — Ele sorriu e tive a impressão de que esperava me impressionar com seu conhecimento de mitologia grega. Não havia funcionado.

Quando não falei nada, ele continuou:

— Foi Dominico que descobriu quem você era, quando estava com aquela garçonete britânica trivial tentando conseguir informações sobre Jack. Quando Nicoli percebeu que você era, na verdade, Persephone Gracewell, tentou se afastar, mas era tarde demais. De repente, você se tornou o meio mais fácil de chegarmos ao nosso alvo quando já estávamos ficando sem paciência.

Pensei em Nic e franzi o cenho. Esse tempo todo ele estava lutando contra o próprio desejo em nome da minha segurança, e estava perdendo. E mentindo.

— Mas você não enxergou o perigo, não é? Porque vê apenas as partes que deseja ver e é cega para todo o resto.

Eu o encarei furiosa.

— Não sou cega para nada. — A não ser pela vida secreta do meu tio como rei das drogas. E pela vida secreta da minha paixonite como matador.

— Claro, claro — respondeu Felice, sarcasticamente. — Como um velho bobo como eu saberia qualquer coisa sobre o assunto? Não tenho dúvida alguma de que vocês estão completamente apaixonados e que contou *afetuosamente* todas as cicatrizes que ele tem na mão onde puxa o gatilho.

Felice me encarou maliciosamente e eu o odiava por isso; mas, acima de tudo, eu o odiava porque estava certo. Eu não tinha feito pazes com essa parte de Nic; tentava ignorá-la. Até justificá-la.

— Então, veja bem — continuou, sentindo prazer —, quando Jack fugiu, deixou *você* para trás, a única coisa que o faz perder a cabeça. Esperávamos que fosse nos levar até ele.

"No entanto, como seu tio é mais inteligente que um bandido qualquer e, inexplicavelmente, tem se mantido fora do nosso alcance, precisamos adotar um plano mais improvisado, onde você é a *isca*. — Ele bateu as mãos. — Se Jack não aparecer no galpão abandonado de carros em Hegewisch antes da meia-noite de hoje, a situação vai ter uma reviravolta muito infeliz."

— Então vai me matar? — perguntei, sentindo-me completamente vazia por dentro. Era esse o fim? Eu havia caído em um poço de mentiras e agora tinha uma arma apontada para minha cabeça?

Felice me encarou, impassível.

— Não me agrada a ideia de matar uma adolescente, mas acho que teria de perguntar a alguém mais qualificado do que eu, Persephone.

— Tipo quem?

Felice ficou de pé.

— Nosso chefe.

Meu queixo caiu.

— Você não é o chefe?

— Eu? — Algo sombrio surgiu no rosto dele, mas antes que eu pudesse tentar entender, ele se animou até parecer um personagem de desenho animado. — Não sou o chefe. Mas obrigado. Fico honrado.

— O que você é, então?

— Eu? Sou um simples criador de abelhas. — Ao falar isso, uma de suas abelhas voou na linha dos meus olhos, a apenas trinta centímetros de distância, como se ele tivesse programado aquilo.

— E um matador — eu o lembrei.

— Realmente acho que não somos definidos por apenas uma coisa.

— A não ser que seja um matador. Nesse caso, é tudo que pode ser mesmo.

— Talvez devesse dizer isso ao seu pai. Ou ao seu charmoso Hades, entre um beijo e outro.

Se eu pudesse pular do sofá e arrancar o rosto dele fora, eu o teria feito.

— De qualquer forma — continuou ele, de maneira condescendente —, sou apenas o *consigliere* dos Falcone. Dou conselhos, que geralmente são ignorados. Buscarei alguém mais apto a responder sua pergunta. Sinceramente, estou cansado do seu sarcasmo adolescente.

## CAPÍTULO VINTE E SEIS

# O CHEFE

Eu o ouvi antes de vê-lo — o piso de madeira rangia enquanto ele deslizava para meu campo de visão, as mãos mal tocavam as rodas para que elas se mexessem. Ele se virou com uma série de movimentos complicados e ficou de frente para mim. O corpo era magro, mas não tão corcunda quanto eu me lembrava; estava vestido com calças pretas e uma camisa de botão preta engomada e apertada nos ombros. A ocasião especial? Meu fim.

Ele deslocou a perna esquerda para que ficasse esticada na minha direção, tocando no chão. A perna direita, que era ossuda e virada para dentro na altura do quadril, encostava na outra e ele parecia contorcido da cintura para baixo. Ele tirou as mãos das rodas e entrelaçou os dedos sobre o colo. A primeira vez que o vi, ele estava sentado atrás de uma mesa, reproduzindo a memória dos seus modelos ausentes e me mostrando um mundo diferente através dos lápis. Agora ele me encarava com seu olhar azul-celeste e os lábios tensos.

— Queria me ver? — Aquela voz musical. Tinha dificuldades de acreditar que podia ser a força comandante de uma frota inteira de matadores.

— Valentino — eu disse, com a voz surpreendentemente firme. Falei como se o conhecesse há anos, mas a expressão dele não se alterou. Era ilegível. — Por favor, me diga que não é verdade.

Ele se mexeu na cadeira, ajeitando o corpo, e de repente ficou mais alto, os ombros mais largos do que antes. Percebi que havia sido boba de pensar que ele era fraco.

— O que não é verdade? — cantarolou ele.

— Você é o chefe dessa coisa toda? — falei.

Ele levantou as sobrancelhas incrivelmente pretas.

— Quando diz "coisa" está falando "família"?

— Sim.

— É tão difícil assim de acreditar? — rebateu ele.

Eu me inclinei para frente, como se tentasse romper a barreira invisível entre nós.

— Sim. É difícil de acreditar.

Ele apontou com o dedo para a roda direita da cadeira de rodas.

— Por causa disso? — Havia uma pontada de amargura na resposta.

— Não. Porque pareceu ser tão... sensível antes.

— Eu sou sensível — respondeu ele. — É uma das minhas maiores qualidades.

— Mas você mata pessoas. — Minha voz estava falhando.

Ele apontou para a roda de novo como explicação.

— Eu *ordeno* mortes.

— Isso não é muito melhor.

— É um mal necessário para um bem maior — respondeu ele. — As coisas são como são.

— Você vai realmente me matar? — Minha voz fraquejou e uma corrente de lágrimas correu pela minha bochecha até meu pescoço, deixando-o molhado de forma incômoda. Ainda assim mantive o rosto erguido. Apesar de tudo, eu seria corajosa.

Valentino demorou a responder. Desviou o olhar para a janela.

— Sim.

— Mesmo se Jack aparecer? — Eu não acreditava no que estava perguntando; não deveria cogitar a possibilidade de trocar uma vida pela minha, mas aparentemente meu instinto de sobrevivência era mais cruel do que eu.

Valentino voltou a olhar para mim. Sorriu levemente.

— Mesmo assim.

Abri a boca para falar, mas um choro sufocado saiu no lugar. Tremendo, enterrei a cabeça nas minhas mãos atadas e caí no pranto, tentando tirar tudo de mim de uma vez. Eu precisava me controlar para encontrar uma saída daquela situação, mas meus ombros sacudiam e minha respiração saía em fortes arquejos.

— Se me permite explicar — disse ele. Eu não queria olhar para ele, mas seu tom permaneceu inabalado com meu surto emocional. — Não quero ser nada senão justo nesse papel que foi dado a mim. Tento ser o mais lógico possível quando tomo decisões sobre vida e morte.

— Mas você não é justo — solucei. — Nada disso é justo. Não sou uma traficante de drogas! Sou apenas uma garota!

— Uma garota Gracewell. E, sinto dizer, uma ponta solta.

Ele me deixou chorar em paz, e não falou nada até eu finalmente levantar a cabeça.

— Jack tem uma dívida por causa da sua lucrativa atividade com drogas e seus efeitos destrutivos de grande alcance. Isso é óbvio. Mas a dívida do seu pai conosco existe pelo que ele fez ao meu pai.

— Seu pai estava tentando matá-lo! — gritei. Eu tremia tanto que achei que fosse entrar em combustão. — É claro que ele se defendeu! A coisa toda foi um acidente. Até Felice admite que meu pai não fez nada de propósito!

— Como você sabe? — A postura impassível de Valentino me pegou de surpresa. Por um momento risível me senti uma idiota por reagir tão violentamente, quando ele conseguia ter essa conversa falando do mesmo jeito como se estivesse pedindo uma pizza para o jantar.

— O que quer dizer? — As palavras tremeram na minha garganta.

— Como sabe que seu pai é inocente? — perguntou ele, estudando minha reação. — Como saber que seu tio não confiou o segredo a ele? Que ele não estava disposto a fazer o necessário para defender a família?

— Porque... — vacilei.

Valentino semicerrou os olhos e, de repente, me senti gelada.

— Porque meu pai jamais machucaria alguém deliberadamente — falei, com a confiança renovada. Eu não tinha certeza de muita coisa, mas estava certa disso. — Ele não é capaz de uma coisa dessas.

— Você achava, antes de hoje, que seu tio era capaz de comandar um cartel de drogas?

Hesitei.

— Você achou que eu era capaz de comandar uma dinastia de matadores antes desta situação em que nos encontramos?

Desviei o olhar, mas ele não cedeu.

— Você achou na primeira vez que beijou Nic, que ele era capaz de afogar um homem na sua própria banheira?

— Pare — implorei, sentindo uma vontade esmagadora de vomitar. — Apenas pare.

— Máscaras — disse Valentino. — Veja o que acontece quando as tiramos.

— É horrível. — Enterrei o rosto nas mãos para que ele não tivesse o prazer de ver suas palavras me queimando por dentro.

— Caos absoluto — lembrou com calma, como se não tivesse acabado de aniquilar a reputação da minha família. — Como é basicamente decisão minha, acredito que quando tivermos apreendido seu tio no galpão, a forma correta de prosseguir é acertar, de uma vez por todas, a dívida de sangue do seu pai.

Levantei a cabeça novamente, tonta e enjoada.

— Então vai me usar para atraí-lo e me matar mesmo assim?

Valentino deu de ombros.

— É o melhor plano.

Pensei na minha mãe e em Millie e precisei engolir mais um soluço. Minha mãe não sobreviveria a isso, ela já mal lidava com tudo como estava. E Millie — que abriu mão de várias amizades para ficar ao meu lado quando meu pai foi preso. Ela não tinha mais ninguém. Tínhamos apenas uma a outra.

Quando Valentino abriu a boca outra vez a voz era cínica, embora o tom musical permanecesse, cantarolando uma por uma as palavras que me feriam.

— Nic não virá atrás de você, Sophie. Ele não sabe de nada disso.

Não falei nada. Apenas fiquei ali, sentindo o vazio aumentar dentro de mim.

— Quer um lenço? — Ele puxou um pano vermelho de seda do bolso da camisa. As iniciais dele estavam bordadas com linha preta no canto.

Ignorei o gesto.

— Achei que gostasse de mim. Achei que a gente se entendia.

— Eu gosto de você. — Ele devolveu o lenço para o bolso, inabalado pela rejeição. — Se as circunstâncias fossem outras, acho que seríamos amigos.

— Mas está disposto a me matar?

Ele falou com convicção:

— Fui escolhido pelo meu pai para ocupar essa posição porque sempre fui capaz de separar meus sentimentos pessoais da missão dos Falcone. Tenho a habilidade de compartimentalizar.

— Parabéns — ironizei.

— Não tenho certeza do que Nic falou sobre mim. — A perna esquerda dele tremeu contra a direita em um espasmo súbito. — Mas Luca e eu fomos nomeados juntos, sabia? Dois chefes. Foi uma decisão inédita no meio do submundo, mas para a família fazia sentido. Sempre fizemos tudo juntos desde antes de nascermos, somos duas metades de um inteiro. Eu permaneceria calmo e controlado, tomando decisões de longe e ele se certificaria de que elas seriam obedecidas da forma correta. Era essa a ideia. Juntos seríamos o chefe perfeito: justos e eficientes. Afastados e completamente envolvidos.

— Mas ele não é o chefe. É o braço direito — argumentei sem motivo.

Se Valentino ficou surpreso com meu conhecimento da sua infraestrutura, não demonstrou.

— Está certa. — Ele sorriu, revelando os dentes de relance. — Ele abriu mão da posição logo após a morte do nosso pai. Afastou-se da sua parte nesse papel.

— Por quê? — perguntei, chocada. Entre os cinco irmãos, Luca se encaixava perfeitamente no papel de chefe da máfia. Ou era o que eu pensava.

Valentino levantou as mãos, gesticulando para o cômodo e tudo dentro dele: eu, ele, um sofá preto de couro, minha morte iminente.

— Talvez por causa disso. Esses tipos de manobras são particularmente difíceis de digerir. — Ele fez uma pausa, ponderando algo. — Ou — aventurou-se —, quem sabe ele achou que me devia isso. — Valentino apontou com casualidade para a perna deformada, mas o rosto demonstrava outra coisa. — De qualquer forma, Luca e eu sempre trabalhamos juntos em perfeita harmonia, até o momento em que esta situação se apresentou para nós. É claro que brigo com Nic toda hora, então não é nenhuma surpresa que a gente o tenha deixado de fora disso, mas foi a primeira vez em minha vida que discordei do meu irmão gêmeo sobre qualquer coisa. E o fato de ser sobre o destino de uma garota Gracewell que ele nem conhece não faz sentido para mim.

Senti um peso inesperado no meu peito.

— Mas eu sou o chefe — resumiu Valentino, com o lirismo da sua voz encobrindo a franqueza da declaração. Tive a impressão de que ele não queria que a centelha de esperança dentro de mim crescesse.

— Então a decisão final é sua — percebi.

— É minha — disse ele, solene. — E Luca vai respeitar isso.

E, sem mais nem menos, a centelha se apagou.

— Teve notícias do meu tio? — Desejei poder ligar para meu tio e falar para que não se desse o trabalho de ir ao meu resgate. Se pretendiam me matar de qualquer jeito, a situação toda era uma armadilha.

— É difícil convencer um barão das drogas, egoísta por natureza, a trocar sua vida por outra, mesmo que seja a de alguém muito querido para ele. Mas tenho certeza de que assim que ele assistir ao seu vídeo vai entender a gravidade da situação.

— Que vídeo?

Valentino abaixou a cabeça, desviando de mim.

— Seja valente com Calvino ou ele vai pegar mais pesado.

Ele saiu e fiquei sozinha novamente.

## CAPÍTULO VINTE E SETE

# O VÍDEO

Algum tempo depois, uma porta abriu e fechou atrás de mim, e o som de passos pesados marcou o silêncio. Um homem careca, com aparência impiedosa e um grosso bigode negro entrou no cômodo. Eu me lembrava dele daquele dia no restaurante — Calvino.

Ele se sentou na poltrona livre contorcendo o rosto anguloso até que parecesse artificial, e me encarou com um sorriso.

— Vi você no Eatery algumas semanas atrás — falei, torcendo para que, ao iniciar uma conversa, eu descobrisse uma saída para o que quer que ele estivesse planejando fazer comigo. — Você matou a abelha.

O sorriso se transformou em uma careta.

— E ainda estou pagando por isso. — A voz dele era rouca e grossa. De forma absurda, me ocorreu que ele seria um bom locutor de rádio. Quer dizer, se o negócio de assassinatos não funcionasse.

— O que vai fazer comigo?

— Basicamente a mesma coisa. — O rosto dele ficou sombrio e o olhar se desviou para a porta atrás de mim quando ela se abriu.

Um menino de uns 12 anos parou atrás de Calvino, pousando as mãos nos ombros dele como uma pose naquelas pinturas bizarras de família. O menino era obviamente seu filho. Eles tinham o mesmo queixo pontudo, os lábios finos e pálidos e o nariz aquilino que dominava seus rostos. Os olhos eram escuros, com pálpebras pesadas e, como todos os Falcone, a pele dos dois era morena.

Calvino gesticulou para o garoto, e em resposta ele sacou um telefone — *o meu telefone* — do bolso.

— Ei! — gritei, assustando até a mim mesma. Os dois se viraram para mim, com a mesma cara de surpresa alongando seus rostos. — Esse telefone é meu, seu merdinha! Devolve!

— Não — provocou o garoto.

— C.J. — o pai avisou a ele. — Eu avisei para não falar com ela.

C.J. franziu a testa.

— Diga quando quiser que eu comece a gravar — falou para o pai, ligando a câmera do celular e fazendo com que a luz do flash se acendesse.

Claro. Eles iriam mandar o vídeo do meu telefone para Jack. Calvino se levantou e subiu as mangas pretas da camisa, mostrando a ponta de uma tatuagem no bíceps direito. O instinto fez eu me encolher no sofá e levantei ainda mais as pernas dobradas na frente do corpo.

— Posso começar agora? — C.J. pulava de um pé para o outro.

— Sim. — Calvino sacou um canivete do bolso e abriu a lâmina. Reconheci o canivete da família; era idêntico ao de Nic.

— Ele pode ver isso? — Gesticulei para o garoto quando ele se aproximou. — É só uma criança.

Calvino ergueu as grossas sobrancelhas que combinavam perfeitamente com o bigode de lagarta.

— Ele é um Falcone.

Calvino manteve a expressão de choque por cinco segundos para deixar claro a ofensa causada por minha pergunta. Usei o tempo para me encolher no canto do sofá: ergui as pernas, escondendo a barriga, e tentei levantar o corpo enquanto o louco do canivete e seu filho vinham na minha direção.

— Quer fazer a introdução? — perguntou o filho.

Calvino parecia surpreso com a aparente engenhosidade de C.J.

— Boa ideia.

Um sorriso largo se espalhou pelo rosto cheio de espinhas do garoto.

Eu me encolhi no sofá, com os pés amarrados, enquanto Calvino me olhava casualmente, como se soubesse que, não importava o quanto eu tentasse, ele ainda poderia fazer o que quisesse. Ele guardou o canivete e agarrou meu braço. Deslizei de volta para o meio do sofá em um só puxão. Ele então se apertou ao meu lado, para que nós dois ficássemos dentro do alcance da câmera. Calvino se agachou e me puxou pela gola da camiseta para que C.J. pudesse dar um zoom.

O cheiro forte de loção pós-barba me acertou. Reparei, aterrorizada e com uma pontada incontrolável de curiosidade, uma cicatriz grossa que cruzava a testa perto da raiz do cabelo que um dia existiu. Quando Calvino se aproximou, a cicatriz brilhou, fazendo com que sua cabeça parecesse ter uma tampa.

— Jack Gracewell. — Cada sílaba era rascante como garras de metal arranhando um tambor. — Espero que esteja terrivelmente mal.

C.J. fez sinal de positivo atrás do telefone. Tentei me afastar da cabeça brilhosa do homem, mas ele apertou minha nuca até arranhar a pele com as unhas, me fazendo gritar de dor.

— Como pode ver, estamos com a sua amada sobrinha, a srta. Persephone Gracewell. — Ele acariciou meu cabelo em um só longo movimento. Tentei desviar a cabeça, mas ele agarrou minha mandíbula e me puxou de volta com tanta força que ouvi um estalo. Fechei os olhos e tentei não gritar ao fechar a boca com um único clique agonizante.

— Como você sabe — continuou ele para a câmera, acertando minhas mãos agitadas com um único e doloroso golpe —, não ficamos felizes com a nossa conversa mais cedo, e achamos que a resposta devida à sua hesitação é um endurecimento da nossa parte.

Endurecimento? A palavra zuniu na minha cabeça como um alarme de carro.

Calvino agarrou meu cabelo e o entrelaçou nos dedos, puxando com brutalidade. Estiquei os braços, socando o peito dele o mais forte possível, mas ele desviou dos meus golpes e acabei só acertando o ar.

— Por favor! — gritei.

Ele continuou a puxar meu cabelo, tão forte que senti como se fosse arrancar o couro cabeludo.

— Você tem até meia-noite para aparecer, sozinho e desarmado, no galpão abandonado perto da antiga Hegeswich, onde vamos conversar sobre seus negócios e a libertação da garota.

Então eles estavam enganando meu tio duas vezes: sobre seu próprio destino e sobre o meu.

— Malditos mentirosos — reagi.

Calvino me deu um tapa no rosto. O golpe me arrancou as lágrimas dos olhos. Chorando copiosamente, soquei-o no ombro; ele se encolheu e soltou um palavrão baixinho. Aproveitando o momento de distração, rolei para fora do sofá e lutei para ficar de pé, pulando em direção à porta.

Calvino saltou para frente e agarrou meus ombros, me puxando de volta para aquele sofá maldito. Cobri o rosto com as mãos atadas enquanto ele me segurava, respirando ofegante pelo nariz. Ele se curvou, perto o suficiente para que eu sentisse sua respiração no cabelo, assoprando-o para trás enquanto ele me forçava a tirar as mãos do rosto.

Ele bateu no meu nariz com a base da mão, me fazendo morder a parte de dentro do lábio. O gosto de sal e ferrugem tomou minhas gengivas, misturado à torrente de sangue que saía do nariz. Me esforcei para respirar enquanto o sangue escorria pelos lábios até o queixo.

— Pare! — implorei. Comecei a escalar o sofá, mas Calvino me puxou de volta. Minha cabeça caiu no peito dele com um baque e ele a segurou ali.

— Se você não aparecer, Jack — ele voltou à narração psicótica do vídeo —, vamos matá-la. Depois vamos atrás de você com todos os homens que temos até te deixarmos pendurado no teto do seu apartamento.

Ele me empurrou e caí no sofá, dolorida e tremendo.

C.J. correu e parou com a câmera a trinta centímetros de mim e pude ver cada espinha cheia de pus no seu rosto ensebado.

— Viu o que me obrigou a fazer, Gracewell? — Calvino fez uma pausa, como se esperasse uma resposta de Jack. Meu choro preencheu o silêncio. Eu nem tinha percebido que estava chorando até me ouvir. Ele fez um gesto para C.J. desligar a câmera.

— Isso aí! — comemorou o filho. — Ficou ótimo. — Parecia que tinha tirado dez em uma prova, em vez de ter acabado de filmar um vídeo com uma garota indefesa de 17 anos sendo agredida.

Cuspi uma poça de sangue na camisa de seda de Calvino.

— Você é um monstro!

Ele levantou a mão na minha direção e me encolhi.

— Cuidado com essa língua — avisou. — Ou vou arrancá-la da sua boca. — Ele então se levantou e botou a mão no ombro do filho. — Mostre o vídeo para Felice e envie. Ele sairá logo para se preparar para a chegada de Gracewell. Vou logo depois com a garota.

— Posso ir também? — perguntou C.J. animado.

— Da próxima vez.

Era bom saber que esse tipo de coisa era recorrente na família Falcone.

O garoto sumiu e fiquei sozinha com meu torturador. Sentei e me encolhi toda, braços e pernas encolhidos ao meu redor.

— Nem quebrou nada — informou Calvino, de um jeito que dava a entender que achava que eu estava sendo dramática. Ele flanou de volta para a poltrona e se acomodou, relaxando com um suspiro profundo.

Eu queria gritar um monte de palavrões para ele, mas minha energia desaparecia um pouco mais a cada respiração. Eu sabia que precisava fugir, se não por mim, por minha mãe, minha melhor amiga e meu pai. Até mesmo pelo meu tio Jack. No fundo, ainda tinha esperanças de que houvesse uma explicação, algo que tornaria tudo aquilo menos pavoroso do que parecia.

Calvino me observava com o olhar fixo. Concentrei minha atenção no cômodo em volta. Eu podia pular pela janela, mas provavelmente quebraria uma perna na queda. E ainda teria que me preocupar com as abelhas. Mesmo se eu conseguisse, de algum jeito, me livrar das amarras, precisaria correr pelo campo ao fundo ou me arriscar pela frente da casa. Eu não sabia quantas pessoas estavam ali ou qual o tamanho do lugar. A porta estava atrás de mim. Se tivesse sorte, quem sabe Calvino ficaria entediado e cairia no sono. Já estava de noite, afinal.

Minha mente ainda girava quando ele se levantou outra vez e voltou a enrolar as mangas da camisa.

— O que você está fazendo? — Tentei pular para fora do sofá, mas as amarras nas pernas me impediram.

— Eu não tinha terminado — respondeu ele quando caí no chão e tentei me arrastar para longe, usando o bumbum e as pernas como uma lagarta. — Só precisava de um descanso.

Calvino me cercou, e fui me arrastando com pressa até bater com a cabeça na parede. Ele levantou o pé como se fosse chutar uma bola, mas rolei para o lado no segundo decisivo.

Continuei me arrastando pelo chão com a ajuda das mãos, mas Calvino voltou a me chutar, dessa vez acertando meu lado direito. Senti um estalo de algo se quebrando e perdi o ar. Vi estrelas, a visão ficou embaçada, e me agarrei ao chão duro de madeira tentando escapar. Ouvi um gemido cansado em algum lugar acima de mim e me contorci ao receber mais um chute.

Uma onda de enjoo me dominou. Puxei os joelhos na altura do peito e me enrolei em posição fetal enquanto pontadas de dor incontroláveis perfuravam meu corpo. Calvino começou a me rodear, mas, desta vez, em vez de chutar, ele me virou com o sapato para que eu ficasse de bruços. Com o salto do sapato, pressionou as minhas costas.

— Pare — chiei. Tentei me agarrar ao chão, mas ele fez mais força, e então ouvi o canivete dele se abrindo. — Por favor — pedi ofegante, mas não sabia para quem. Eu estava sozinha e precisava fazer algo antes que fosse tarde demais.

Ele me rolou novamente e fiquei de barriga para cima encarando as luzes ofuscantes do teto, apertando os olhos até seu rosto angular voltar a foco.

Calvino ergueu a lâmina, passando o polegar pelo fio. Devagar, empurrei meu corpo para o lado e puxei as pernas para trás, dobrando um pouco os joelhos. Era minha última esperança. Rezei para que ele não se mexesse antes que eu lançasse as pernas para frente, e foi o que aconteceu; Calvino estava ocupado demais encarando com afeto a navalha faiscante.

Era minha única chance: peguei impulso no chão com as mãos atadas e lancei a parte inferior do corpo para frente com toda a força que consegui reunir, usando o cotovelo e os quadris como impulso. Minhas pernas giraram em um semicírculo e, quando Calvino reparou o que eu tentava fazer, eu já estava no meio da rasteira.

Numa queda que pareceu em câmera lenta, ele despencou para trás, tombando da sua tremenda altura. O canivete caiu ao lado do meu ombro. Calvino bateu a cabeça na parede com um baque ensurdecedor, se encolheu e escorregou para o chão a meio metro de mim e, então, com um leve espasmo na perna, ficou deitado ali em total imobilidade.

Eu me esgueirei pela parede até conseguir sentar, mordendo o lábio com força para sufocar os gritos de dor se acumulando dentro de mim, peguei o canivete e iniciei o trabalho nas amarras das pernas. Cortei--as o mais rápido possível, olhando de relance para Calvino de vez em quando para ter certeza de que ele não estava prestes a me atacar. Seus olhos estavam fechados, mas o peito ainda subia e descia, então eu sabia que tinha pouco tempo. As amarras das pernas se soltaram.

Me esforcei para cortar as amarras das mãos com o canivete de ponta-cabeça, mas não encontrei o ângulo certo e as tentativas foram inúteis. Mas eu havia chegado longe demais para desistir, mãos atadas ou não. Segurei o canivete com as duas mãos e fui subindo até ficar de pé.

Quando finalmente levantei, a dor no peito me queimou como uma chama. Tive que me curvar, apertando o canivete na mão fechada. Com a parede como apoio, me arrastei para frente, um passinho de cada vez, intercalando gritos com um choro sem fôlego. A porta estava quase ao meu alcance. Atrás de mim, a respiração de Calvino ficava cada vez mais estável.

Devagar, comecei a escorregar pela parede. Apertei minhas costelas, mas senti a força se esvair do meu corpo. Eu tremia de dor e, de repente, fugir pareceu impossível. Calvino iria me alcançar.

Eu não conseguia levantar a cabeça, não via mais a porta, mas estava perto o suficiente para sentir a corrente de ar que me atingiu quando ela foi aberta. Usando cada gota remanescente de força, ergui a cabeça e olhei para frente.

— Sophie?

Abri a boca para gritar, mas as palavras saíram em arfadas ofegantes.

— Seu. Imbecil.

## CAPÍTULO VINTE E OITO

# A FUGA

Luca e eu nos encaramos por um longo e agonizante momento.

Vi a expressão dele se fechar. Tentei falar novamente, mas não consegui. Eu sabia que beirava a inconsciência; pontadas de dor atravessavam meu peito, e cada respiração era mais difícil que a anterior. Mas também sabia que, se me permitisse cair na escuridão que seduzia minha mente, talvez não voltasse a acordar — afinal, Luca era o braço direito de Valentino e tinha ordens para cobrar de mim uma dívida de sangue.

Apoiando a mão aberta na parede, me forcei a continuar em frente, mantendo o canivete o mais longe possível do corpo e usando o ombro como apoio para me manter de pé.

— Saia do meu caminho. — Exibi o canivete e tentei empurrar o peito dele com o outro ombro.

Luca apoiou uma das mãos nas minhas costas e, com a outra, tirou a navalha de mim com facilidade. Com um gesto, ele fechou a lâmina e jogou o canivete no sofá, longe do meu alcance.

— Não pode passar por mim.

Levantei o olhar, irritada. Eu já tinha visto aqueles olhos ofuscantes o suficiente para uma vida inteira.

— Me larga.

Ele não largou. Vasculhou o cômodo com os olhos até encontrar o corpo imóvel de Calvino.

— Você fez isso com ele? — perguntou ele, impessoal.

Assenti.

Ele me estudou: primeiro viu o sangue seco no meu queixo, depois, a forma como eu tentava apertar as costelas.

— *Cazzo* — murmurou, balançando a cabeça.

Minhas pernas fraquejaram, mas Luca me segurou. Ele me levou até o chão e meu deixou sentada. Desejei mandá-lo tirar as mãos de mim, mas não o fiz porque, durante um milésimo de segundo, senti um alívio de toda a dor. Quase conseguia suportá-la naquela nova posição, mas sabia que não poderia permanecer nela. Precisava fugir.

Sem tirar os olhos de mim, Luca pegou o celular, digitou um número e levou o telefone ao ouvido.

— Ela ainda está aqui. — Um silêncio curto e então: — Uma hora. — Ele desligou e botou o telefone de volta no bolso.

— O quê, em uma hora? — Minha voz estava ofegante de tanta dor.

Luca não respondeu, e me contorci quando outra onda de dor começou a se espalhar pelo corpo. Ele se levantou e foi até onde Calvino começava a se mexer deitado no chão.

— *Svegliati* — disse ele, cutucando o ombro do outro com o sapato. Calvino resmungou, mas não abriu os olhos. — Vou levá-la ao galpão — continuou Luca, como se fosse perfeitamente normal dialogar com um homem semiconsciente. — Vou tentar disfarçar para os outros não perceberem que uma garota de 17 anos sem nenhum treinamento e amarrada conseguiu apagar você. Enquanto isso, é melhor você se recuperar por aqui.

A perna de Calvino tremeu enquanto Luca se afastava dele.

— *Pezzo di merda* — murmurou ele, antes de voltar a atenção para mim.

— Não vou a lugar nenhum com você — falei.

— Não tem escolha.

— Nic nunca vai te perdoar.

Minha voz falhou e amaldiçoei a minha demonstração de fraqueza, mas Luca não pareceu notar ou se importar. Ele voltou o olhar para Calvino.

— Nic não é a minha preocupação no momento.

Ele espiou pela porta aberta o cômodo ao lado. Quando se virou, eu já estava de pé de novo, cambaleando. Manquei em direção à saída.

Luca ergueu a cabeça.

— Você vai comigo, Sophie.

— Não — protestei, me arrastando para frente até estarmos na entrada. — Eu já disse que não respeito sua autoridade. — Cambaleei e quase tropecei no vão da porta.

Luca me segurou novamente. Tentei socar o ombro dele, mas perdi o equilíbrio, e ele me segurou pela cintura, escorando meu corpo e me deixando meio flutuando e meio de pé.

— Isso não muda nada.

Tentei me livrar, mas ele não largava.

— Odeio você — protestei.

— Então isso não vai ajudar — respondeu ele. Antes que eu pudesse rebater, ele levantou minhas pernas e me pegou no colo. Esperneei o máximo que pude, mas isso só serviu para que me segurasse mais forte junto ao seu peito.

Ele me carregou passando por um segundo cômodo maior, uma sala de estar mal iluminada cheia de caixas de pizza e latas de Coca-Cola. Um torneio de pôquer estava passando no mudo na imensa televisão de tela plana, cercada por grandes poltronas de couro.

Continuei a lutar mesmo enquanto a dor agonizante tomava conta de mim, deixando escapar gemidos incompreensíveis.

— Cala a boca — ameaçou ele ao abrir outra porta para penetrarmos a escuridão do vão da escada do segundo andar. Não obedeci. Gritei até a voz falhar e a garganta doer.

Chegamos ao pé da escadaria que se dividia em dois caminhos idênticos. Luca desceu rápido, com os pés batendo no mármore até chegarmos ao térreo, onde paramos em um salão circular com o chão de pedra branca. Ao centro, um candelabro de vidro iluminava o mosaico do brasão da família Falcone gravado no piso sob nossos pés. Meus golpes ficavam cada vez mais fracos.

— Por favor — falei, olhando para ele. Minha cabeça pousou no ombro de Luca quando fui tomada pelo cansaço. — Por favor, não faça isso.

A boca dele estava tensa, esticando a fraca cicatriz no lábio. Ele não olhou para mim.

Chegamos à porta da frente e saímos para a noite. Luca apressou o passo e começou a correr. A casa se erguia no céu escuro atrás de nós; uma mansão gigantesca de três andares construída em pedra branca. Ao centro, o teto era abobadado e destacava-se do resto da casa, apoiado em uma fileira semicircular de colunas.

A entrada de carros era longa, escura e cheia de curvas. Quando finalmente paramos, Luca me afastou do corpo e abriu a porta do carro, me acomodando no banco do carona e fechando a porta antes que eu tentasse escapar. Ele pulou no banco do motorista e ligou o motor com um rugido. O relógio do painel dizia 10h04.

— Aonde estamos indo? — Eu já sabia. Apenas queria que ele falasse comigo, reconhecesse suas ações. Até gritar seria melhor do que o silêncio mortal instaurado entre nós. O silêncio significava que ele estava concentrado demais no que teria que fazer e que minhas súplicas não estavam surtindo efeito.

Dirigimos em silêncio por um bom tempo, atravessando ruas desertas que não reconheci até finalmente voltar a enxergar traços de civilização. Tentei me manter alerta, mas sabia que meu estado de consciência oscilava com as ondas de dor que tomavam o meu corpo.

Tentei de tudo para amolecer Luca: chorei, implorei, gritei, mas ele não cedeu. Sequer olhou para mim. Apenas encarava a estrada à frente, trincando os dentes e segurando o volante com tanta força que os nós dos dedos ficaram brancos.

E, então, quando o relógio marcava 10h57, quase uma hora depois de termos saído de Lake Forest, paramos. Luca saiu da estrada e estacionou ao lado de uma pequena loja de conveniência. Pela primeira vez desde que tinha começado a dirigir, ele olhou para mim. Eu o encarei de volta, vendo seus olhos inacreditavelmente azuis, e esperei enquanto ele se remexia no banco. Luca tirou algo do bolso de trás e meu estômago se contorceu de medo quando ele se inclinou na minha direção, largando o que quer que fosse no meu colo. Por um momento não senti dor, apenas surpresa. Era uma nota de cinquenta dólares.

Foi então que ele começou a falar, rápido e calmo:

— Eu tirei você da casa do Felice contra a sua vontade. Quando chegamos na cidade, parei em um sinal vermelho e você fugiu. Correu até a loja de conveniência. Eu não fui atrás de você porque tinha muita gente lá dentro. Não podia correr o risco de ser pego. Você ligou para um táxi. Foi para casa da sua mãe e vocês duas fugiram de Cedar Hill imediatamente.

Comecei a tremer, primeiro nas mãos e depois no corpo todo. Ele estava me libertando. Ele não ia me matar.

— Mas o meu tio... — falei, com lágrimas surgindo nos olhos.

A expressão de Luca permaneceu inabalada, a voz sombria.

— Você não vai voltar para casa antes do enterro do seu tio. Valentino não vai nos manter em Cedar Hill só por sua causa. Não vai gostar de você ter fugido, mas vai superar isso assim que a dívida de Jack Gracewell for acertada.

— Mas se...

— Sophie — Luca me interrompeu. — Você nunca mais verá seu tio.

— Por favor — sussurrei. — Por favor, você precisa ajudá-lo.

— Alguns erros eu posso cometer — respondeu ele, apático. — Outros, não.

— Está querendo dizer que matariam você se tentasse ajudá-lo? Mas é a sua família.

— Quis dizer que eu não tentaria — respondeu ele, no mesmo tom.

Engoli minhas palavras. Luca não só não poderia ajudar Jack, como não queria fazer isso. No fundo, ele acreditava que Jack deveria morrer, e não havia nada que eu pudesse fazer a respeito. Como um garoto que tinha sido criado para acreditar que pessoas más são inteiramente más poderia compreender o conceito de que dentro da maldade pode existir a bondade e, mais importante, o potencial para o bem? Luca e sua família viam o mundo em preto e branco.

Depois de uma olhada rápida por cima do ombro, Luca tirou o canivete do bolso e cortou as amarras no meu pulso. Eu as vi caindo sem acreditar. Ele me empurrou a arma e fechou meus dedos no cabo.

— Você roubou meu canivete e levou com você, caso precisasse se proteger.

Olhei para baixo e vi a inscrição:

*Gianluca, 20 de março, 1995*

Ele estava realmente me dando seu canivete, o canivete personalizado. E, mais do que isso, estava confiando que eu não o usaria contra ele. Parecia frio e artificial nas minhas mãos, mas o guardei em um dos bolsos do short junto à nota de cinquenta dólares.

— Obrigada — falei, porque não consegui dizer mais nada. Não sabia se ficava grata ou apavorada. Estava exausta, confusa e trêmula. Mas ele estava me libertando e, mesmo com tudo que acontecia à nossa volta, isso significava alguma coisa. Ele estava enfrentando a própria família. Estava me dando a vida de volta.

— Você nunca mais vai nos ver, Sophie. — As palavras dele carregavam uma conclusão arrebatadora, mas sua expressão permanecia a mesma. Ele estava, como sempre, cuidadosamente controlado.

Antes que eu pudesse responder, a porta do carona se abriu e quando me virei vi Nic, parado ali, no pequeno estacionamento nos fundos da loja de conveniência, segurando a porta para mim. Saí do carro. Olhamos um para o outro e identifiquei cada milímetro de dor acumulado nos seus olhos escuros.

Ele me observou — o machucado no rosto e meu corpo encolhido, as mãos apertando as costelas. Ele fechou os olhos, soltou um suspiro profundo e, eu juro, o meu coração e o dele se partiram um pouco naquele momento.

— Sinto muito — falou ele, voltando a abrir os olhos.

Eu não podia dizer que estava tudo bem. Estava muito longe de estar tudo bem. Mas ofereci em troca algo pequeno: um sorriso lento, com olhos marejados, para o garoto que havia me beijado como nunca antes. Havia bondade dentro dele, mesmo que estivesse enterrada lá no fundo dos códigos sob os quais conduzia sua vida.

Fiquei parada enquanto Nic passava por mim, tomando meu lugar no carro ao lado de Luca. Ele estendeu a mão e eu a segurei. Nic pegou a minha delicadamente, como se fosse de porcelana, passou o polegar nas marcas vermelhas no meu pulso, levantou-a e a beijou.

— *Riguardati* — murmurou ele junto à minha pele.

E, assim, os irmãos Falcone foram embora, me deixando curvada no chão, chorando tanto que mal respirava.

## CAPÍTULO VINTE E NOVE

# O GALPÃO

Quanto mais eu chorava, mais pensava sobre todos os acontecimentos e, devagar, minha determinação se tornou mais forte do que a dor. Se os Falcone só botavam gente na cova, como poderiam saber o que uma segunda chance pode fazer por uma pessoa? Que bem faziam ao arrancar o potencial de um homem antes de ele poder descobrir o bem dentro de si?

Luca e Nic talvez não tivessem escolha para matar Jack, mas *eu* sim. Eu não sabia o número para ligar para ele — sem falar que meu telefone estava sob a custódia do bandido-em-treinamento, C.J. —, mas sabia aonde estavam indo. Eu tinha uma arma e dinheiro para ir até lá. Se abandonasse meu tio agora, jamais me perdoaria, e jamais me lembraria de Nic com qualquer sentimento além de desprezo. Eu havia prometido ao meu pai que cuidaria de Jack e, se seu irmão morresse daquela forma, ele jamais se recuperaria. Ele mal conseguia sobreviver como estava agora.

Mas ainda existia uma chance; eu ainda poderia fazer algo. Poderia me colocar entre Nic e meu tio, poderia impedir um assassinato. Talvez não convencesse Luca, mas sabia que Nic me escutaria. Ele não dizimaria minha família, não depois de tudo que dividimos.

Eu me levantei e fiz o possível para limpar o rosto, esfregando o sangue do queixo e cobrindo o roxo nos olhos com o cabelo. Forcei meu corpo a ficar ereto, caminhei até a loja de conveniência e troquei a nota de cinquenta dólares para que pudesse ter uma mísera moeda de

25 centavos para chamar um táxi. Esperei no banheiro da loja até o táxi chegar, estudando meu reflexo. Afastei o cabelo emaranhado do rosto e reprimi a expressão de horror. Manchas roxas fundas faziam bolsas sob os olhos inchados. A ponte do nariz estava torta, e as bochechas, vermelhas onde eu havia limpado o sangue com as mãos. Agarrei a pia ao sentir uma pontada repentina de dor nas costelas. Algumas semanas atrás, meu maior problema era o efeito da umidade no meu cabelo. Como eu tinha chegado àquele ponto?

Em algum momento, um grande mal-entendido devia ter acontecido. Tudo havia saído de controle. Era impossível pensar nas drogas, no dinheiro ou nos piores aspectos da alma do meu tio sem pensar nas partes boas — aquelas que eu conhecia. Meu tio não era um vilão unidimensional como os Falcone imaginavam — por que abriam exceções para eles mesmos e não para Jack? Não era certo. Mesmo que não pudesse convencê-los antes que fosse tarde demais, precisava tentar.

Vinte minutos depois, para a perplexidade do motorista de táxi, desci em um terreno baldio nos arredores da Velha Hegewisch. No perímetro, sacolas de plástico voavam como fantasmas acima de carrinhos de supermercado. O velho galpão de autopeças ficava no meio do terreno; uma estrutura imensa sem portas, com paredes de concreto rachadas, manchadas de ferrugem e cocô de pombo. Do outro lado, havia contêineres empilhados como gigantes LEGOs das cores laranja, bege e azul. Lá no alto um letreiro desgastado, que se balançava no único prego restante, dizia AUTOPEÇAS GREENE. Caminhei com cautela em direção ao local, sentindo menos medo do que deveria. Estava em pé puramente à base de adrenalina e sentia meu coração batendo na ponta dos dedos.

Andei pela fileira de contêineres de aço até encontrar um beco um pouco mais largo que um carro. Estava escuro como breu e completamente escondido da entrada do terreno. No final do beco, virei à direita e encontrei dois SUV dos Falcone estacionados e sem ninguém. Então, Luca e Nic já tinham chegado, mas de quem era o segundo carro? O motivo para a escolha do local era óbvio. Dava a eles uma entrada secreta e vantagem imediata quando Jack chegasse.

Nos fundos do galpão, uma pequena porta ficava escondida atrás de várias pilhas de caixotes de madeira, e estava entreaberta. A tranca havia sido arrombada, mas duvido que isso fosse necessário — a porta já estava se despedaçando nos cantos e provavelmente podia ser derrubada até por uma criança.

Caminhei na ponta dos pés entre os caixotes e entrei disfarçadamente. O espaço no interior estava quase vazio, e era muito úmido. O cheiro de mofo tomava conta do ar e nos cantos pilhas de mais caixotes corroídos por cupim se amontoavam, lotados de restos de embalagens plásticas. Pendendo dentro de uma gaiola, uma única luminária iluminava um espaço circular na parte da frente e outra lâmpada menor havia sido pendurada no centro, onde os Falcone estavam de pé, protegidos em parte por uma pilha de caixotes até a altura do peito. Luca estava discutindo com Felice, enquanto Gino e Dom observavam às suas costas, brincando com as armas. Nic estava distante, esperando logo na porta. Se eu chamasse a atenção dele, quem sabe ele me ouviria sem ser influenciado pelos irmãos.

Comecei a seguir pelas laterais do galpão, apertando as costelas ao me agachar atrás das caixas. Ratos entravam e saíam correndo dos caixotes, e precisei me esforçar para não gritar toda vez que um passava por meus tênis.

Parei de me mexer e ouvi o barulho de um carro distante se aproximando.

A movimentação no galpão caiu em um silêncio absoluto.

O motor foi desligado em algum lugar do outro lado da entrada. Ouvi a porta se fechar. *Jack*. Meu coração batia forte e rápido no peito. De repente, só pensava no rosto do meu tio quando ele desse de cara com as armas que estavam prestes a ser apontadas para a sua cabeça.

E, então, algo inesperado aconteceu: ouvi uma porta se fechar, e outra, e finalmente a quarta porta. Jack não estava sozinho.

Nic espiou pela entrada do galpão e retraiu a cabeça, confuso.

— Ele está acompanhado — anunciou aos outros, afastando-se da sua posição e juntando-se a Luca. Os dois pareciam inquietos, mas não muito surpresos. Não sei por que estava tão chocada: entrar sozinho em um galpão escuro era suicídio. Jack era mais esperto do que isso e, para minha tristeza, mais do que acostumado a esse mundo e a como ele funcionava.

— Eles vão estar armados — disse Dom, de maneira casual.

— Típico do Gracewell — disse Felice, com uma risada falsa. — Nunca honra seus acordos. Sempre soubemos que ele viria com tudo. Quantos são?

— Está escuro demais, não consigo ver. — A voz de Nic parecia frustrada. Ele sacou a arma e se certificou de que estava carregada. Como eu poderia chegar até ele agora que estava tão próximo dos irmãos? Quem sabe se eu alcançasse Jack antes de ele entrar, poderia impedi-lo de sequer passar pela porta. Aquele tempo todo eu havia me preocupado com meu tio, e não parei para pensar que ele também chegaria preparado. Isso significava que Nic e Luca não estavam nem um pouco mais seguros do que ele.

*Vingança idiota.*

Fiquei mais atenta aos meus passos quando notei que os caixotes ficavam mais espaçados. Estava cada vez mais difícil me esconder atrás deles e, como cada respiração parecia uma facada nas minhas costelas quebradas, eu tinha dificuldade em fazer esforço. Se passasse pela porta da frente antes de alguém entrar, quem sabe evitaria um massacre.

— Eu sabia que ia ser um caos — esbravejava Felice. — E se ele perceber que não estamos mais com a garota, não vai hesitar em atirar primeiro. Precisamos ficar atentos... Perdemos nossa vantagem.

As sombras de Dom e Gino assentiram. Luca falou baixo demais para eu escutar, mas pelos seus gestos, deduzi que ele defendia sua inocência. De onde eu estava, parecia convincente. Eu esperava que sim.

— E não estão nem protegidos. — Felice apontou para o peito de Luca e Nic. — Saiam pelos fundos antes que alguém se machuque. Valentino já está irritado o suficiente. Não podemos correr o risco de errar de novo.

Nenhum dos dois se mexeu.

— Vamos prosseguir com a operação — disse Luca.

Nic estalou o pescoço, ajeitou os ombros e trincou os dentes. Se era assim que ele ficava em combate, era bem eficiente, e fez com que eu quisesse arrancar meus cabelos; afinal, ele estava se preparando para matar meu tio.

Os Falcone pararam de falar; ninguém mais queria discutir. Ficaram em silêncio, todos concentrados na porta, esperando Jack dar o primeiro passo. Os Falcone sabiam que Jack estava do lado de fora; Jack sabia que os Falcone estavam do lado de dentro. Ambos tinham reforços e, provavelmente, armas. E eu estava presa, agachada em meio a mijo de rato e caixotes mofados em um galpão no meio do nada, pensando em qual ente querido iria morrer primeiro, e se eu sobreviveria tempo suficiente para tentar perdoar os que permanecessem vivos. Se isso não era o fundo do poço, não queria nem pensar no que seria.

Eu tentava espiar pelo espaço entre dois caixotes caídos quando a porta do galpão se abriu, só um pouquinho e, depois, mais um tanto. Congelei. Os Falcone ergueram as armas. Era tarde demais. Eu havia falhado.

— Olá — chamou uma voz baixa e tensa.

Meu corpo inteiro ficou gelado.

Ninguém respondeu.

— Olá? — repetiu ela, a palavra uma simples gota naquela imensidão vazia.

Em cliques sequenciais, eles prepararam as armas para atirar e a apontaram para minha mãe enquanto ela entrava no galpão.

# CAPÍTULO TRINTA

# A ESCOLHA

O cabelo caía em mechas despenteadas no seu rosto, e ela usava um cardigã velho por cima do pijama. Ainda tinha pantufas nos pés.

De repente, parecia que todos os meus pesadelos haviam se unido em um só e explodido, formando um único espetáculo horrível. E isso? *Isso* era o meu fundo do poço.

Se eu achava que estava com raiva, aquela cena mudava tudo. Senti um calor me atravessar e mal consegui segurar o grito. O que Jack estava pensando? Como ele pôde fazer isso com a minha *mãe*? A *mulher* do irmão dele? Eu me senti enjoada e, de repente, não sabia mais de que lado eu estava. Luca estava certo; eu devia ter ido para casa. Devia ter fugido de Cedar Hill com ela. Eu devia tê-la mantido em segurança. Ela era a única pessoa na família com quem eu podia contar e fui boba por pensar diferente.

Quando viu as armas apontadas para ela, minha mãe sufocou um grito. As mãos cobriram a boca e ela cambaleou para trás.

Os Falcone hesitaram, se entreolhando, mas não abaixaram a mira. Não entendia como podiam ver qualquer coisa perto de ameaçadora nela. Ela mal tinha 1,50m, cinquenta quilos e tremia como uma vara.

Mordi as costas da mão e tentei me concentrar, mas estava gritando por dentro. Cheguei mais perto — o mais perto que pude sem ficar com a proteção dos poucos caixotes que ainda sobravam. Ainda não era o suficiente. Eu queria desesperadamente pular das sombras e tirá-la dali, mas sabia que levaria um tiro antes de chegar lá.

Minha mãe girou o corpo mais uma vez para frente, apertando os braços ao seu redor.

— Vim buscar minha filha. — O medo havia deixado a voz dela irreconhecível. — Vim buscar Sophie.

Luca abaixou a arma.

— O que o Gracewell acha que está fazendo?

Os outros não se mexeram.

— Não abaixe a arma — avisou Felice. — Isso claramente é uma armadilha.

— É a mãe dela — insistiu Nic, virando-se para cuspir no chão. — Ele está usando a maldita cunhada.

— Tem mais gente do lado de fora — retrucou Felice. Ele semicerrou os olhos e começou a analisar minha mãe como se quisesse ter certeza de que não era uma ilusão. — Não sei o que ele acha que vai conseguir com isso, mas se Jack Gracewell pensa que não vamos atirar em você, está completamente enganado.

— Ca-cadê minha filha? — Minha mãe não estava conseguindo se concentrar. A atenção dela tinha se dispersado ao ver as armas e agora ela enxugava a testa, os olhos vasculhando todo o galpão. À minha procura. — Cadê ela? — perguntou, o pânico tomando o lugar do medo na voz ofegante. — Ele disse que ela estava aqui. O que fizeram com ela?

— Onde está Jack Gracewell neste exato momento? — Felice caminhou na direção dela, mirando na cabeça. — Diga o que ele está planejando ou mato você agora mesmo.

— Pare! — gritou Nic. Ele esticou o braço na frente do tio e Felice parou de repente.

— Nicoli — sibilou ele em resposta. — Precisa aprender a escolher suas batalhas.

— Ela não tem nada a ver com isso — esbravejou ele.

— É claro que tem, está bem aqui!

— Combinamos de não ferir mais inocentes. Você é tão horrível quanto Valentino!

— Bobagem — disse Felice, indignado. — É claro que devemos matá-la.

Luca entrou no meio de Nic e Felice.

— Realmente deseja destruir ainda mais esta família, Felice? — perguntou ele, a voz cuidadosamente controlada. — Não é assim que meu pai lidaria com a situação, e todos nós sabemos bem disso.

— Então não deveria ter negado o último pedido dele. Certamente estaria agora em uma posição melhor para reclamar.

A expressão de Luca ficou levemente hostil, mas a voz permaneceu inalterada.

— Tenho certeza de que não preciso lembrá-lo, Felice, que independente da minha decisão, ainda estou acima de você.

Felice fez uma careta e abaixou a arma devagar. A vida voltou às minhas pernas bambas.

— So-Sophie? — Minha mãe se inclinou para frente, torcendo o pescoço para tentar enxergar atrás dos caixotes. Mas eu não estava ali e, quanto mais ela se esforçava, mais difícil era vê-la frustrada. Lágrimas silenciosas corriam por seu rosto, reluzindo na luz baixa. — Sophie?

— Onde está Jack Gracewell? — repetiu Felice. Ele estava tão obcecado em estudá-la que não ouviu um ruído baixo vindo dos fundos do galpão. Nenhum deles ouviu.

Dei um salto de susto e a dor nas costelas se multiplicou, como se uma mão invisível tivesse resolvido repuxar meus órgãos. Eu me agachei e segui o barulho. Quatro pessoas estavam entrando pela porta dos fundos, se movimentando por entre os caixotes, abaixados rente ao chão. A visão de uma cabeça ruiva me alertou para a posição de Eric Cain. É claro que o melhor amigo de Jack estava envolvido nisso, assim como todo mundo. Ao seu lado, reconheci os passos do meu tio, que se arrastava em direção aos Falcone.

Comecei a entrar em pânico, indecisa entre gritar e chamar a atenção de Nic e Luca para avisá-los da presença de Jack, ou ficar quieta para que Jack salvasse minha mãe da mira cada vez mais instável de Felice. Talvez ele merecesse isso, talvez não. Chequei o canivete de Luca em meu bolso e a parte mais raivosa de mim imaginou a lâmina se enfiando no corpo Jack. De que adiantava aparecer no meu resgate se estava disposto a usar minha própria mãe, mesmo sabendo que ela poderia se machucar?

— Chega! — Era Gino; Gino, o instável. Ele se atirou para frente, passando batido por Felice e Nic com a arma levantada.

Minha mãe gritou, cambaleando para trás e quase tropeçando.

— Gino! — O grito de Nic abafou o meu e parecia que ninguém notava nossas vozes embaralhadas.

Luca saltou na mesma hora e, em um segundo, estava parado na frente da minha mãe com as palmas estendidas para o irmão.

— Gino, não — falou também, porém mais calmo.

— Ela é uma distração — disse Gino com a língua presa, balançando a arma loucamente no ar. — E é a mulher de Michael Gracewell! Pelo menos assim vamos acertar a dívida de sangue que você e Calvino estragaram.

— Cuidado com o que diz, Gino — disse Luca sem pestanejar.

As sombras no fundo se aproximavam. Avistei a ponta do corte de cabelo militar de Jack a alguns caixotes de distância. Decidi ir até ele. Se soubesse que eu estava bem, talvez ele pudesse sair de fininho, e Luca os convenceria a deixar minha mãe ir embora.

Eu me arrastei pelo chão de concreto, olhando por cima do ombro ao me aproximar o mais rapidamente possível. Minha mãe havia enterrado o rosto nas mãos e seu choro ecoava pelo galpão. Vi Luca se virar e cochichar algo para ela. Ela se endireitou e começou a enxugar o rosto com as mãos trêmulas. Disse algo a ele, que assentiu, e então minha mãe abriu um sorriso choroso, com o rosto contorcido pelo alívio. Ela sabia que eu estava viva.

Quando me virei, Jack não estava mais no meu campo de visão, e as sombras rastejantes não eram mais sombras: eram homens. Estavam de pé, com braços esticados e armas em punho. Gritei o mais alto que pude, mas era tarde demais.

Nos filmes é sempre tão dramático quando alguém leva um tiro. O tempo congela, a música aumenta e envolve o momento. Quando a bala atinge o corpo, ele cede, cada membro reagindo em perfeita sincronia, cambaleando, quase flutuando no ar e, embora a intenção fosse ser aterrorizante, sempre há algo perfeitamente artístico na cena.

Não foi assim com Luca. Ele simplesmente caiu. Uma hora estava de pé, na frente da minha mãe, e na outra estava caído no chão em uma poça do próprio sangue.

O som ainda ecoava nos meus ouvidos quando ela começou a gritar, e então se iniciou uma discussão, e o portão dos infernos se abriu.

Eric Cain, o homem que havia atirado em Luca, atirou-se no chão e rolou em direção a uma pilha de caixotes quebrados. Dom começou a atirar nele, abrindo buracos nos caixotes, fazendo com que ele se levantasse e pulasse entre as caixas como uma gazela, mirando no fundo do galpão. Outro homem — pouco mais do que uma cortina de cabelo louro platinado — tentava desviar de Gino enquanto Felice encurralava o quarto membro, todos atirando por entre os caixotes.

Nic foi direto na direção de Jack, com a arma em punho, mas foi Jack quem atirou primeiro. A bala foi parar em uma caixa ao lado da cabeça de Nic, que atirou de volta, mas Jack desviou, saltando para trás de uma torre de caixotes e desaparecendo de vista. Eu não conseguia mais vê-los, mas os gritos, misturados ao caos, ainda eram audíveis.

Eu me arrastei pelo chão de cimento, seguindo o sangue de Luca como uma trilha e ignorando a dor que pulsava nas costelas. Minha mãe já estava agachada, tentando tirá-lo do caos com uma das mãos e protegendo a cabeça das balas com a outra. Alguém gritou meu nome e me preparei para o impacto de uma bala que não veio.

Atrás de nós, uma porta bateu e quase toda a gritaria foi para o lado de fora. Quando alcancei Luca, apertei a cintura dele para parar o sangramento que jorrava. O sangue borbulhava, feroz, sob as minhas mãos, encharcando meus dedos e cobrindo-os de uma gosma quente.

— Sophie! — gritou minha mãe, agarrando meus ombros. — Sophie, você precisa ir embora!

— Não! — Fiz mais força, sentindo as costelas reclamarem. As pálpebras de Luca tremulavam e seu rosto estava pálido. Era estranho vê-lo assim. — Chame uma ambulância!

Minha mãe me soltou e começou a tatear o casaco agitadamente.

— Estou sem o telefone. Eu não pensei... — falou ela, indecisa. — Tudo aconteceu tão rápido, Jack disse que precisávamos sair correndo se a gente quisesse ter alguma chance de... Ai, estava tão preocupada que mal conseguia pensar... — Ela se distraiu, murmurando incompreensivelmente. Agora já estávamos perto da saída do galpão. Ela começou a puxar caixotes à nossa volta; construindo uma barreira improvisada.

Não havia sinal de Nic ou de Jack. Antes eu os ouvia gritando, mas agora não havia mais nada. Do lado de dentro, o tiroteio havia se encerrado. Alguém havia tido o bom-senso de levar o caos para longe de nós, e eu não tinha certeza de qual lado havia pensado nisso, nem se era por mim ou por Luca, mas de qualquer forma naquele momento fiquei profundamente grata.

Do lado de fora, três outros tiros foram disparados e um motor foi ligado. Alguém estava indo embora na frente do galpão, e eu não sabia se ficava aliviada ou apavorada por isso.

— Precisamos pedir ajuda. — Arrastei Luca em direção à porta com a mão livre. Ele gargarejou e um jato de sangue escorreu dos seus lábios pálidos, marcando a pele branca como giz.

— É perigoso demais, Sophie — sussurrou minha mãe. — Não sabemos o que está acontecendo lá fora.

O som de outro motor me assustou. Estava mais afastado, vindo dos fundos do galpão. Pneus cantaram e eu sabia que pelo menos um Falcone estava indo embora.

— Imbecis — xinguei. — Estão abandonando ele.

— Provavelmente acham que ele já está morto. — O modo como ela disse traía suas próprias expectativas sombrias. — Está quase.

As lágrimas ardiam nos meus olhos, mas pisquei rapidamente para que caíssem e desimpedissem minha visão.

— Se você segurar o ferimento, posso tentar achar...

Alguém chutou a porta da frente. Jack entrou apressado no galpão, a camisa encharcada de suor e o rosto inchado e vermelho. Ele empunhava a arma e vasculhava com os olhos o galpão buscando possíveis ameaças.

— Está salva — disse ele sem olhar nem para mim nem para minha mãe, ainda vistoriando o galpão. — Temos que ir.

— Onde estão os outros? — perguntei.

— Carter está morto. Dois tiros na cabeça. Grant ainda está por aí com um deles. Cain levou um tiro no braço, mas resistiu e...

— Os Falcone — interrompi. — Onde estão os Falcone?

Jack não entendeu a aflição na minha pergunta; provavelmente achou que era medo.

— Cain os atraiu para uma busca vã até o outro lado da cidade; aqueles manés acham que estão me perseguindo. Pensaram que ia ser fácil, mas me subestimaram mais uma vez. Eles não fazem ideia do que começaram. Vou caçar aqueles merdinhas um por um. Ninguém bota a mão na minha sobrinha e sai impune. — O orgulho na voz dele era desmedido; deve ser normal no estranho submundo, onde a moral era completamente distorcida. — Precisamos tirá-las daqui antes que os outros Falcone voltem. Liguei para Hamish e ele está a caminho; vamos encontrá-lo na frente do terreno. Teremos que contabilizar Grant como uma baixa. Ele era novo mesmo...

Jack interrompeu o discurso inflamado. Pela primeira vez sua atenção se voltou para nosso pequeno bunker atrás dos caixotes. Ele avistou Luca e seus olhos se arregalaram.

— Merda — xingou, fazendo uma careta. — Cheguem para o lado.

Ele apontou a arma para a cabeça de Luca.

— Para! — berrei, movendo o corpo para ficar na mira da arma.

Jack se aproximou, pisando no sangue de Luca como se fosse uma poça de chuva. Ele suavizou a voz em uma tentativa de me confortar.

— Não precisa olhar.

— Jack! — gritou minha mãe histericamente. — Não atire no garoto!

Jack não compreendia. Luca era apenas mais uma peça eliminada do seu jogo, nos distraindo da fuga.

— Celine, se ela não vier agora, não vamos conseguir levá-la a um lugar seguro.

Luca estava inconsciente, mas eu ainda ouvia um chiado saindo do seu peito. Protegi o corpo dele com o meu, deixando que nossas testas se tocassem e meu cabelo caísse no rosto dele, escondendo-o. Estendi minha mão livre enquanto a outra apertava o ferimento.

— Não.

— Ele precisa morrer, Sophie. É o braço direito deles. — A gentileza na sua voz estava se transformando em frustração e a paciência, em urgência. — Não me faça arrancá-lo de você.

— Jack — minha mãe tentou outra vez. — Precisamos ajudá-lo.

Ouvi seus joelhos estalando quando meu tio se agachou ao meu lado.

— Não seja ridícula, Celine.

Segurei-o com mais força.

— Vamos, Soph. — Ele agarrou meu ombro e me afastou do corpo de Luca em um só movimento. — Vire de costas.

Eu me joguei para frente, mas ele me puxou, me arrastando pelo chão até minhas pernas ficarem manchadas com o sangue de Luca e eu estar longe demais para impedi-lo. Gritei ao vê-lo apontar a arma para a cabeça dele.

Ouvi um tiro estrondoso. Foi mais alto dessa vez, e pareceu alterar as partículas no ar à minha volta, fazendo-as vibrar umas contra as outras. Minha mãe e eu gritamos, mas Luca, que mal estava vivo, permanecia intacto.

Em vez disso, a arma voou da mão de Jack e deslizou ao meu lado no chão.

— Filho da puta! — xingou ele, baixando a cabeça com uma expressão confusa. A bala havia atravessado sua mão, e agora o buraco fazia escorrer sangue pelo braço. Jack se encolheu no chão, respirando fundo e apertando seus dedos ensanguentados. Chutei para longe a arma, que deslizou pelo chão e parou entre dois caixotes destroçados pelas balas, longe do seu alcance.

No fundo do galpão, Nic corria para nós, o rosto coberto de terra, a roupa ensopada de algo que devia ser o sangue de outra pessoa. Ele ainda segurava a arma, apontada para o meu tio, como se planejasse atirar novamente. Acho que ele não estava brincando sobre ter uma mira perfeita.

— Seus amigos estão mortos! — gritou ele.

Jack começou a se arrastar para trás em direção à porta, levando o corpo pelo chão com a mão ilesa.

— Sophie! — gritou ele, mas ele não me olhava; não me via. Mas eu estava vendo; seu rosto estava pálido e tomado de medo, e o sangue dele se misturava ao de Luca.

Nic parou de correr e levantou a arma novamente.

— Pare! — ordenou.

— Nic, não! — gritei. — Ele não está armado. Deixe ele ir embora!

A cabeça de Nic se mexeu como se alguma coisa zunisse por perto. Ele hesitou. Jack já estava na porta; segurou o batente com a mão boa e tentou se levantar. Estava quase conseguindo.

E então Nic atirou nele.

Minha mãe e eu gritamos. Jack bateu na porta e uma mancha vermelha começou a se formar do lado esquerdo da camisa.

Nic parou ao lado de Luca, nem sequer olhou para Jack. Guardou a arma e se agachou ao lado do irmão, checando a pulsação no pescoço.

— Precisamos levá-lo para o hospital — disse ele para minha mãe, que tremia visivelmente, mas continuava pressionando o ferimento.

Eu estava anestesiada demais para me mover. Continuava encarando meu tio e sua nova expressão de pânico. Ele ainda estava vivo e me olhava com o corpo metade dentro do galpão e metade fora. Observei o ferimento — era logo abaixo do ombro esquerdo, não exatamente no coração, mas bem poderia ter sido. De longe, de onde minha mãe e Nic estavam juntos, meu tio parecia bem morto, mas eu via o estado de alerta no seu rosto e o medo nos olhos. Nic havia atirado para ferir ou para matar Jack? E se ele soubesse o que eu já sabia — que a bala não havia atingido o coração do meu tio —, será que terminaria o serviço?

— Sophie — chamou minha mãe, com a voz ofegante. Ela e Nic haviam começado a levantar Luca. — Pode nos ajudar? Preciso que você pressione o ferimento enquanto carregamos ele.

Jack merecia meu perdão? Não. Ele merecia morrer? Não era uma decisão minha nem de ninguém. Não tive tempo para pensar. Eu me levantei sem dizer nada, estendendo a mão para ajudar e bloqueando a visão do corpo do meu tio enquanto caminhava até eles. Então fomos rápidos, os três em sincronia, em direção aos fundos do galpão, longe de todo aquele sangue. Não me virei para ver se Jack ainda estava lá.

Minha mãe e eu carregamos Luca até o último carro restante, enquanto eu cambaleava ao lado deles, apertando minhas costelas com uma das mãos e pressionando o ferimento dele com a outra. E então fomos embora, Luca e eu deitados lado a lado no banco de trás, minha mão segurando com força seu torso enquanto nossas respirações pesadas se misturavam.

Enquanto Nic acelerava pela escuridão, imerso em uma conversa apressada com minha mãe, eu me entreguei à dor e à escuridão que haviam me rondado a noite inteira.

# CAPÍTULO TRINTA E UM

# O HOSPITAL

Pela segunda vez no mesmo verão, acordei em uma cama de hospital. Tudo ao redor era estranho e sem cor. Imagens surreais dançavam na minha mente enquanto eu ficava ali, deitada, me sentindo a um milhão de quilômetros da Terra. Levei a mão ao peito e senti uma leve pontada.

— Sophie? — Um sino tilintante rompeu a minha bolha.

Virei a cabeça para o lado direito, fazendo minha bochecha dormente pulsar, como se a dor pairasse fora do corpo, me observando. Tentei resmungar, mas minha voz ficou presa na garganta e saiu em forma de arfadas patéticas e insignificantes.

— Querida? — Minha visão se estabilizou e vi o rosto da minha mãe tomando vulto a apenas alguns centímetros do meu. Os olhos estavam marejados e o rosto abatido. — Como está se sentindo?

Tentei falar, mas não encontrava as palavras e, mesmo se as encontrasse, não teria condições de botá-las para fora. Fiz uma careta e pisquei repetidas vezes, os movimentos da minha mãe desconexos.

— O médico deu morfina para você. Está com duas costelas quebradas, o nariz também. Não se preocupe se você se sentir um pouco estranha. — Ela pegou a minha mão e apertou com força. Senti apenas um leve formigamento.

Eu estava me sentindo eufórica e abatida ao mesmo tempo, e as memórias passavam como flashes no meu cérebro aturdido enquanto ficava deitada na cama do hospital. Eu me lembrei da dor de cada golpe dado por Calvino; a discussão com Luca na mansão de Felice; uma longa viagem de carro a lugar algum. Mexi as mãos sob a coberta e, aos poucos, comecei a entender que estava vestindo uma camisola de hospital. Ao meu lado, na mesa de cabeceira, minhas roupas estavam dobradas em uma pilha. O cabo de um canivete saltava do bolso da frente. Tive mais um momento de confusão e só então me lembrei de algo, mais uma memória desconexa. Era o canivete de Luca. Mas por que ele estava comigo mesmo? Apertei os olhos até se fecharem e tentei entrar em contato com as partes mais obscuras da minha mente.

Quando abri os olhos, Nic estava no quarto, com a aparência de quem não dormia havia muito tempo; o cabelo estava caído na testa e olheiras pesadas marcavam seus olhos. Ele entregou um copo descartável de café para minha mãe e se sentou ao lado dela. Por um segundo, pude jurar que não eram nada além de cabeças flutuantes, e então a onda de morfina passou o suficiente para que eu pudesse compreender um certo nível de realidade.

— Você está acordada. — Ele abriu um leve sorriso.

Respondi com um gemido ofegante.

Nic se inclinou para perto até que seus olhos escuros dominassem meu campo de visão.

— Você é teimosa, Sophie Gracewell — repreendeu ele com a voz gentil. — Não sei o que eu teria feito se algo tivesse acontecido com você.

Tentei me lembrar um pouco melhor dos acontecimentos. Meu cérebro foi tomado por uma memória distante mas passageira de gritos. Encarei Nic com tanta vontade que senti lágrimas escorrerem dos olhos para meu cabelo.

Ele passou o dedo gentilmente sob meu olho inchado; eu estava desesperada para sentir seu toque, mas não conseguia.

— Vou consertar isso — disse ele. — Prometo.

Fechei os olhos, me lembrando com um susto do cheiro de umidade do galpão. Revi uma fileira de caixotes estendida diante de mim na escuridão. Nic e seus irmãos estavam parados sob uma luz solitária, discutindo.

Quando abri os olhos novamente, Nic tinha tirado a mão do meu rosto, mas sua atenção continuava em mim.

— Me perdoe — sussurrou ele.

Pelo canto do olho, enxerguei minha mãe; lágrimas corriam sem controle pelos cantos dos olhos dela.

— Querida, sinto tanto. Eu não sabia de nada disso. Pensei que você estava com a Millie até Jack bater na nossa porta. Eu não tinha ideia do que ele estava fazendo. Eu não sabia de nada disso.

Consegui vê-la então, em outra época, em outro lugar, chorando como agora, vestindo o mesmo pijama e as mesmas pantufas que eu tinha dado de Natal.

Estendi a mão e segurei o braço dela em uma tentativa de confortá-la, mas mal senti sua pele por causa da morfina. Quando me dei por satisfeita pela tentativa desajeitada, tentei sentar na cama.

— Pare — murmurou Nic, botando a mão na minha. — Não tente se mexer ainda, OK?

*Pare*. Nic havia gritado isso no galpão. Logo antes de atirar em Jack. *Jack*.

— Jack — falei com dificuldade. O som mal saiu da minha boca, mas minha mãe entendeu.

— Parece que seu tio sobreviveu. — A voz dela não demonstrava nenhuma emoção. Não tinha certeza se ela estava aliviada ou decepcionada. Cautelosamente, desviei o olhar para Nic. O rosto dele era ilegível. Não sabia dizer se ele estava surpreso ou não pela notícia, mas não olhava mais para mim. Desviei o olhar também, mas nossos dedos permaneceram entrelaçados.

Quando minha cabeça pousou de volta no travesseiro, pareceu que toda a confusão no meu cérebro havia sumido. Minha memória voltou em flashes: balas voavam à minha volta enquanto eu me encolhia com a minha mãe. Vi Jack, primeiro segurando uma arma, depois agarrando a própria mão enquanto o sangue escorria pelo seu braço. No chão, Luca revirava os olhos sem foco e arquejava com dificuldade. Estava deitado em uma poça de sangue e meus dedos estavam *dentro* do corpo dele, tentando mantê-lo vivo.

De repente, a imagem de Luca caindo no chão dominou minha mente e cada mínimo detalhe da nossa fuga retornou aos meus pensamentos. Fiquei tão sem ar que meu peito doeu. Joguei as mãos para o alto, agitando-as em desespero, até conseguir de novo a atenção de Nic. Ele agarrou minhas mãos e as botou outra vez ao lado do meu corpo, segurando meus dedos.

— Está tudo bem — garantiu ele.

— Luca — arquejei. — Cadê o Luca?

Minha respiração se acelerou para acompanhar meu batimento cardíaco e, de repente, o quarto começou a rodar. Nic procurava algo no bolso. A dor nas costelas tinha voltado e minha pele parecia se contorcer. Um grito abafado subiu pelo meu peito.

Minha mãe estava de pé, tentando me tranquilizar.

— Ele sobreviveu — afirmou ela. — Também está vivo, querida. Está vivo.

Nic abriu o pedaço de papel que estava segurando.

— Está no final do corredor. Perdeu muito sangue, mas está se recuperando. Conseguimos trazê-lo a tempo.

— Você salvou ele — falei, sentindo um sorriso se abrir no meu rosto. Era um sentimento incrível não ter mais que me preocupar. — Você atirou na arma do Jack.

— Foi realmente impressionante — concordou minha mãe. Dava para ver pelo tom da sua voz que ela não sabia se ficava impressionada ou decepcionada.

— *Você* o salvou — corrigiu Nic. Ele estava envergonhado e com os olhos sombrios. — Você parou o sangramento.

— Foi tão corajosa, querida. — Minha mãe começou a acariciar minha testa. — Estou tão orgulhosa de você.

— Tome. — Nic me entregou o bilhete que ele já tinha aberto. — Ele ainda não consegue andar por aí, mas pediu que eu te entregasse isso quando você acordasse.

Agarrei o bilhete com mais força do que pretendia, quase rasgando o papel. Era simples e curto, escrito em uma bela caligrafia em tinta preta. Demorei um tempo para entender:

*Falei para você ir para casa.*

Senti um sorriso se abrir. Nic me observava com atenção; rugas de expressão marcavam a testa e a boca estava tensa. Olhei nos olhos dele e a seriedade desapareceu. Ele sorriu para mim de forma encorajadora.

— Caneta? — pedi.

Minha mãe revirou a bolsa e me entregou o que pedira. Virei o bilhete e escrevi na parte de trás. Demorei muito mais do que deveria e, quando terminei, as linhas sob a influência da morfina eram tortas e desconexas, subindo e descendo pelo papel como se fossem escritas por uma criança de seis anos:

*Não está agradecido por eu não respeitar sua autoridade? :)*

Dobrei o papel e passei para Nic.

— Você pode entregar isso para ele, por favor?

A expressão séria voltou a seu rosto e, dessa vez, ele não tentou esconder.

— Claro — concordou ele, olhando para o papel ao sair do quarto. — Já volto.

Minha mãe se inclinou na minha direção e baixou a voz.

— A polícia esteve aqui mais cedo fazendo algumas perguntas. Eles devem voltar.

— Sem declarações — respondi, repousando de novo a cabeça no travesseiro. Eu queria dizer mais, mas estava ficando sem energia.

Minha mãe não pareceu surpresa com a resposta, e só balançou a cabeça.

— Não, não imagino que tenha o que dizer também.

— Bem-vinda a *omertà* — murmurei. Minha língua parecia pesada e mole na minha boca.

— *Omertà* — repetiu ela, calmamente, e pude ver pelo seu tom que sabia o que isso queria dizer.

# AGRADECIMENTOS

Obrigada à Samantha Eves — você foi parte fundamental dessa jornada. Não sei expressar o quanto sou grata por seu entusiasmo incansável, por seus feedbacks sinceros e por sua disposição em ler o livro uma vez, depois outra, e mais outra... e *mais outra,* a cada etapa. Obrigada pelas sessões de Skype à meia-noite e jantares no Niagara, onde muitos dos personagens e suas jornadas ganharam vida.

Obrigada à Jessica Hanley, Katie Harte e Susan Ryan por ignorarem por completo meu medo de não gostarem do livro e por insistirem em serem minhas primeiras leitoras. Desde o início, vocês foram as melhores amigas e torcedoras que eu poderia querer.

Obrigada ao meu pai por pensar como um chefe da máfia de forma tão convincente e por concorrer comigo pelo papel de pessoa mais empolgada com todo esse processo. Só preciso me desculpar por não ter incluído uma abelha dando uma piscadela na capa como você tanto queria.

Obrigada à minha mãe por me obrigar a fazer parte de muitas maratonas de leitura na biblioteca quando eu era criança, e por confirmar que eu estava de fato *lendo* os livros, em vez de só os riscando da minha lista... como meus irmãos faziam. Sou especialmente grata pela forma sutil como me convenceu a participar daqueles cursos de escrita criativa com você há dois anos. Hoje vejo claramente que não estava fazendo aquelas aulas por você — você nunca nem fez os trabalhos de casa! Estava apenas me introduzindo ao mundo do qual eu sempre quis fazer parte, mas estava assustada demais para desbravá-lo sozinha. Você é uma mãe incrível e uma enxerida incrivelmente talentosa.

Obrigada aos meus irmãos. Conor, sei que você queria escrever seu agradecimento a si mesmo, mas terá que se contentar com este aqui. Você tem sido um CEO maravilhoso. Obrigada por se promover a Chefe da Minha Vida. Foi a primeira pessoa a quem contei sobre o contrato do livro e, mesmo você tendo insistido em fazer um sanduíche antes de comemorar comigo, não consigo pensar em outra pessoa para quem eu gostaria de ter dado a notícia primeiro. Sério, você é um grande irmão... mas não deixe isso subir à sua cabeça. Colm, obrigada por sempre acreditar em mim, e por sempre me incentivar quando eu pensava em desistir. Obrigada pela companhia alegre em todas as minhas visitas a Londres, por me deixar dormir na sua cama, por seu tempo e seu otimismo... e por não deixar aqueles pássaros me comerem no zoológico!

À Claire Wilson, obrigada por transformar meu sonho em realidade, e por ser uma agente incrível. À Lexie e todo o pessoal na Rogers, Coleridge & White, obrigada por defenderem *Vendetta* tão bem. Obrigada aos meus caros STAGS, Alice Oseman, Lauren James e Melinda Salisbury, por compartilharem suas jornadas comigo e por fazerem parte da minha. Antevejo muito momentos mágicos e muitos Pimms na praia no futuro!

Obrigada a todos na Chicken House — a Barry Cunningham e Rachel Hickman por me acolherem de forma maravilhosa e por darem ao meu livro uma casa tão incrível. Obrigada à Rachel Leyshon por acrescentar seu toque editorial mágico a *Vendetta* e por deixá-lo melhor do que eu jamais imaginaria ser possível. Obrigada à Jasmine Bartlett, Laura Myers e Laura Smythe por apresentarem *Vendetta* ao mundo e por serem tão maravilhosas durante todo o processo.

Obrigada a Siobhan McGowan pelo copidesque perspicaz e engraçado, e à Emellia Zamani e ao time da Scholastic por acreditarem em *Vendetta* do outro lado do Atlântico.

Obrigada à Aoife, minha prima-irmã de alma e colega escritora, pelas conversas nas madrugadas sobre abelhas e dragões e todas as outras coisas. Obrigada a Sinéad por me apresentar à ficção YA tantos anos atrás e por não me atormentar por todos os livros que ainda preciso devolver. Aidan, obrigada por *aquela* frase e por todas as outras que ainda roubarei. Lembre-se do nosso trato — você não pode me processar.

E, finalmente, sou tão grata a Salmon Poetry e a todos meus amigos incríveis e à minha família, por fazerem parte dessa jornada e por compartilharem comigo a empolgação de cada passo. Sou muito feliz por ter todos vocês na minha vida! ❤

**Saiba mais sobre este livro**
**e outros lançamentos**
**no nosso blog:**

**www.agirnow.com.br**

**Conte para a gente o que você achou de**
***Vingança*!**

**É só usar #*Vingança* nas suas redes sociais.**

Publisher
Kaíke Nanne

Editora Executiva
Carolina Chagas

Editora de Aquisição
Renata Sturm

Editora Agir Now
Giuliana Alonso

Coordenação de produção
Thalita Aragão Ramalho

Revisão de tradução
Rayana Faria
Marilia Chaves

Revisão
Társio Abranches
Jaciara Lima

Diagramação
Ilustrarte Design e Produção Editorial

Este livro foi composto em Iowan 10,7/16,2
e impresso pela Edigráfica sobre Avena 80g/m²
para a Agir Now em 2015.